작전명 여우사냥

작전명
여우사냥

권 영 석 장 편 소 설

파람북

10월 1일	진령군의 최후	007
10월 2일	최후 통첩	031
10월 3일	덫	067
10월 4일	한성신보	121
10월 5일	왕비 초상화	161
10월 6일	폐비 모의	187
10월 7일	여우사냥	229
	에필로그	277
추천사	기자 출신이 쓴 예리한 시대소설	283

10월 1일

진령군의 최후

감았던 눈을 떴다. 중전 민씨 입가에 엷은 미소가 번졌다. 서양식 제복이란 것이 볼수록 낯설고도 신기했다. 젊은 남정네의 날렵한 몸매가 그대로 드러났다. 억지로 다듬은 근육이 아니었다. 힘깨나 쓰는 장사의 육중한 몸매도 아니었다. 오직 무술로만 단련된 몸이었다. 매끈한 백자처럼 아름다웠다. 한복을 입었을 때는 도무지 알아차릴 수 없었던.

허구한 날 술타령만 일삼는 배불뚝이 고종과는 비교도 할 수 없었다. 입에서는 꺽꺽 소리도 시궁창 냄새를 풍기지도 않았다. 바짓가랑이 사이로 때와 장소를 가리지 않고 울려 퍼지던 뿡뿡 소리나 역한 냄새도 없었다. 왕비는 다정스럽게 입을 열었다.

"이 대대장!"

"네, 중전마마. 하명하시옵소서."

"새 제복이 마음에 드느냐?"

"불편하옵니다. 숨이 막히는 듯하옵니다."

하지만, 보는 사람은 즐거웠다. 중전 민씨는 시위대 제2대대장 이명재를 뚫어지게 바라보았다. 제복에 가려진 단단한 알몸이 어른거렸다. 아침부터 이게 무슨 일이란 말인가. 마음만 먹으면 뭐든 할 수 있는 조선 최고의 권력자, 임금의 인사권마저 손에 넣은 무소불위의 권능. 그렇기에 더욱 마음을 다잡아야 했다.

"이 아침에 자네를 부른 이유는……."

이명재는 상체를 숙이며 귀를 쫑긋 세웠다.

"극비리에 심부름 하나 해야겠네. 백악산에 머물고 있는 진령군을 생각하면 가슴이 아파. 산속에서 얼마나 외롭겠는가? 명절이면 더 서글플 터. 한가위 선물을 준비해두었으니, 조용히, 일본 놈들 눈에 띄지 않게 전해주시게."

이명재는 명을 받들기 위해 부지런히 경복궁 건춘문을 빠져나왔다. 호위무사인 황정일이 느릿느릿 그 뒤를 따랐다. 키가 작고 통통했으며, 둥그런 얼굴은 어쩐 일인지 누렇게 떠 있었다. 등에 짊어진 봇짐은 키를 훌쩍 넘겼다. 그가 가까이 다가오자 고소한 냄새가 진동했다. 봇짐 속 나물 반찬 냄새였다.

"너보다 참기름 냄새가 먼저 오는구나."

황정일은 침을 꿀꺽 삼키며 말했다.

"대대장님, 냄새가 기가 막힙니다."

두 사람은 경복궁 동쪽 개천을 따라 북쪽으로 향했다. 한가위 명절이 코앞이지만 북촌을 비추는 햇살은 한여름처럼 따가웠다. 북촌은 청계천 북쪽 마을이라 하여 그렇게 불렸다. 한성의 고관대작들과 개화파 각료들이 모여 사는 동네. 그중에서도 가장 북쪽, 백악산 기슭 오솔길을 따라 올라가면 막다른 길 한적한 곳에 아담한 기와집 하나가 나온다.

집은 작았지만, 정원은 끝이 없었다. 통이 크기로 유명한 중전 민씨가 이명재에게 하사한 집이었다. 시위대 제1대대장은 고종을 경호하고 제2대대장이 중전 민씨를 호위한다. 말하자면 제2대대장인 이명재는 중전 민씨의 경호대장.

원래 이 집은 나무와 화초를 재배하며 경복궁의 조경을 관리하는 장원사 사장의 관사였다. 장원사 사장을 겸직하던 현흥택이 시위대 연대장직도 함께 맡고 있었기에 관사를 쓸 일이 없었다. 중전은 집문

서까지 내주려 했지만, 이명재는 끝내 거절했다. 나라의 재산을 사사로이 주고받는 일은 떳떳하지 않다고 여겼다.

이명재 대대장은 집에 돌아오자마자 서양식 제복을 벗어 던지고 한복으로 갈아입었다. 비단결처럼 부드러운 옷자락이 살갗을 감싸자, 기분이 날아갈 것만 같았다. 그는 툇마루에 걸터앉아 정원을 둘러보았다. 이 집의 진가는 정원에 있었다. 값비싼 나무들과 각양각색의 꽃들이, 이름 모를 새들과 어우러져 저마다의 소리로 노래하고 있었다. 마당 한가운데를 가로지르는 시냇물도 그 노래에 장단을 맞췄다. 백악산 깊은 계곡에서 흘러내린 물줄기는 경복궁 동쪽 돌담길을 따라 청계천으로 이어졌다. 초가을 햇살은 무엇이 그렇게 궁금했던지 아침부터 마당 안을 넌지시 들여다보고 있었다.

"진령군 마님한테 안 가실 작정이세요?"

기다리다 지친 황정일이 못마땅한 듯 입을 열었다. 이명재는 못 들은 듯 툇마루에 묵묵히 앉아 일어날 생각이 없었다. 황정일은 이명재의 눈길을 따라 가봤다. 눈길이 닿은 곳은 그냥 정원 쪽. 참새 떼가 시끄럽게 날아다닐 뿐이었다. 이 녀석들은 어쩜 그리 말이 많은지, 늘 떼로 몰려다니며 재잘댔다. 나뭇잎 사이를 찌른 햇살에 눈이 아팠다. 마침내 이명재가 천천히 자리에서 일어났다.

백악산에서 불어온 선선한 댓바람이 담을 타 넘어 마당으로 밀려들었다. 나뭇가지에 매달려 있던 때 이른 단풍 몇 조각이 나풀나풀 춤을 췄다. 집 뒷문을 열면 바로 백악산으로 오르는 오솔길이다. 사람들

눈에 띌 일도, 미행이 따라붙을 염려도 없었다. 이명재는 뒷문을 활짝 열어젖혔다. 삐걱거리는 소리가 기괴하게 퍼졌다. 황급히 달아나는 사람 발자국 소리가 들렸다. 이명재는 주위를 두리번거렸다. 산까치 두 마리가 퍼드덕 날개를 치며 날아올랐다. 문 여는 소리에 놀란 모양이었다. 새들이 떠난 하늘 아래 백악산이 절경을 드러냈다. 이명재는 몇 번이고 걸음을 멈췄다. 절정이던 여름의 기세도 꺾이고 말았다. 세상 모든 것은 결국 시간 앞에 무릎을 꿇는 법. 마치 일본을 보는 것 같았다.

일본은 작년, 조선을 속국으로 만들었다. 백성들은 그 참혹한 사태를 '갑오왜란'이라 불렀다. 일본군 8천 명이 한성에 들이닥쳐 경복궁을 습격하면서 전란은 시작됐다. 고종은 포박당했고, 마침내 무릎을 꿇었다. 임진왜란 때조차 지켜냈던 옥좌가 점령당한, 조선 역사상 가장 치욕적인 대참사였다.

  종로 거리에서는 시가전이, 인왕산에서는 산악전이 벌어졌다. 총성이 울리자, 놀란 백성들은 삶의 터전을 버리고 피란길에 올랐다. 결국, 일본은 고종의 항복문서를 손에 넣었다. 일본은 혹시 모를 사태에 대비해 제물포항 앞바다에 12만 명의 보병과 50척이 넘는 전함을 포진하고 있었다.

  경복궁을 점령한 일본의 위세는 하늘을 찔렀다. 궁궐 안 보물과 금괴는 물론, 종묘의 제기까지 유산이란 유산은 죄다 약탈해갔다. 빼앗긴 보물들은 제물포항을 거쳐 일본 본토로 밀반출되었다. 일본은 조선 속국화 정책도 본격화했다.

 김홍집을 수장으로 한 친일 괴뢰정권을 수립했다. 그리고 조선이 청나라 속국에서 벗어났다고 세계만방에 선포했다. 이제 조선은 일본의 속국이라는 말이었다. 일본은 조선을 일본식으로 뜯어고치기 시작했다. 일본과 친일내각은 이를 갑오개혁이라고 우겨댔다. 심지어 청나라 군대를 몰아내기 위해 조선 병사들을 강제로 차출하기까지 했다. 청일전쟁에서 승리한 일본은 대만과 요동반도까지 집어삼켰다. 나라를 빼앗긴 고종은 설움을 이기지 못해 밤마다 폭음했다. 술에 취하면, 억눌린 울분을 참지 못하고 뜨거운 눈물을 흘렸다.

 일본 유학 중이던 이명재가 급거 귀국한 것은 이때쯤이었다. 그는 중전 민씨에게 러시아를 끌어들여 일본을 물리치자는 '인아거일引俄拒日' 외교 책략을 건의했다. 러시아가 개입하면서 조선의 정국은 급변했다. 일본의 대륙 진출에 위기감을 느낀 러시아는 프랑스와 독일까지 움직여 일본을 외교적으로 눌러버렸다. 일본은 한발 물러설 수밖에 없었고, 고종과 중전 민씨는 김홍집 내각을 와해시켜 나갔다. 꺼져가던 조선에 다시 한 줄기 희망의 불씨가 되살아났다. 일본은 진퇴양난의 갈림길에 서 있었다. 성큼성큼 백악산을 오르던 이명재는 발걸음을 멈추고 중얼거렸다.

 "일본 놈들 기세가 꺾이니 바람마저 시원하군. 여름이 가고, 진짜 가을이 오는가 보네."

뒤따라오던 황정일이 그 말을 못 들었을 리 없다.

"계절만 바뀐 게 아니지요. 세상도 달라졌잖습니까?"

"네가 세상 돌아가는 것을 아느냐?"

"진령군 마님만 봐도 알 수 있지 않습니까? 시골의 이름 없는 무당이 중전마마를 만나 벼락출세하지 않았습니까. 군왕 칭호에, 조정의 인사권까지 쥐셨던 분입니다. 그랬던 분이 지금은 물에 빠진 생쥐 신세 아닙니까. 산속에 숨어 숨소리도 못 내는 처지 아닙니까. 인생지사 새옹지마라더니, 그 말이 딱입니다."

이명재의 입가에 웃음이 번졌다. 조선을 속국으로 만든 일본이 청일전쟁을 일으켰을 때, 진령군은 당당하게 큰소리를 쳤다. 아버지 관우의 신통력을 빌려 일본을 물리치겠노라고 호언장담했다. 몰래 궁궐에 들어가 중전 민씨와 밤새 굿판을 벌였다. 청국의 승리와 일본의 패전을 기원하는 굿이었다. 그토록 신통력이 있다고 알려진 진령군의 굿은 허사로 돌아갔다. 왜국이 청나라를 꺾으리라곤 누구도 예상하지 못했다.

황정일은 진령군의 신통력이 애초부터 과장된 것이라고 말했다. 사람들 입을 타면서 신통력이 눈덩이처럼 부 풀려지는 경우는 다반사라고. 계절이 바뀌듯 사람도 나이가 들면 변한다며, 진령군 역시 인생의 가을을 지나 겨울을 향하고 있다며 혼자 고개를 끄덕거렸다. 인간사 생사부침을 떠올리면 사는 것이 허망하다는, 꼭 애늙은이 같은 말까지 곁들였다. 그런 황정일이 작년 동학농민혁명 때, 전봉준 장군이 아닌 김개남 장군의 호위무사가 된 연유가 궁금했다.

"그런데, 너는 왜 김개남 장군님을 모셨느냐?"

사실, 신세를 망친 것으로 치자면 전봉준 장군이나 김개남 장군만 한 이가 없었다. 작년만 해도 천하를 뒤집을 듯한 기세였건만, 올해 초 두 사람 모두 비참하게 생을 마감했다. 특히 김개남 장군은 죽어서도 능욕을 당했다. 앙심을 품은 양반들이 그의 시신에서 내장을 꺼내 질근질근 씹어먹었다는 흉흉한 소문까지 돌았다.

김개남 장군의 이름이 입에 오르자 황정일의 눈시울이 벌겋게 달아올랐다. 복받치는 감정을 참지 못하는 듯했다. 이명재는 순간 괜한 말을 꺼냈다고 후회했다. 두 사람은 말없이 고개를 들어 하늘을 바라보았다. 바다처럼 깊고 푸른 가을 하늘에, 장군의 미소 어린 얼굴이 잔잔한 파도처럼 떠올랐다.

"같은 마을에서 자랐습니다. 고창이죠. 장군님을 존경했습니다. 옆에서 꼭 지켜주고 싶었습니다. 어떻게든."

황정일을 처음 만난 것은 작년 겨울, 동학농민군 2차 봉기 때였다. 당시 이명재는 고종의 밀지를 극비리에 전달하는 임무를 수행하고 있었다. 고종은 조선을 속국으로 만든 일본을 몰아내고 싶었다. 전봉준 장군에게 항일 의병전에 나서 줄 것을 은밀히 요청했다. 한성으로 북진해 경복궁을 점령한 왜군을 몰아내 달라는 것이었다.

이명재는 지방 관아를 돌아다니며 '북진하는 동학농민군을 공격하지 말라'는 어명도 함께 전달했다. 그 길에서 김개남 장군을 보좌하던 황정일을 처음 만났다.

김개남 장군이 청주성을 공격할 때 이명재는 조선 관군들과 함께 망루 위에서 지켜보고 있었다. 동학농민군의 행렬은 끝이 보이지 않았다. 왜놈들은 물러나라는 구호를 외치며 한성으로 진격하는 민초의 물결. 가슴이 벅찼다. 청주성 함락은 시간 문제였다.

그때 청주성 남쪽 야산 능선 위에서 갑자기 콩 볶는 듯한 총성이 울렸다. 불꽃이 사방으로 튀었다. 매복 중이던 일본군 40여 명이 기관총과 소총을 발사하기 시작했다. 농민군은 속수무책이었다. 순식간에 농민군 선봉대 600여 명이 피를 흘리며 쓰러졌다. 뒤따르던 농민군들은 혼비백산해 사방으로 흩어졌다.

"대대장님, 그때 우리 농민군이 2만 5천 명이었습니다. 수적으로나 기세로나 우리가 압도적으로 우세했지 않습니까. 그런데 우리가 왜 그렇게 처참하게 당했는지, 지금도 이해가 안 됩니다."

이명재도 울화가 치밀었다.

"그때 일본군 병력은 고작 40명, 1개 소대 규모에 불과했지."

"아니, 2만 5천 명이 40명한테 당했다고요?"

"우리 농민군은 죽장 하나에 의지했지만, 일본군은 최신식 총기로 무장했어. 무라타 소총과 스나이더 소총의 위력은 대단했지. 특히 개틀링 기관총은 그 위력이 압권이었다."

"따다다다다당 소리를 내던 그 괴상한 총 말씀이시죠?"

"그래, 바로 그놈이다. 그런데 넌 그때 왜 그렇게 몸에 총알이 많이 박혔던 거냐?"

"일본 놈들이 김개남 장군님만 노려 쐈습니다. 제가 누굽니까? 칼로 총알을 막아내는 사나이 아닙니까. 그런데 그 괴상한 소리가 나더니, 눈 깜짝할 새에 몸에 총알이 마구 박혀버렸습니다."

황정일이 살아난 건 기적이었다. 청주성 전투에서 농민군이 패퇴한 뒤, 이명재는 말을 타고 전장을 둘러봤다. 무심천은 피로 물들어 비린내가 코를 찔렀다. 속이 뒤집힐 듯 울렁거렸다.

그때였다. 논두렁 한편에서 희미한 신음이 들려왔다. 시체 더미를 헤쳤다. 항아리에서 김치 꺼내듯 시체 더미 속에서 황정일을 끄집어냈다. 온몸에서 김칫국물 같은 핏물이 흘러내렸다.

"내가 조금만 더 늦게 발견했더라면, 넌 이미 저세상 사람이었다."

생명의 은인. 황정일은 그 사실을 누구보다 잘 알고 있었다. 그 은혜를 원수로 갚는다는 생각에 가슴이 아렸다. 그 순간, 무심코 한 가지 의문이 입 밖으로 튀어나왔다.

"그런데 대대장님, 일본군이 미리 잠복해 있었잖아요? 우리 농민군의 공격 시점이며 이동 경로까지…… 어떻게 그렇게 정확히 알았던 걸까요?"

당시 조선은 일본의 속국이었다. 군권과 행정권은 일본이 장악했고, 지방 관리들도 친일내각과 일본군의 지시를 받았다. 정보망 역시 일본의 손아귀에 있었다.

"전쟁의 기본은 정보전이다. 우리 동학농민군 내부에도 일본군과 친일 관리들이 심어놓은 첩자들이 있었던 게지."

첩자란 말을 듣는 순간, 황정일은 정신이 번쩍 들었다. 다름 아닌 자신의 얘기였다. 부끄러움이 몰려왔다. 당장이라도 바위 위에서 뛰어내려 목숨을 끊고 싶었다.

"우리 피해가 컸던 데는 계절 탓도 있었지. 겨울철이라 몸을 숨길 곳이 없었거든. 하지만 가장 큰 이유는 무기였다. 관군한테서 빼앗은 화승총 몇 자루가 있었지만, 사정거리는 고작 50미터 남짓이었지. 일본군의 소총 사정거리는 얼마인지 아느냐? 무려 1.8킬로미터야."

이명재는 시위대 대대장답게 조목조목 설명했다. 그 얘기를 듣는 황정일의 등줄기에는 식은땀이 줄줄 흘러내렸다. 전투 때 입은 상처가 욱신거렸다. 순간 몸을 휘청거렸다. 이명재는 황정일이 메고 있던 봇짐을 벗겨주며 말했다.

"무겁지? 잠시 쉬었다 가자."

두 사람은 너럭바위에 앉았다. 이마에 흐르는 땀을 닦았다. 바람이 시원하게 불어왔다. 한성 전역이 눈앞에 펼쳐졌다. 하늘은 높아졌고, 남산은 가까이 다가왔다. 그때였다. 숲속에서 '스스스' 하는 소리가 들렸다. 집에서 나올 때부터 느낌이 좋지 않았다. 이명재는 번개처럼 몸을 일으켰다. 산 아래로 달리기 시작했다. 황정일도 놀라서 뒤를 따랐다. 두 사람은 숲속 여기저기를 두리번거렸다. 미행하는 사람은 눈에 띄지 않았다. 이명재는 더 말하지 않고 길을 재촉했다. 황정일은 침묵을 깨고 싶었다. 무거운 마음을 털어내고 싶었다.

"궁금한 게 하나 있습니다. 진령군 마님은 무당 출신이잖습니까?

천민 중에서도 가장 낮은 천민이었지요. 그런데 어떻게 중전마마의 마음을 사로잡고, 왕족에게나 내리는 '군'의 칭호를 받았습니까?"

"왜? 너도 '군'이 되고 싶은 거냐?"

이명재는 진령군 이야기를 입에 올리는 것조차 달갑지 않았다. 부귀영화를 위해 나라를 수렁으로 몰고 간 악령 같은 무당이었다. 바로 그때, 등 뒤에서 또다시 바스락거리는 소리가 났다. 두 사람은 동시에 고개를 휙 돌렸다. 몸을 낮춘 채 숲속을 노려봤다. 다람쥐 한 마리가 도토리를 입에 물고 총총 달아나고 있었다.

진령군이 숨어 지내는 초막은 백악산 동쪽 계곡 깊은 바위틈에 있었다. '초가집'이라 불렸지만, 실상은 움막에 가까웠다. 진령군은 일본군 자객의 눈을 피해 극도로 조심스럽게 살고 있었다. 연기가 피어오를까봐 밥도 짓지 않고 생식만 했다.

몰고 온 적은 없는데 바람이 따라왔던 모양이다. 초가집 마당에 널린 낙엽들이 뒹굴며 음산한 소리를 냈다. 마당엔 잡초가 무성했다. 잡초 사이에 나뭇잎이 걸리더니, 다시 정적이 감돌았다. 계곡을 타고 내려가는 물소리만 요란했다.

"진령군 마님, 계십니까? 마님, 안에 계세요?"

몇 차례 불러도 인기척이 없었다. 방안을 들여다보기 위해 문고리를 잡으려는 순간, 삐걱하고 문이 열렸다. 진령군이 조심스럽게 얼굴만 살짝 내밀었다. 주름이 늘어나고 흰머리도 부쩍 늘어 있었다. 이명재를 보자마자 버선발로 뛰어나왔다. 여윈 두 손으로 그의 두 손을 꽉 움켜쥐었다.

"아우님 오셨는가? 어서, 어서 방 안으로 들게나."

언제나처럼 다정하고 푸근한 목소리였다. 무당이라기보다는 이웃집 할머니 같은 따스함이 묻어났다. 신당으로 들어서던 이명재는 멈칫했다. 섬뜩한 느낌이 등줄기를 타고 흘렀다. 어두운 방 안, 칼을 든 관우상이 눈을 부릅뜨고 그를 노려보고 있었다. 진령군이 북묘 관우 사당에서 도망칠 때, 유일하게 챙겨온 화상이었다.

"그간 어떻게 지내셨습니까?"

"왕실과 중전마마를 위해 날마다 기도하는 것 말고, 내가 무슨 할 일이 있겠는가. 누추하지만 어서 앉게나."

진령군은 먼저 방바닥에 털썩 앉았다. 그리고는 숨 돌릴 틈도 없이 질문을 쏟아냈다.

"그래, 중전마마는 평안하신가?"

"요즘은 표정이 한결 밝아지셨습니다. 러시아 공사 베베르가 여러 모로 도움을 많이 주고 있습니다."

"아이구, 고맙네. 베베르 공사 덕분에 마마께서 다시 기운을 차리셨구먼."

진령군은 기뻐 어쩔 줄 몰라 했다.

"왜 그리 좋아하십니까?"

"내 말이 맞았지. 북쪽에서 귀인이 온다 했거든."

"그 귀인이 베베르 공사를 두고 하신 말씀이었습니까?"

이명재는 어이가 없었다.

"하지만, 일본 놈들이 언제 어떤 흉계를 꾸밀지 모른다네. 절대 방심해선 안 되지."

이명재는 진령군과 마주 앉아 시간을 허비하고 싶은 생각이 없었다. 선물을 전하고 곧장 이곳을 벗어나야겠다고 마음을 굳혔다.

"내일모레가 한가위 아닙니까. 중전마마께서 음식을 챙겨드리라 하셨습니다. 수라간 궁녀들이 정성껏 만든 나물 반찬과 고기, 전을 가져왔습니다."

"고맙네, 고마워. 그런데 말일세, 지하동굴 공사는 어떻게 되어가고 있나?"

이명재는 잠시 망설였다. 지금 비밀리에 지하 통로를 뚫고 있었다. 그의 집 정원에서 시작해, 경복궁 안 건청궁, 즉 고종과 중전 민씨의 거처 밑까지 연결되는 지하 통로였다.

"곧 완공됩니다."

진령군은 부드러운 손길로 이명재의 등을 두드렸다. 그러고는 문득 걱정스러운 표정을 지었다.

"내가 요즘 꿈이 뒤숭숭해서 그래. 자꾸 악몽을 꿔. 아무래도 불길해. 그렇다고 지하동굴 완공 시기를 갑자기 앞당길 수도 없고……."

진령군이 이명재에게 바짝 다가오더니 두 손을 꼭 잡았다.

"자네만 믿네. 중전마마 운세를 보면 올해만 잘 넘기시면 평생 복이 따르신다네. 그러니 우리도 만반의 대비를 해야지. 늘 느끼는 거지만 자넨 정말 믿음직스러워."

"과찬이십니다. 중전마마께서 마님을 많이 의지하고 계십니다. 마님께서 밀어주시지 않았으면, 지하동굴을 만들자는 제 제안도 물거품이 될 뻔했지 않습니까."

이명재가 지하동굴을 만들자고 처음 제안한 것은 올해 초였다. 갑오왜란 당시, 조선이 일본의 속국으로 전락한 결정적 이유는 고종이 포로가 되었기 때문이었다. 임금이 인질만 되지 않는다면 백성들과 함께 싸우며 나라를 되찾을 수 있었다. 그래서 고종과 중전 민씨의 거처인 건청궁과 궁 외부를 비밀 통로로 연결해 탈출로를 만들자고 건의한 것이었다. 하지만 고종은 그 제안을 달가워하지 않았다.

"주상 전하의 마음을 돌려놓은 사람이 바로 나였지."

진령군은 손뼉을 치며 호탕하게 웃었다.

"내가 왜 자네의 제안을 지지한 줄 아는가?"

"글쎄요…… 제가 믿음직스럽기 때문이라고 하셨잖습니까. 자, 이제 서는 이만 일어나 보겠습니나."

이명재는 서둘러 몸을 일으켰다. 더 이상 이 자리에 머무르고 싶지 않았다. 하지만 진령군은 순순히 보낼 심산이 아니었다. 그동안 다물었던 입을 마음껏 움직이고 싶어했다. 진령군이 이명재 옷소매를 잡아끌며 말했다.

"잠깐만. 내 말 좀 들어보게. 내가 중전마마께 경복궁의 풍수지리에 대해 말씀드렸거든. 그랬더니 중전마마께서 허락하시더군. '그렇다면 경복궁 땅 밑에 지하동굴을 뚫어야겠다'고."

"경복궁 풍수가 어때서요?"

"자네도 알다시피 경복궁 터는 조선 최고의 명당이네. 하지만 문제가 있어. 바로 백악산의 머리 부분 말일세."

"머리 부분에요?"

"백악산 왼쪽은 낙산, 오른쪽은 인왕산. 좌청룡 우백호로 딱 맞아떨어지지. 그런데 그 중간에서 남쪽으로 내려오는 산줄기, 그게 머리야. 문제는 그 머리가 동쪽으로 휘어 있다는 거지. 그게 뭘 의미하는지 아는가? 궁을 외면하고 있다는 얘기야. 백악산에서 내려오는 물줄기가 그냥 슬슬 빠져나가고 있어."

"그게 뭐가 문제죠?"

"돈줄이 말라 버린다는 얘기야. 중전마마께서 아무리 돈을 모아도 쌓이지 않는 이유가 바로 거기 있어. 돈이 없으니 힘을 못 쓰고, 힘이 없으니 왜놈들한테 주권을 빼앗기는 것이지."

이명재는 수긍하기 어려웠다. 나라에 돈이 없는 것은 고종의 무능과 중전 민씨의 사치심 때문이라는 것을 조선 백성이라면 누구나 알고 있었다. 거기에 진령군의 탐욕도 한몫했다. 조선은 이미 십 년 동안 청나라의 속국이었고, 작년엔 다시 일본의 속국이 되었다. 모두가 중전 민씨와 진령군의 권력욕에서 비롯된 일이다.

따지고 싶었지만, 이명재는 꾹 참았다. 말이 통할 상대가 아니었다.

그저 맞장구나 쳐주고 빠져나오는 게 상책이었다. 궁에 들어오면서 배운 처세술이었다.

그는 억지웃음을 지으며 말했다.

"경복궁 풍수가 안 좋아서 조선의 현실이 이렇게 비참한 거로군요."

진령군은 이명재의 맞장구에 무척 만족스러운 표정을 지었다.

"그것뿐만이 아니네. 더 큰 문제가 있다네. 자네 아까 백악산 밟고 올라오지 않았나? 골이 얼마나 깊던가?"

"골도 깊고 경치도 빼어나죠. 정말 아름다운 산입니다."

"경치가 아니라 풍수 얘기를 하는 걸세. 경복궁 주산이 백악산이야. 그 백악산 골이 깊기 때문에 왕실은 골육상잔의 운명을 피할 수가 없어. 그리고 자네, 백악산 바위 봤나? 바위에 살기가 너무 강해. 무슨 말인지 알겠는가?"

진령군은 잠시 말을 멈추었다. 그의 눈빛에서 묘한 살기가 이글거렸다. 목소리를 낮게 깔더니 단어 하나하나 힘을 주며 말했다.

"대원위 대감과 주상 전하의 관계가 얼마나 험악한가? 그리고 주상 전하와 그 형제, 친족들은 왜 서로 피비린내 나는 싸움을 하겠는가? 권력 앞에선 부자간에도 피눈물 없는 싸움을 한다지만, 지금은 도가 지나치지 않은가?"

이명재는 고개를 끄덕였다. 진령군은 다시 말했다.

"그래서 처방이 필요한 걸세. 그 처방이 바로 자네 집에 있다네. 자네 집터는 백악산 물길이 모이는 자리야. 거기서 물을 끌어다 경복궁 안으로 흘려보내야 하네. 그래야 궁의 기운이 되살아나고 나쁜 살기가 사라지지. 경복궁이 진정한 명당이 되는 거야. 자네가 지하동굴을 뚫자고 했을 때, 나는 관우 아버님의 계시를 듣는 줄 알았네."

이명재는 피식 웃었다.

"저는 풍수지리도 모르고 관우 아버님도 모릅니다. 제 임무는, 궁에 위급한 상황이 생겼을 때 주상 전하와 중전마마를 안전하게 피신시킬 통로를 만드는 게 전부입니다."

"자네 말이 맞아. 그 지하동굴만 있으면 일본 놈들이 경복궁을 포위하더라도, 쥐도 새도 모르게 빠져나갈 수 있지. 하지만 내 관심사는 더 근원적인 것이야. 나라를 살리고 왕실을 구하려는 것이지. 경복궁 안으로 백악산 물길을 끌어들여야 해. 그 물줄기가 바로 조선을 되살릴 생명수야."

이제는 대화를 끊어야겠다고 마음 먹었다.

"이만 일어나 보겠습니다. 오늘 처리해야 할 일이 많아서요. 아무튼, 몸조심하시고 한가위 명절 잘 보내십시오."

이명재는 진령군이 대꾸할 틈도 주지 않고 벌떡 일어섰다. 급하게 움막을 빠져나와 하산하는 길. 만감이 교차했다. 진령군 같은 탐욕스러운 무당에게 명절 선물이나 전달하고, 비위를 맞추며 살아야 하는 신세가 한심했다.

진령군이 '살기가 등등하다'고 표현했던 백악산 너럭바위가 눈에 들어왔다. 바위가 품고 있다는 칼날의 기운을 느껴보고 싶었다. 개뿔.

오히려 마음이 고요해졌다. 눈길은 멀리 남산 너머, 용산을 향했다. 순간 다시 분노가 치밀어 올랐다. 용산은 조선을 집어삼킨 이웃나라들의 군사 기지였다. 바위의 살기가 엉덩이를 타고 온몸으로 퍼지는 것 같았다. 때리는 시어미보다 말리는 시누이가 더 미운 법. 용산을 점령한 외국군도 싫었지만 중전 민씨와 진령군도 원망스러웠다.

1882년 임오군란. 중전 민씨의 매관매직과 민씨 척족들의 부정부패가 불러온 군란이었다. 구식 군인들과 한성의 백성들은 분노했다. 중전 민씨를 죽이려 혈안이 되었다. 변복을 한 채 경복궁을 탈출해 장호원 민응식 대감 집에 숨어 있던 민씨를 찾아온 이가 바로 진령군이었다.

진령군은 중전 민씨에게 '권력을 되찾을 수 있다'는 점괘를 내놓고, 고종에게 청나라 군대를 불러들이라는 밀서를 보내게 했다. 밀서에는 대원위 대감을 납치하라는 지령이 적혀 있었다. 고종은 중전의 뜻대로 움직였고, 한 달 만에 대원군은 끌려가고 중전 민씨는 다시 권력을 장악했다.

이명재는 용산을 바라보며 깊은 한숨을 내쉬었다.

"정일아! 임오군란 이후 용산에는 청나라 군대가 주둔하며 조선을 흡혈귀처럼 빨아먹었다. 작년 갑오왜란 이후에는 그 자리를 일본군이 차지했다. 조선 역사상, 이렇게 오랫동안 외국 군대가 한성에 주둔한 적은 없었다. 전부 중전마마와 진령군이 저지른 짓이야. 두 여인은 조선을 망하게 한 역사적 죄인이다. 권력욕 때문에 나라를 팔아넘긴 악녀들. 동학농민군들이 작년 봉기 때 세상을 바꿔 놓지 못한 것이 원통하구나."

이명재의 눈시울이 붉어졌다. 모든 피해는 고스란히 백성들의 몫이었다. 특히 부녀자들이 겪은 고통은 비참했다. 용산 일대는 물론, 한성 곳곳에서 여인들은 왜놈 군인만 봐도 뿔뿔이 달아나야 했다. 그전엔 청국 군인들이 길거리에서 부녀자들을 겁탈했다. 여인들이 아무 집 대문이든 두드리면 무조건 숨겨주는 풍속이 생겨났을 정도였다. 군사 주권을 잃은 나라의 백성이 겪어야 하는 설움.

청국 총독 위안스카이의 행패는 가관이었다. 궁에서 연회가 열리면 술에 만취해 중전 민씨에게조차 추파를 던졌다. 심지어 술에 취해 경복궁을 나서며 궁녀를 납치해 겁탈한 일도 있었다. 그럼에도 고종은 아무 말도 하지 못했다. 궁녀는 더 이상 임금의 여인이 아니었고, 신하들 역시 임금의 신하가 아니었다. 위안스카이의 관저에는 간신배들이 문전성시를 이뤘다.

권력의 추가 일본으로 기울자 일본 공사 관저가 붐비기 시작했다. 이명재는 가슴이 답답했다. 숨 쉬는 것조차 힘들었다. 어디 부녀자뿐인가. 나라 전체가 겁탈당하고 있었다. 일본은 돈 되고 탐나는 것은 모조리 약탈했다. 심지어 한민족의 영혼까지 빼앗을 기세였다.

하지만 이명재는 철석같이 믿고 있었다. 머지않아 새로운 세상이 열리리라는 것을. 남자들이 지배하는 '양'의 시대가 저물고, 여자들이 지배하는 '음'의 시대가 올 것이라고. 지금 가장 억눌리고 짓밟힌 이

들이, 새로운 나라의 주인이 되는 나라. 여자와 어린이들이 당당히 어깨 펴고 살아갈 수 있는 세상.

이명재는 조용하게 '아리랑'을 불렀다. 눈물이 뚝뚝 떨어졌다. 황정일의 눈동자에도 단풍이 들었다. 아니, 더 슬프게 운 사람은 황정일이었다. 그는 산에 오를 때부터 알고 있었다. 뒤를 밟던 이들의 정체를. 그리고 오늘 아침, 중전 민씨가 내린 한가위 하사품이 진령군의 제삿밥이 되리라는 것을.

두 사람은 '아리랑'을 흥얼거리며 집안으로 들어섰다. 마당을 지나 정원을 가로질러 한참을 걸었다. 그러자 대나무 숲이 나타났다. 촘촘히 엉켜 있는 대나무 가지들을 헤치고 나아가자, 암벽 사이로 시커먼 구멍이 입을 벌리고 있었다. 지하동굴 입구였다.

황정일이 기름에 절인 횃불에 불을 붙였다. 타오르는 불꽃이 동굴 안을 밝히자, 어둠이 서서히 물러났다. 사람 둘이 나란히 지나가면 꽉 찰 정도의 너비. 높이는 보통 사람 키보다 약간 높았다. 동굴 양쪽 측면에는 일정한 간격으로 나무 기둥을 세웠고, 천장이 무너지는 것을 막기 위해 좌우 기둥 위엔 튼튼한 대들보를 얹었다

발걸음을 옮길 때마다 첨벙첨벙 물소리가 났다. 무슨 악기 소리 같았다. 동쪽으로 흘러가던 백악산의 기운이 이제는 이 지하 통로를 따라 경복궁 안으로 스며들고 있는 것일까? 이 동굴이 정말 경복궁을 명당으로 되살릴 운명의 숨길일까? 실제로 이 동굴을 파기 시작한 이후, 하늘 높은 줄 모르던 일본의 기세도 점차 꺾였다.

그때, 한 인부가 특수 제작한 소형 달구지에 흙과 돌을 잔뜩 실은 채 바깥으로 나오고 있었다. 시원한 동굴 안에서도 그의 몸은 땀으로 범벅이었다. 마치 비를 맞은 듯, 등이 흠뻑 젖어 있었다.

올해 초부터 파기 시작한 지하동굴은, 경복궁 담장 밑을 지나 마침내 건청궁 뒤뜰까지 도달했다. 최종 목적지는 중전 민씨의 침소인 곤녕합. 곤녕합은 옥호루와 연결되어 있었고, 옥호루 아래층은 창고다.

곤녕합 안쪽 벽 병풍을 제치면 옥호루 밑 창고로 내려가는 은밀한 출입구가 드러나게끔 설계했다. 창고 바닥에서 지하동굴로 내려가는 나무계단도 곧 설치할 예정이다. 옥호루 창고 외부 출입문은 단단한 자물쇠로 잠가, 일반인의 접근을 철저히 차단할 계획이다. 공사는 순조롭게 진행되고 있었다.

최전방 굴착 작업을 지휘하던 작업반장이 이명재를 반갑게 맞이했다. 온통 흙먼지에 덮인 얼굴이었지만, 눈빛은 밝고 입가엔 웃음이 가득했다.

"대대장님! 처음엔 언제 끝날까 까마득하기만 했는데, 벌써 공사가 막바지입니다. 정말 꿈만 같습니다."

이명재가 고개를 끄덕이며 말했다.

"개통식을 10월 10일에 거행하고 싶습니다. 9일까지 공사를 마칠 수 있을까요?"

작업반장은 잠시 눈을 감더니, 손가락을 움직이며 머릿속으로 계산을 했다.

"완공 시기를 앞당기자는 말씀이죠? 제가 강원도 탄광에서 젊은 시절을 보냈습니다. 금을 캐는 갱도에 비하면, 이 정도는 식은 죽 먹기입니다. 사람 둘만 지나다니면 되는 동굴 아닙니까? 약속드리겠습니다. 9일까지, 완공하겠습니다."

그의 말투에는 자신감이 넘쳤고, 눈빛에는 책임감이 서려 있었다.

10월 2일

최후통첩

이명재는 이른 아침 입궐했다. 그의 집무실은 관문각 2층. 경복궁 안에서는 유일한 서양식 건물이었다. 왕실이 문명개화에 애쓰고 있음을 과시하려 세운 유럽풍 하얀색 3층 건물. 궁궐 속의 궁궐이라 불리는 건청궁 바로 옆에 7년 전 완공했다.

관문각은 본래 왕실 도서관 겸 서재로 지은 곳이지만, 실상은 중전 민씨의 전용 공간이었다. 중전은 서재보다는 주로 접견실과 연회실을 즐겨 찾았다. 이곳에서 한성 주재 외교사절 부인들이나 서양 선교사들과 교류하고 파티도 열었다.

2층은 왕실을 경호하는 시위대 간부들 집무실이고, 3층은 시위대 대장과 부대장의 침실이다. 중전 민씨는 시위대 대장과 부대장을 모두 외국인으로 임명했다. 대장은 미국 예비역 대령 윌리엄 다이, 부대장은 러시아 출신 건축가 아파나시 세례딘 사바틴. 그녀가 관문각에 시위대 간부들을 모아둔 것은, 생명의 위협이 컸기 때문이었다.

조선을 속국으로 만든 일본은 올해 초 '조선훈련대'를 창설했다. 신식 군대를 만든다는 명분이었지만, 실상은 경복궁을 통제하고 왕실을 감시하기 위한 목적이었다. 훈련대 지휘는 일본 장교들이 맡았다. 일본은 조선훈련대 병사들을 대륙 침략을 위한 총알받이로 동원할 계획이었다.

그러나 봄이 오고, 궁 안에 꽃이 피면서 상황이 달라졌다. 인아거일 전략이 점차 효과를 내기 시작했다. 고종은 일본의 감시망을 피해 러시아 황제에게 밀사를 보내며 도움을 청했다. 마침내 러시아가 움직였다. 프랑스와 독일과 함께 삼국간섭을 통해 일본의 대륙 진출에 제동을 걸었다.

일본이 주춤하는 사이, 고종은 조선훈련대에 맞서 궁과 왕실을 지키는 친위부대인 시위대를 창설했다. 시위대가 출범한 것은 두 달 전. 아직 체계도 갖추지 못했다. 소총조차 구하지 못해 병사들은 제대로 된 사격훈련도 받지 못했다. 그럼에도 중전 민씨는 마음이 급했다. 거칠게 일본을 몰아붙였다. 마침내 일본군 철수를 요구하기로 결심했다.

이명재는 관문각 입구에서 잠시 호흡을 가다듬었다. 현관문 양쪽에서 경비를 서고 있던 시위대 대원 두 명이 그를 보자 동시에 '받들어 총'을 했다.

"일본 공사는 도착했나?"

"아직 오지 않았습니다. 주상 전하와 중전마마께서 접견실에서 기다리고 계십니다."

이명재는 급하게 뛰었다. 창백한 모습의 중전 민씨 얼굴에 모처럼 붉은 기운이 돌았다. 문안 인사를 올리자 중전 민씨가 표독스러운 목소리로 나무랐다.

"왜 이렇게 늦었느냐? 얼마나 기다린 줄 아느냐? 미우라 공사가 오면 어떻게 얘기를 풀어나가는 것이 좋겠느냐?"

이명재는 일본군 철병의 논리적 근거를 설명했다. 일본이 조선에 군을 파견한 명분은 동학농민혁명의 혼란 속에서 자국 공사관을 보호하기 위함이었다. 하지만 지금은 상황이 달랐다. 농민군은 이미 해산했고, 지도자들조차 모두 처형되었다. 더 이상 조선에 주둔할 명분이 없었다.

일본군이 즉각 철수하지 않는다면, 이는 명백히 만국공법을 위반하는 범죄 행위라는 점도 강조했다. 이어 비용 문제도 지적했다. 일본군 주둔 비용은 조선이 부담하고 있었다. 하지만, 예산이 바닥났다. 용산 주둔 일본군에게 월급조차 지급할 수 없는 실정이었다. 일본이 빌려 준 차관도 이미 동났다. 이 차관은 겉으론 원조였지만, 사실 조선 왕실을 채무자로 묶어두기 위한 올가미에 불과했다.

보고를 마친 이명재는 고종에게 아뢰었다.

"역관을 부를까요?"

"아니다. 일본 유학 다녀온 자네가 있는데, 역관이 왜 필요하겠느냐."

고종의 얼굴은 푸석했고, 눈동자는 충혈되어 있었다. 아직 술기운이 가시지 않은 듯했다. 반면, 중전 민씨의 눈빛은 초롱초롱했다. 머릿속에 미우라 공사를 옥죄기 위한 말이 정리된 듯, 연신 고개를 끄덕였다. 때때로 미묘한 웃음을 흘리기도 했다.

평소 중전 민씨는 말을 많이 하는 편은 아니었다. 하지만 외국인과의 교섭 자리에서는 물 흐르듯 말을 이어갔다. 결정적인 순간이 오면 상대를 굴복시키는 말재주가 있었다.

접견실 문밖에서 내시의 고성이 들렸다.

"상감마마! 미우라 공사가 당도했습니다."

"들라 하라."

고종의 말이 채 끝나기도 전에 상궁이 급히 발을 내려, 중전 민씨의 모습을 가렸다. 왕비는 외간 남자에게 얼굴을 보이지 않았다. 특히 일본 외교 사절과 만날 때는 보안에 극도로 예민했다.

접견은 이명재 예상대로 흘러갔다. 인사말이 오간 후, 대화는 중전 민씨가 주도했다. 미우라 공사는 후덕한 미소를 지으며 연신 고개를 숙였다. 이미 이 자리에 어떤 이야기가 나올지 알고 있는 듯한 눈빛. 미우라 공사도 반박할 논거는 부족했다. 중전 민씨를 친일파로 회유하는 것도 불가능하다는 것을 알고 있었다.

상대가 더 이상 반박할 기세를 보이지 않자 중전 민씨가 최후통첩을 했다.

"미우라 공사는 들으시오. 열흘의 기한을 드리겠소. 10월 12일까지, 우리 조선 땅에서 일본군을 철병하시오. 그렇지 않으면 러시아군을 불러들이겠소."

느끼하게 미소를 짓고 있던 미우라의 얼굴이 순간 굳어졌다. 이토록 단호하게 나올 줄은 몰랐다. 그는 난감한 표정을 지었다. 본국과 협의할 시간이 필요하다며 기한을 늘려달라고 요청했다. 그러나 중전 민씨는 단호했다. 눈길조차 주지 않은 채 차갑게 고개를 돌리며 말했다.

"할 얘기는 끝났소. 이제 그만 돌아가 보시오."

이명재는 관문각 현관까지 미우라 공사를 배웅한 뒤, 다시 접견실로 돌아왔다. 중전은 궁녀에게 따뜻한 커피와 쿠키 접시를 내오게 했다. 고종은 피곤한 얼굴로 조용히 자리에서 일어섰다. 이명재는 커피를 한 모금 마셨다. 쌉싸래한 맛이 입안에 퍼졌다. 그때, 중전 민씨가 물었다. 자신감을 잃은 듯, 힘없는 말투였다.

"미우라 공사가 우리 요구를 받아들이겠느냐?"

최후통첩이라고 했지만, 일본이 수용하지 않으면 속수무책이었다. 거부하면 러시아가 출병할 것이라 협박했지만, 실제로 출병하리라는 보장도 없었다. 그렇다고 마냥 기다릴 수만도 없었다.

"중전마마! 우리가 할 수 있는 일을 먼저 실행에 옮기는 것이 좋을 듯하옵니다. 훈련대를 무력화시키는 것도 시급하옵니다. 우선 훈련대를 해산하고 군사적 주권을 되찾아야 하옵니다."

"묘책이 있느냐?"

"명분을 만드는 것이 어떻겠사옵니까? 훈련대 병사들과 경무청 순검들이 평소 사이가 좋지 않사옵니다."

"나도 알고 있다. 훈련대 놈들이 일본을 등에 업고 그렇게 기고만장하다지?"

"맞사옵니다. 우리 순검들은 그동안 참기만 했사옵니다. 순검들과 훈련대가 큰 충돌을 벌이도록 유도하고, 그것을 구실 삼아 훈련대를 해산하는 것이 좋을 듯하옵니다."

"어떻게 싸움을 붙인단 말이냐?"

"덫을 파겠사옵니다."

"덫이라고?"

"예, 중전마마. 훈련대 병사들 중에 친일 성향이 강하고 질이 좋지 않은 병사들이 있사옵니다. 제가 아는 순검들을 동원해 그들을 자극하겠습니다."

"그러면?"

"기세등등한 훈련대 병사들이 가만있지 않을 것이옵니다. 보복이 있을 것이고, 그것이 더 큰 충돌로 이어질 것이옵니다."

막혀 있던 가슴에 구멍이 뻥 뚫리는 듯했다. 중전 민씨는 의미심장하게 웃으며 말했다.

"훈련대가 보복을 한다면 더 크게 하겠지. 그럼 싸움박질이나 하는 훈련대는 필요 없다. 그런 명분으로 해산을 명하면 되겠구나. 호호호. 이 대대장이 덫을 잘 놓아주시게나."

일본의 계획은 달랐다. 김홍집 내각에 지시해 조선훈련대를 대폭 확대하려 하고 있었다. 조직과 편제를 전국 규모의 정규군으로 키우겠다는 안이었다. 속셈은 뻔했다. 조선 병사들을 일본의 대륙 침략을 위한 총알받이로 삼겠다는 것이었다. 그러므로 훈련대 해산은 일본의 뒤통수를 치는 기습이었다.

이명재는 한술 더 떴다.

"훈련대를 해산한 뒤 그 병력을 시위대가 흡수 통합하는 것이 어떨까 하옵니다. 그렇게 되면 시위대 전력이 막강해질 것이옵니다."

"만약 일본이 끝내 철병을 거부한다면, 우리 시위대가 일본군과 맞붙을 수도 있겠느냐."

이명재는 고개를 저었다.

"아직 중과부적이옵니다. 우리가 아무리 병력을 늘린다 해도 일본군은 가벼이 볼 상대가 아니옵니다. 현재 용산에 주둔한 일본 한성수비대 병력만 3천 5백 명에 달하옵니다. 특히 그들이 보유한 최신식 무기와 전투력은 위협적이옵니다."

"일본군이 보유한 무기가 그렇게 강력하단 말이냐?"

"워낙 최신식이라 지금 우리 병사 백 명이 달려들어도, 일본군 병사 한 명을 제압하기가 어려운 실정이옵니다."

중전 민씨는 조바심이 났다.

"러시아에 요청한 신식 무기는 언제 도착하느냐?"

"다음 달이면 도착한다 하옵니다."

"그렇다면 훈련대를 해산시키고, 러시아제 무기만 들여오면 숨통은 트이겠구나."

"하지만 일본이 두 눈 뜨고 지켜만 보지는 않을 것이옵니다."

"그렇다면 일본과의 싸움을 대비해야겠다. 그리고…… 지하동굴 공사는 어디까지 진척되었느냐?"

"지금 건청궁 뒤뜰까지 도달했사옵니다. 9일까지 마무리할 예정이옵니다. 10일에 개통식을 여는 것은 어떻겠사옵니까?"

"쌍십절이라니, 날짜도 기가 막히게 맞았구나. 고생이 많았네."

중전 민씨는 마음이 놓였는지 까르르 웃음을 터뜨렸다.

남산 기슭, 한성 주재 일본공사관. 한낮, 남산 꼭대기에 걸린 해가 한성 전역에 뜨거운 빛을 쏟아붓고 있었다. 공사관으로 돌아온 미우라 공사는 이마에 줄줄 흘러내리는 땀을 닦으며 고함쳤다.

"한성신보 사장 당장 들어오라고 해."

조선에서 철병하라는 최후통첩을 받은 미우라는 분을 참을 수 없었다. 속국 주제에 통첩이라니. 입에서는 끝도 없이 욕설이 나왔다.

아다치 겐조 한성신보 사장은 호출을 받고 직감했다. '여우사냥' 작전 개시가 임박했다는 것을. 그는 요즘 악몽에 시달리고 있었다. 핏물에 빠져 허우적거리는 꿈. 제대로 잠을 이루지 못했다. 아다치는 자리에서 벌떡 일어났다. 양복 윗도리를 걸치고 사무실 문을 박차고 나왔다. 눈앞 남산 소나무들이 붉게 일렁였다. 온 산이 핏빛으로 물든 듯했다.

공사관까지는 걸어서 10분 남짓. 심장이 터질 듯 뛰었고 머릿속은 하얘졌다. 도저히 사람을 죽일 자신이 없었다. 대일본제국을 위해서는 목숨을 바칠 수 있었다. 하지만 사람은 죽여본 적이 없었다. 짐승 사냥할 때도 손이 떨렸다. 이번에는 사람을 죽여야 한다. 그것도 남자가 아닌 여자를. 여자도 보통 여자인가. 조선의 왕비를.

그는 미우라 공사 집무실 문을 박차고 들어갔다. 불상 앞에서 면벽 참선을 하고 있던 미우라가 깜짝 놀랐는지 고개를 홱 돌렸다.

"아다치!"

"여우년이 뭐라고 합디까?"

"자리에 앉게. 이번에는 아예 철병 기한까지 못박았네. 12일까지 조선에서 일본군을 철병하라더군."

"결국 제 무덤을 파는군요. 베베르 공사는 뭐라 합디까?"

미우라 공사는 비밀리에 베베르 공사와 협상을 벌이고 있었다. 조선을 남북으로 쪼개 러시아가 북쪽을, 일본이 남쪽을 나눠 갖자는 방

안이었다. 북위 39도, 대동강과 원산을 기준으로 선을 긋자고 했다. 러시아는 부동항을 얻고, 일본은 대륙 진출의 교두보를 확보하는 절충안이었다. 그러나 베베르는 단칼에 거절했다.

미우라는 침통한 표정을 감추지 못했다. 협상마저 수포로 돌아갔다.

아다치가 말했다.

"이제 다른 선택지는 없습니다. 여우사냥 거사일을 확정해야겠습니다."

미우라 공사는 이글거리는 눈빛으로 아다치 사장을 쳐다봤다.

"11일 새벽."

아다치 사장의 가슴이 뛰기 시작했다.

"11일 새벽?"

"그래. 내일 오후 2시에 회의를 소집하겠네. 요즘 한성신보 기사 아주 마음에 들어."

아다치는 곧바로 눈치를 챘다. 한성신보는 대원군과 중전 민씨의 불화설을 연일 보도하며 여론을 유도하고 있었다. 중전이 암살당하면 대원군의 소행으로 믿게 만들기 위한 밑밥이었다. 조선인들이 접할 수 있는 언론 매체는 한성신보뿐이었다. 1면은 한글, 2면은 국한문 혼용, 3면은 일본어, 4면은 광고다. 조선 백성부터 일본 거류민까지 누구나 뉴스를 볼 수 있었다. 무엇보다 심혈을 기울이는 건 조선인들을 세뇌하기 위한 기사들이었다.

"조선 사람들의 눈과 귀는 한성신보가 통제하고 있습니다. 그리고 조선 사람들의 영혼은 제가 움직이고 있습니다."

아다치는 지금 이 순간이 미우라 공사에게 부탁할 적기라 판단했다.

"공사님, 아무리 생각해도 저희가 직접 여우를 죽이는 건 무리입니다. 우리 특파기자들 대부분이 영국이나 미국에서 공부한 지식인들입니다. 일본도를 한 번도 제대로 휘둘러본 적 없는 친구들도 많습니다. 사람을 죽여본 적도 없습니다. 공사님, 살인 전문가를 붙여주십시오."

미우라 공사는 씨익 웃더니 고개를 끄덕였다.

"그럴 줄 알고 군인 두 명을 미리 점찍어 놓았네. 민간인 복장으로 변장시켜 자네를 호위하도록 하겠네."

"물론 검술은 뛰어나겠죠?"

"걱정 말게. 지금까지 그들이 죽인 조선인만 해도 셀 수 없네. 말 그대로 살인 기계지. 그리고 무엇보다 입이 무거운 친구들이야. 듬직하지. 사실 이곳으로 오라고 이미 지시해 두었네. 곧 도착할 걸세."

미우라는 한쪽 눈을 껌벅이며 윙크했다. 아다치는 처음 미우라를 봤을 때 다소 둔해 보인다고 느꼈다. 하지만, 지금은 완전히 인상이 달라졌다. 생각보다 주도면밀했다. 혹시라도 일본군이 조선의 왕비를 암살한 사실이 드러나면 일본은 외교적으로 사면초가에 빠질 수 있었다. 그러니 민간인 복장의 특파기자들은 얼굴마담일 뿐. 진짜 사냥꾼은 따로 있었다.

누군가 정중하게 집무실 문을 두드렸다. 미우라는 문쪽을 향해 소리쳤다.

"누구야?"

"미야모토 소위입니다."

"호랑이도 제 말하면 온다더니. 들어와!"

아다치는 가슴을 쓸어내렸다. 미야모토 소위의 명성은 익히 들어 알고 있었다. 지난겨울, 동학농민군 토벌 작전에서 큰 공을 세운 장교였다. 전주 전투 당시 농민군 패잔병들을 무자비하게 살육한 것으로 유명했다. '동학농민군 대학살의 명수', '살인 전문가', '스나이더 소총의 달인', '한성수비대 최고의 검객'이라는 수식어가 뒤따랐다.

미야모토 뒤에는 조선훈련대 제2대대 대대장 우범선과 그의 직속 부하 구연수 중대장이 숨을 몰아쉬며 따라 들어왔다. 미우라 공사가 미야모토를 아다치에게 소개했다.

"미야모토 소위, 인사 나누게. 이분은 아다치 겐조 한성신보 사장이시네. 이번 여우사냥의 총책임자일세."

미야모토 소위는 군홧발을 모으며 정중히 경례했다. 아다치는 환하게 웃으며 악수를 나눴다. 인사가 끝나자 미우라가 미야모토 소위에게 물었다.

"진령군은 잘 처리했는가?"

"쥐도 새도 모르게 처단했습니다."

미우라는 집무실에서 염불을 외울 정도로 독실한 일본 불교 신자였다. 중전 곁을 지키던 무당 진령군이 눈엣가시처럼 거슬렸다. 그는 진령군을 없애는 것에서 여우사냥을 시작해야 한다고 생각했다. 아다치의 정보 보고가 결정적이었다. 그의 첩보 덕분에 진령군의 은신처를 알아낼 수 있었다. 미우라는 감사의 표시로 아다치의 어깨를 가볍게 두드렸다.

"다음 차례는 왕비의 경호대장이겠군?"

그러자 아다치는 고개를 절레절레 흔들었다.

"이명재 대대장은 나중에 처리해도 됩니다."

미우라가 의심스러운 눈길을 보냈다.

"아다치 사장! 자네 친구라서 봐주자는 건가?"

아다치는 음흉하게 웃으며 말했다. 이명재는 아직 쓸모가 많은 인물이었다. 일본인들 가운데 중전 민씨의 얼굴을 본 자는 아무도 없었다. 여우를 사냥하려면 먼저 여우의 얼굴을 알아야 했다. 아무리 검술이 뛰어나도, 아무리 특수훈련을 받은 자라 해도, 대상을 정확히 식별할 수 없다면 무용지물이었다.

아다치는 중전 민씨의 사진을 구하기 위해 사방으로 뛰어다녔다. 새벽 시간에 왕비가 왕비 복장을 차려입고 죽여 달라고 기다리고 있지는 않을 터. 아니 총소리가 나고 바깥이 시끄러우면 궁녀 복장으로 변장할 가능성이 더 컸다. 궁녀들 속에서 중전 민씨를 가려내기 위해서는 정확하게 얼굴을 분간할 수 있어야 했다.

아다치는 며칠 전 조선 왕실의 촉탁 사진사 무라카미 덴신을 찾아갔다. 그는 원래 청일전쟁 당시 일본 신문사의 종군 사진기자로 조선에 왔다. 조선의 아름다운 산과 강을 보고 홀딱 반해 한성에 정착했다. 한성 시내에 사진관을 열었다. 친일 내각 대신들의 추천으로 왕실 전속 사진가가 되었다. 특히 전봉준 장군이 일본 순사들에게 끌려가는 모습을 촬영한 사진으로 조선에서 유명세를 탔다. 탁월한 감각을 지닌 사진작가이자, 사진의 역사적 가치를 누구보다 정확히 간파할 줄 아는 식견을 지녔다.

아다치는 무라카미에게 중전 민씨를 찍은 사진이 있느냐고 물었다. 중전 민씨는 사진을 찍은 적도 없고 초상화도 남기지 않는다는 대답이 돌아왔다. 기대는 물거품이 되고 말았다.

아다치는 고민에 빠졌다. 어떻게 해야 중전 민씨의 사진을 찍을 수 있을까? 어쩌면 이명재가 그 수수께끼를 풀 수 있는 열쇠를 쥐고 있을지도 몰랐다.

"이명재를 없애는 건 최대한 미뤄야 합니다. 제가 그 친구한테 부탁할 게 있거든요."

이명재는 관문각 2층, 시위대 연대장 현홍택의 집무실 문을 두드렸다. 시위대 대장과 부대장은 그저 외국인 얼굴마담에 불과했다. 실질적인 최고 지휘관은 연대장 현홍택이었다.

이명재는 어려서부터 현홍택 연대장과 친하게 지냈다. '작은 형님'이라고 부를 정도였다. 중전 민씨의 조카인 민영익 대감의 호위무사로 일하던 시절, 현홍택은 그의 수행비서였다.

"연대장님, 오늘도 행군 훈련만 했습니다. 시위대가 출범한 지 벌써 두 달이 넘었는데요."

　현흥택도 답답한 듯 한숨을 내쉬었다. 작고 왜소한 체구는 나이를 먹으며 더 작아 보였다. 그나마 얼굴이 수려하지 않았다면 초라해 보였을 것이다.

　"홍콩에 가 있는 민영익 대감한테서는 아무런 연락이 없는가?"

　민영익 대감은 몇 해 전 정치에 환멸을 느끼고 홍콩으로 떠났다. 그는 홍콩 HSBC 은행에 중전 민씨의 비자금을 맡기고 자산을 불리는 투자 사업에 나섰다. 그리고 벌어들인 돈으로 국제 무기 시장에서 최신 무기를 구입해 몰래 조선으로 들여오는 것이 그의 임무였다. 그와의 연락책은 이명재가 맡고 있었다.

　"러시아에 계약금을 보냈다고 했습니다."

　"조금만 더 기다려 보세."

　"사바틴 부대장님께 한 번 더 독촉하겠습니다."

　"그래. 자네가 수고를 좀 해주게. 오늘 내각에서 올린 훈련대 조직 개편안이 통과됐네. 일본이 훈련대 조직을 대대적으로 키울 모양이더군. 훈련대 대상도 새로 임명했다네."

　"대장은 누가 맡습니까?"

　"주상 전하께서 내각 추천을 무시하고 홍계훈 대감을 신임 대장으로 임명하셨네."

　불과 반년 전까지만 해도 상상조차 할 수 없는 일이었다. 조선은 일본의 속국이었고 왕실은 허수아비였다. 모든 인사권은 일본이 좌지우지했다. 그러나 삼국간섭 이후 왕실이 점점 권력을 되찾으며 상황이 역전되기 시작했다. 급기야 군부 요직의 인사권까지 장악하게 되었다. 물론 홍계훈이라면 일본도 굳이 거부할 이유는 없었다. 그는 동학농민군 진압의 선봉장이었기 때문이다.

이명재는 피가 거꾸로 솟는 듯했다.

"무슨 인사를 이렇게 합니까? 우리 조선 천지에 그렇게 사람이 없단 말입니까?"

"그게 어디 주상 전하 작품인가? 중전마마 작품이지. 그나마 일본 놈 앞잡이가 안 된 것만 해도 천만다행이지."

홍계훈은 대원군 집권 시절 운현궁을 호위하는 말단 졸병으로 무관 생활을 시작했다. 그의 인생이 바뀐 건 임오군란 때였다. 당시 경복궁 수문장이었던 그는 구식 군인들에게 쫓기던 중전 민씨를 구해 출세의 기회를 잡았다. 중전은 구식 군인들에게 둘러싸여 맞아 죽기 직전이었다. 홍계훈은 궁녀 복장을 한 중전을 자신의 친누이인 홍 상궁이라고 속이며 경복궁 탈출을 도왔다. 이후 중전이 궁으로 복귀하자 그는 출세 가도를 달렸다. 말단 졸병에서 무관 최고위직까지 올랐다.

이명재는 그를 혐오했다. 조선을 일본의 속국으로 전락시키는 데 결정적 역할을 했기 때문이다. 작년 동학농민군 1차 봉기 당시, 그는 관군 800명을 이끌고 토벌대장으로 나섰다. 그러나 그에게는 스스로의 힘으로 할 수 있는 일이 없었다. 그는 청국 지원병을 보내달라고 왕실에 요청했다. 청국 군대가 들어오면 일본군도 들어오고, 외국군이 진입하면 조선은 군사적 주권을 잃는 게 뻔했다. 대신들이 결사적으로 반대했지만, 고종은 제정신이 아니었다. 외국군을 불러들여 백성을 도륙하고 나라의 군사적 자주권을 내놓기로 했다. 그리고 고종을 배후에서 조종한 이가 바로 중전 민씨와 민씨 척족들이었다.

이명재는 깊은 한숨을 내쉬었다. 온몸의 힘이 빠졌다. 현흥택 연대장이 그의 등을 토닥이며 말했다.

"이 대대장, 이해하게. 그리고 하나 전달할 게 있네. 상감마마와 중전마마께서 오늘 저녁, 향원정 정자에서 만찬을 하신다네. 제1대대장 소관 업무지만 오늘 다른 급한 일이 있다는군. 자네가 준비 좀 해주게. 판소리 명창이 온다니 향원정 주변 경비를 강화해주게."

"알겠습니다."

"아, 하나 더. 중전마마께서 몸이 으슬으슬하고 감기 기운이 있으시다네. 향원정 온돌 바닥에 불 좀 지펴두라고 일러주게."

이명재는 연대장 집무실을 나섰다. 마침 3층에서 사바틴 시위대 부대장이 계단을 내려오고 있었다. 이명재는 그를 볼 때마다 신기했다. 얼굴은 조각칼로 빚은 듯 반듯했고, 길게 늘어진 콧수염은 파도처럼 입술 위에서 넘실거렸다. 손가락으로 만져보고 싶은 충동이 들 때가 한두 번이 아니었다.

사바틴은 원래 건축가로 이름을 날렸다. 관문각 역시 그의 설계와 감리를 거친 건축물이다. 한성 곳곳에 들어선 서양식 신축 건물 상당수는 그의 작품이었다.

그가 조선에 처음 발을 디딘 건 12년 전, 그의 나이 스물셋일 때였다. 제물포항 세관 직원으로 특채되어 왔으나 건축 설계 업무를 더 많이 했다. 러시아 해군에서 항해사로 잠시 복무한 적은 있지만, 전투 경력은 전무했다. 그런데 베베르 러시아 공사는 제물포에 있던 그를 시위대 부대장으로 추천했다. 엄밀히 말하면, 중전 민씨가 베베르 공사에게 러시아인을 천거해달라고 간청한 것이었다. 중전은 사바틴이 조선 왕실과 베베르 공사를 잇는 연락책이 되어주기를 바랐다.

사바틴은 실제로 시위대 병사들의 훈련이나 지휘에는 전혀 관심이 없었다. 자유로운 성격에 그림 그리는 것을 즐겼다. 시간 날 때마다 삼각산이나 인왕산, 한강 주변 경치 좋은 곳을 찾아다니며 야영하는 것이 취미였다. 자유로운 영혼을 지닌 낭만주의자였다.

이명재는 그런 사바틴이 왠지 좋았다. 활짝 웃으며 인사를 건넸다.

"즈드라스트부이쩨."

사바틴도 반갑게 맞이했다.

"즈드라스트부이쩨. 이 대대장, 러시아어 발음이 날로 좋아집니다."

이명재는 답답했던 마음이 풀리며 저절로 웃음이 나왔다.

"중전마마께서 보고 싶다고 하셨습니다. 하루에 한 번은 알현하시지요."

"제가 하루에도 몇 번씩 중전마마 몰래 만나고 있다는 걸 모르신단 말입니까?"

"거짓말하지 마십시오. 하하하. 오늘 아침에 중전마마를 뵈었는데,

사바틴 부대장 얼굴 보기 힘들다고 하시더군요."

"앗, 들켰네요. 하하하. 중전마마께서 저한테 무슨 궁금한 게 있으셨나 봅니다."

"러시아에 주문한 베르당 소총과 실탄, 대포가 언제 도착하는지 물어보셨습니다."

사바틴은 어깨를 으쓱이며 간단히 대답했다.

"다음 달 중순이면 제물포항에 도착할 겁니다."

"중전마마께서 독촉이 아주 심하십니다. 다시 한번 러시아에 확인해주시면 감사하겠습니다."

"네, 다시 연락해 보겠습니다. 중전마마께 고자질하지 마십시오. 하하하."

이명재는 또 한 번 유쾌하게 웃었다. 대대장 집무실로 들어서는 순간 멀리서 쿵쿵 소리가 들려왔다. 갑자기 마룻바닥이 흔들렸다. 지진이라도 난 줄 알았다. 쾅! 문짝이 부서지는 소리와 함께 훈련대 신임 대장 홍계훈이 멧돼지처럼 달려들었다. 자리에서 일어서려던 찰나, 홍계훈의 큼직한 손바닥이 이명재의 턱을 내리쳤다. 번갯불이 번쩍하더니, 곧 세상이 캄캄해졌다. 턱뼈가 부러진 듯한 통증이 왔다.

"이놈의 새끼!"

홍계훈은 자리에서 다시 일어나려는 이명재의 멱살을 낚아챘다. 숨이 턱 막혔다. 피할 틈조차 주지 않았다. 핏줄이 선 굵은 팔뚝이 보였다. 이명재를 질질 끌고 가더니 바닥에 내동댕이쳤다.

"엎드려 뻗쳐. 이 새끼야!"

분노가 치밀었다. 이명재는 벌떡 일어나 홍계훈을 노려보았다.

"대감, 도대체 왜 이러시는 겁니까?"

"이 새끼가? 엎드려 뻗치라니까."

홍계훈은 씩씩대며 다시 달려들었다. 더는 당할 수 없었다. 이명재는 춤을 추듯 몸을 살짝 비켜섰다. 쾅 소리가 나더니 책상 모서리가 부서졌다. 홍계훈은 그 자리에 큰대자로 뻗었다. 머리에서 핏물이 뚝뚝 떨어졌다. 이마에서 시작된 핏줄기가 주름진 얼굴을 타고 흘러내려 바닥에 흥건히 고였다. 문밖에서 지켜보던 황정일이 수건을 들고 달려왔다. 이명재는 황급히 상처에 지압을 가했다. 50대 중반 늙은이의 찌든 얼굴에는 아직도 탐욕과 집착이 깊게 배어 있었다.

동학농민군 잔당을 소탕한다며 일본군과 어울려 다니며 온갖 못된 짓을 배웠다. 홍계훈은 걸핏하면 군기를 잡는다며 부하들을 두들겨 팼다. 강자 앞에서는 비굴하리만치 아첨을 떨었다. 반면 약자 앞에서는 폭군처럼 군림했다. 조금이라도 가진 것이 있으면 빼앗으려 들었다. 전형적인 간신배였다.

홍계훈이 정신을 차린 모양이다. 갑자기 눈을 번쩍 뜨더니 눈동자를 이리 굴리고 저리 굴렸다. 이명재가 물었다.

"왜 그렇게 화가 나신 겁니까?"

"이놈! 내가 평생을 궁궐 경비에 바쳤다. 감히 나한테 보고도 없이 궁 밑에 땅굴을 팠단 말이냐?"

이명재는 깜짝 놀랐다. 지하동굴의 존재는 오직 고종과 중전 민씨, 현흥택 연대장, 진령군 정도만 알고 있는 극비사항이었다.

"그건 어떻게 아셨습니까? 극비사항입니다. 함부로 입 밖에 내지 마십시오."

홍계훈은 몸을 일으켜 세우더니 바닥에 앉았다. 아직 일어설 기력은 없어 보였지만 목소리는 분기탱천했다.

"네 이놈! 나는 조선 왕실과 나라를 지키는 군을 총지휘하는 대장이다. 감히 나한테 일언반구도 없이 이런 일을 진행하고 있었단 말이냐? 앞으로 모든 사항을 하나도 빠짐없이 나한테 보고하라. 중전마마께도 내가 직접 보고하겠다. 지하동굴 준공식도 내가 주관한다. 그리 알라!"

홍계훈은 늘 그런 식이었다. 아랫사람의 공로는 가로채고, 책임질 일이 생기면 덤터기를 씌웠다. 반면 강자 앞에서는 개였다. 꼬리를 흔들며 온갖 아첨을 떨었다. 중전 민씨는 그런 그를 아꼈고, 그는 그것을 이용해 권력에 기생했다.

"알겠습니다. 하지만 지하동굴의 존재는 극비사항입니다. 훈련대 부하들에게는 절대 알리지 마십시오. 일본 교관들 귀에 들어가기라도 하면 큰일입니다."

홍계훈은 흡족한 표정을 지으며 천천히 몸을 일으켰다. 2층 유리창 너머로 그가 의기양양하게 관문각을 빠져나가는 모습이 보였다.

그의 안중에 백성은 없었다. 오직 권력에 아첨해 출세하겠다는 욕망만이 있었을 뿐이다. 백성을 위해 좋은 세상을 만들려는 능력은 전혀 없었다. 능력이 있다면 단 하나, 권력의 냄새를 맡고 권력에 충성하는 동물적 감각뿐이었다. 그는 조선 왕실이 수명을 다했다고 보고 위안스카이에게 충성을 바쳤다. 청국이 전쟁에서 일본에 패하자 다시 일본에 빌붙었다. 똥파리가 똥을 보면 사족을 못 쓰듯이 권력을 쫓아다녔다. 그는 이번에도 기가 막히게 냄새를 맡았다. 권력의 추가 일본군에서 중전 민씨에게 넘어가는 낌새를 귀신같이 알아차렸다.

아침을 싫어하는 권력자는 거의 없었다. 이명재는 만찬 행사 준비를 위해 궁내부 비서감 방으로 향했다. 비서감이 이명재를 따뜻한 목소리로 맞았다.

"어이구, 우리 이 대대장 얼굴이 무척 수척해 보이네. 요즘 일이 아주 바쁜 모양입니다. 오늘 만찬 행사 때문에 오셨는가?"

"네, 중전마마께옵서 감기 기운이 있다고 하십니다."

"어이쿠. 그럼 참석을 못 하시는 건가?"

"그게 아니라, 향원정 정자 온돌에 불을 지펴달라고 하셨습니다."

"알겠네. 일러두지."

"오늘 온다는 판소리 소리꾼은 누구입니까?"

"송만갑 명창이네. 조금 후에 광화문에 도착할 것이네. 향원정까지 직접 모시고 가주게."

고종은 음주가무를 즐겼다. 특히 갑오왜란 이후에는 거의 매일 저녁 술판을 벌였다. 술자리는 보통 다음 날 아침 해가 뜰 때까지 이어졌다. 러시아의 도움으로 왕권을 회복한 뒤로는 기분 좋다는 핑계로 더 자주 술잔을 들었다. 술에 취한 고종은 조선을 재건할 생각이 없다는 말을 입버릇처럼 중얼거렸다. 새로운 근대국가인 대한제국을 세우고 황제가 되고 싶어 했다. 대한제국의 애국가를 만들겠다며 전국의 민요 가수들을 불러들여 각 지방의 아리랑을 부르게 했다. 요즘은 판소리 명창들을 자주 불러들였다. 고종의 판소리 사랑은 각별했다. 판소리를 좋아한 아버지 대원군 덕에 어린 시절부터 판소리를 들으며 컸기 때문이었다. 정치적으로는 이미 대원군과 등을 졌지만, 음악적 기호만큼은 피를 속일 수 없었다.

 광화문 앞. 문을 지키던 시위대 병사들이 이명재를 보자 우렁찬 목소리로 '받들어 총'을 했다. 광화문 경비는 원래 훈련대 소속 근위병들이 맡아왔다. 얼마 전 시위대가 출범하면서 광화문 경비 업무를 넘겨받았다. 이명재는 악조건 속에서도 임무를 다하고 있는 병사들이 고마웠다.

"고생이 많네. 힘들지 않나?"

"아닙니다!"

"조금만 참세. 다음 달에는 최신식 소총을 지급할 걸세."

"총이 없으면 맨몸으로 싸우겠습니다!"

이명재는 병사들의 어깨를 두드리며 격려했다. 잠시 후 조선 제일의 판소리 명창 송만갑 일행이 광화문에 모습을 드러냈다. 궁중 연회를 주관하는 전선사 제조가 맨앞에 서 있었다. 제조는 이명재를 보자 반갑게 인사했다. 이명재는 시위대 병사들에게 눈짓을 주었다. 병사들은 송만갑 일행의 봇짐을 풀어헤치고 몸을 수색했다. 소리꾼 송만갑이 불만에 찬 목소리로 투덜거리기 시작했다.

"앗따, 이번에는 좀 거시기하네잉."

득음을 한 송만갑 명창의 목소리가 광화문 정문을 쩌렁쩌렁 울렸다. 하지만 청일전쟁 이후 조선에는 폭탄이 대거 유입되었다. 얼마 전 북촌에 있는 한 고관의 집에서도 선물이라며 놓고 간 궤짝이 폭발해 온 가족이 몰살당하는 일이 있었다. 자칫하면, 궁 안이 한순간에 불바다가 될 수도 있었다.

시위대 병사도 언성을 높였다.

"아, 가만히 계시라니까요!"

"거시기 말이여! 내 물건은 제발 건드리지 말랑께요. 흥분하면 벌떡벌떡 일어선다니께!"

이명재는 눈짓으로 그만하라는 신호를 보냈다. 그렇지 않아도 송만갑 명창 옆에서 갓을 쓴 채 점잖게 서 있는 사람이 눈에 거슬렸다. 그의 옆에는 짐꾼이 큼지막한 함을 메고 서 있었다.

"옆에 계신 분은 누구신지요?"

"저는 배동익이라고 합니다."

"판소리 공연이면 소리꾼과 고수만 있으면 되는데 어떻게 같이 오셨습니까?"

"제가 인솔자입니다."

"왜 인솔자가 필요합니까?"

"궁에서 공연할 때마다 제가 인솔해서 왔습니다."

그 말이 채 끝나기도 전에 전선사 제조가 재빠르게 끼어들었다.

"이 대대장, 이분은 조선에서 가장 돈이 많은 거상이오. 주상 전하께서도 아주 총애하시는 분이니 무례하게 굴지 마시오."

이명재는 고개를 갸우뚱하며 짐꾼이 들고 있는 함을 가리켰다.

"그건 무엇이오?"

배동익은 머뭇거리더니 퉁명스럽게 입을 열었다.

"주상 전하와 중전마마께 올릴 선물입니다."

"풀어보시오."

"곤란합니다. 전하께 올릴 선물을 아무에게나 보일 수는 없습니다."

이명재의 눈이 반짝였다.

"선물 보따리를 풀다가 폭탄이 터져 중전마마의 오라버니와 일가족이 숨진 사건을 잊었단 말이오? 어서 풀어보시오."

배동익은 마지못해 보따리를 풀었다. 함 속에는 금괴가 빼곡히 들어차 있었다. 이명재는 화가 머리 끝까지 차올랐다. 얼마 전에도 뇌물을 갖고 중궁전을 찾아온 지방 관리를 꾸짖어 돌려보낸 적이 있었다. 그로 인해 중전 민씨의 분노를 샀지만, 이명재는 같은 상황이 또 닥치더라도 똑같이 처신하리라 다짐했었다. 아무리 모시는 분이라 할지라도 옳지 않은 걸 보고도 못 본 척할 수는 없었다. 병사들에게 궁 밖으로 끌어내라고 명했다. 옆에서 지켜보던 전선사 제조의 눈이 휘둥그레졌다.

"이 대대장, 이러면 오늘 저녁 행사는 엉망이 되오! 주상 전하의 노여움을 어떻게 감당하시려는 게요?"

"저는 뇌물을 바치려는 시정잡배를 내쫓은 겁니다. 저런 자들이 나라를 병들게 하는 것 아닙니까?"

이명재가 타협을 모르는 원칙주의자라는 소문은 이미 궁 안에 퍼질 대로 퍼진 터였다. 전선사 제조는 이명재의 제복을 툴툴 털어주며 간청했다.

"이번 한 번만 눈감아 주시오. 주상 전하가 거상 배동익을 얼마나 신뢰하고 있는지 아시지 않소?"

세속에 닳을 대로 닳은 전선사 제조의 눈빛은 절박하기 이를 데 없었다. 그러나 이명재는 이미 마음을 굳힌 상태였다. 고종과 중전 민씨의 성정을 잘 아는 그였지만, 눈앞에서 뇌물이 오가는 현실에 실망감이 밀려왔다. 이제는 정신 차리고 쓰러진 나라를 되살려야 하는 게 아닌가. 썩어빠진 관료들의 뇌물수수를 엄단하고 기강을 바로잡는 것이 국왕의 책무 아닌가. 솔선수범은 못 할지언정 왕이 대놓고 뇌물을 받는 것을 도저히 이해할 수 없었다.

그는 말없이 몸을 돌려 건청궁 쪽으로 발걸음을 옮겼다. 치밀어 오르는 분노와 실망을 지그시 눌렀다. 전선사 제조는 한쪽 눈을 찡긋거리며 배동익과 소리꾼 일행에게 따라오라는 손짓을 했다. 배동익은 이런 대접은 처음이라는 듯, 어깨를 들썩이며 어이없다는 표정을 지었다. 제조는 이명재 옆으로 따라붙더니 자꾸 말을 붙였다. 이명재는 말대꾸도 없이 앞만 보고 걸었다. 전선사 제조는 슬쩍슬쩍 눈치를 보며 입에 거품을 내뿜으며 말했다.

"지금 한성이 어떤 곳인지 대대장께서도 아시잖습니까? 요즘 도시는 거대한 공사판 아닙니까? 곳곳에 서양식 저택이 들어서고, 신식 학교가 세워지고, 명동에는 웅장한 성당까지 올라가고 있지 않습니까?"

이명재는 한성의 각종 건설공사 인허가권을 놓고 거액의 뇌물이 오간다는 얘기를 들은 적은 있었다. 작은 공사는 말단 관료가, 큰 공사는 왕실까지 이권에 개입한다는 소문이 나돌았다. 전선사 제조는 마치 장사꾼처럼 신이 나서 떠들었다.

"조선의 거상 배동익이 어떻게 탄생했겠습니까?"

사실 거상들은 큰돈만 벌 수 있다면 수단과 방법을 가리지 않았다. 정의나 불의도, 국적도 따지지 않았다. 오로지 권력을 가진 자와 결탁할 뿐이었다. 그래야 건설 인허가권이나 각종 이권 사업을 따낼 수 있었기 때문이다. 고종과 고관대작들에게 접근할 수 있는 가장 효율적인 매개체는 바로 판소리 명창들이었다. 그래서 거상들은 평소 명창들에게 술과 음식을 사주고, 생활비까지 대주며 사사로이 관리했다.

"명창들은 소리를 하고, 거상들은 뇌물을 미끼로 이권을 따온다는 얘기군요."

"이권만이겠습니까? 거상들은 조선 내각의 인사권까지 좌지우지하고 있습니다. 중전마마께 직접 인사 청탁을 하는 관리는 손에 꼽을 정도입니다. 요직의 대부분은 거상들을 통해 자리 주인이 결정되지요. 거상 덕분에 고위직에 오른 관료들은 다시 이권과 특혜로 보답합니다. 세상 돌아가는 일은 거의 다 거상들과 관련돼 있다 해도 과언이 아닙니다. 거상만 끼워 넣으면 복잡한 세상일도 실타래 풀리듯 술술 풀린다니까요."

"그렇다면 얼마 전, 한성부 판윤 자리에 엉뚱한 인물이 임명된 것도 그런 연유에서였습니까?"

"제가 직접 본 건 아니니 장담은 못 하겠습니다만, 한성부 판윤의 권한이 워낙 막강하다 보니, 인허가권을 노리는 거상들이 그 자리를 자기 사람으로 만들기 위해 혈안이 되어 있는 건 분명합니다."

"그래서요?"

"거상들은 먼저 한성부 판윤 자리를 탐내는 관리에게 제안합니다. 판윤 시켜줄 테니, 나중에 보답하라는 약속을 받아두는 것이죠. 그런 뒤 중전마마께 금은보화를 상납하고 인사 청탁을 합니다. 마마는 내탕금이 생겨서 좋고, 그 관리는 출세해서 좋고, 거상은 이권을 따내 돈을 벌 수 있어 좋습니다. 누이 좋고 매부 좋은 일 아닙니까?"

이명재의 얼굴이 일그러졌다. 전선사 제조는 눈치도 없이 실실 웃었다. 본인이 아주 쉽게 설명했다고 흡족해 했다.

"으하하. 중전마마께선 직접적으로 매관매직을 하신 것도 아니고, 그 관리 역시 직접 인사 청탁을 한 적이 없습니다. 그저 거상은 장사꾼으로서 돈을 벌기 위해 최선을 다한 것뿐이죠. 문명개화된 요즘 세상 돌아가는 이치가 이런 식입니다. 모두가 이기는 도박판인 셈이지요."

이명재는 참지 못하고 버럭 소리를 질렀다.

"그게 어떻게 모두가 이기는 도박판입니까? 모두가 거지가 되는 망국판이지요! 우리가 왜 일본의 속국이 되었겠습니까? 정신 똑바로 차리십시오."

전선사 제조의 얼굴에서 웃음기가 싹 사라졌다.

"제 말은…… 우리 조선의 판소리 발전에 거상들의 역할이 컸다는 이야기를 하려던 것이었습니다. 곡해는 하지 마십시오. 거상들이 전국의 명창들에게 생활비를 대며 판소리 발전에 기여해 왔다는 이야기입니다. 주상 전하께서도 그 덕분에 소리를 즐기실 수 있었고…… 뭐, 그렇다는 게지요."

이명재는 궁 생활을 시작한 이래, 수없이 마주하는 노회한 관리들이 꼴도 보기 싫었다. 경복궁이라면 나라를 이끌어갈 최고의 두뇌들이 모여 있어야 할 곳이 아닌가? 지금은 나라의 비참한 현실을 타개하기 위해 모두가 머리를 맞대야 할 때가 아닌가? 그러나 아무리 둘러봐도, 마음 터놓고 의기투합할 동지를 찾을 수 없었다. 다들 마음속에 기다란 구렁이를 하나씩 키우고 있는 것 같았다. 더러운 속셈과 꿍꿍이만 가득했다. 이명재는 가슴속 응어리를 억누르기 어려웠다.

눈치를 살피던 전선사 제조가 얼른 비난의 화살을 청국 상인들로 돌렸다.

"우리 조선 상인들은 아직 멀었습니다. 장삿속이나 잔꾀로 치자면 청국 상인들 발끝도 못 따라가지요. 그래서 요즘 하는 말이 있지 않습니까? 재주는 곰이 부리고 돈은 되놈이 번다."

청국 상인들이 조선 상권을 장악한 것은 1882년 임오군란 이후다. 고종과 중전 민씨가 임오군란 진압을 요청하자 청국은 군대를 파견했다. 그 뒤로 조선의 군사적 주권은 청국 손에 넘어갔다. 조선의 정치 권력 또한 청국 총독 위안스카이의 손아귀에 들어갔다. 청국 상인들은 그를 뒷배 삼아 조선에서 이권을 쓸어 담으며 떼돈을 벌었다. 그러나 지난해 청일전쟁에서 청나라가 패하자, 청국 상인들은 줄줄이 본국으로 도망쳤다. 그 빈자리를 차지한 것이 일본 상인들이었다.

현재 남대문과 명동 일대는 일본 상인들 천지다. 유행어도 바뀌었다. '재주는 곰이 부리고 돈은 왜놈이 번다.' 사실 이 말조차도 이미 지나갔다. 최근 일본의 기세가 꺾이면서, 큰돈은 중전 민씨의 수중으로 몰려들기 시작했다. 고종이 거상들로부터 받는 뇌물도 대부분 중전에게로 흘러들었다. 이제는 '재주는 곰이 부리고 돈은 안주인이 번다'는 말이 회자되었다.

궁 안에서 가장 조심해야 할 것은 말이었다. 입단속을 제대로 하지 않으면 패가망신하게 된다. 궁궐 돌아가는 사정을 알면 알수록 권력이라는 것이 참 추하다는 생각이 들었다.

석양이 인왕산 산등성이에 찔려 검푸른 피를 흘리고 있었다. 인왕산 억센 바위들이 시커멓게 물들어갔다. 이명재는 피가 나는지도 모른 채 입술을 꽉 깨물었다. 그때 건청궁 안쪽에서 분주한 발소리가 들려왔다.

"주상 전하 납시오!"

고종의 행차를 알리는 목소리가 우렁차게 울려 퍼졌다. 고종과 중전 민씨의 뒤를 궁녀들이 줄을 지어 따랐다. 고종과 중전 민씨가 향원정으로 입정한 뒤 술과 음식상이 들어갔다. 이명재는 정자 주변을 돌며 연못 속을 주의 깊게 살폈다. 물은 먹구름처럼 흐렸다. 날이 어두워지고 오렌지빛 전등이 켜지자 송만갑 명창의 창소리가 대지를 뒤흔들었다. 옆에 있던 제조가 소곤소곤 설명했다.

"지금 부르는 단가는 춘향가에 나오는 농부가입니다. 목청을 풀기 위해 부르는 곡이지요."

한가롭게 소리를 들을 때가 아니었다. 이명재는 향원정 주변, 연못 너머 구석구석까지 감시의 시선을 거두지 않았다. 사방의 경치는 아름다웠지만, 그의 눈은 매처럼 날카로웠다. 그때 우렁찬 새소리가 들렸다. 제조가 귀를 기울이더니 탄성을 내질렀다.

"방금 송만갑 명창이 내는 꾀꼬리 소리 들으셨습니까?"

"진짜 새 소리가 아니란 말입니까?"

이명재는 깜짝 놀랐다. 성량이 너무 풍부해 궁 안이 들썩였다. 심지어 백악산과 인왕산, 낙산과 남산에서 울려 퍼진 듯 새소리가 메아리가 되어 돌아왔다. 제조는 흡족한 듯 웃었다.

"적벽가의 새타령입니다. 송만갑의 새타령은 천하제일이지요. 아, 중전마마께서 춘향가 중 쑥대머리를 청하셨나 봅니다. 가장 좋아하시는 곡입니다."

"쑥대머리라면……?"

"쑥대머리는 쑥처럼 헝클어진 머리를 뜻합니다. 옥에 갇힌 춘향이가 이몽룡을 그리워하고 원망하며 부른 옥중가지요."

"중전마마께서 주상 전하에게 맺힌 게 있으신 모양입니다."

"글쎄요, 오히려 주상 전하께서 더 한이 많지 않을까요?"

제조는 껄껄껄 웃었다. 고종도 선대 임금들처럼 궁녀들을 마음껏 껴안고 싶었다. 하지만 중전 민씨는 젊은 궁녀들이 고종 근처에 얼씬도 못 하게 했다. 정자 안에서 술잔이 오가고 대화하는 소리가 들렸다. 고종이 즐겁게 웃는 소리가 들렸다. 창 소리에 흡족한 듯 칭찬을 아끼지 않았다.

"오늘은 네 목소리가 더 웅장하고 호탕하구나. 짐이 독수리가 되어 하늘을 나는 듯하도다."

전등 불빛 너머로 송만갑 명창이 상체를 조아리는 모습이 보였다.

"하이고, 성은이 망극하다니께요. 소리라는 게 어떤 틀에 갇히면 안 된다 생각한다니께요. 사설에 몰입하면 감정이 자유롭게 날개를 펴게 된다니께요."

"그래서 내가 자네 소리를 좋아하지. 그래 이번엔 무슨 소리를 들려줄 텐가?"

"심청가 한 곡 뽑아보겠습니다요."

"얼씨구. 조오치!"

송만갑 명창의 심청가가 이어지고, 고종은 "얼쑤, 조오타"를 연발하며 술을 들이켰다. 곡이 끝날 때마다 고종의 감탄사가 쏟아졌다.

"짐은 씩씩하고 웅장한 소리가 좋다네. 또 다른 곡 하나 더 해보게."

송만갑과 고종은 술잔을 주거니 받거니 하며 밤 깊어가는 줄 몰랐다. 고종의 혀가 꼬이기 시작했다. 내뱉는 말도 앞뒤가 맞지 않았다. 초가을에 군불을 지핀 것도 금방 술이 오른 원인 중의 하나였다. 중전 민씨는 고종이 너무 술에 취했다고 판단한 듯 자리를 정리했다.

"오늘 소리 잘 들었네. 힘들 테니 이제 그만 물러가도록 하게."

거상 배동익이 향원정 문을 열고 송만갑과 함께 조심스럽게 뒷걸음쳤다. 제조는 그들이 취향교를 건너가는 모습을 지켜보았다. 향원정 문틈으로 달빛이 스며들었다. 중전은 달빛에 취한 듯 고종에게 말했다.

"빨리 겨울이 왔으면 좋겠습니다."

미소를 머금고 생각에 잠긴 중전은, 겨울 향원지에서 피겨 스케이팅을 즐기던 미국 공사관 직원들의 모습을 떠올렸다. 고종은 고개를 갸웃했다. 풀벌레 소리 들으며 술을 마실 수 있는 가을이 얼마나 아름다운가. 휘영청 떠오른 보름달까지 술맛을 더욱 북돋았다.

"이 좋은 가을에 무슨 겨울 타령인가. 한 잔 더 주구려."

"그만 하시지요. 또 괜히 궁녀들만 괴롭히지 마시고요."

고종은 속에서 울컥하는 분노를 억누르며 술잔을 들이켰다. 중전의 감시 때문에 마음 놓고 궁녀들과 즐기지도 못했다. 술만큼은 양보할 수 없었다. 고종은 애꿎은 술주전자만 괴롭혔다. 연달아 술잔을 들이

키는 모습을 지켜보던 중전은 자리에서 일어나 취향교를 건넜다. 그 뒷모습을 바라보는 고종은 쓸쓸했다. 홀로 남아 잔을 가득 채웠다. 술이 술을 마셨다.

10월 3일

덫

한가위 명절 아침, 북촌 거리는 쥐 죽은 듯 고요했다. 집집마다 매캐한 향내만 스며 나왔다. 이명재는 안방에 차례상 두 개를 차렸다. 하나는 황정일의 부모를 기리기 위한 상이었다. 작년 동학농민전쟁 때

행방불명됐다는 그의 말을 믿었기 때문이다. 그러나 거짓말이었다. 황정일의 부모는 살아 있었다. 일본군이 인질로 잡고 있었다. 한성신보 사장 아다치는 정보 보고를 하지 않으면 부모를 죽이겠다고 협박했다.

차례를 마친 뒤 제삿밥을 뜨던 황정일은 눈시울을 붉혔다.

"대대장님! 고맙습니다. 제 부모님의 차례상을 준비해주실 줄은 꿈에도 몰랐습니다."

이명재는 음복주를 따르며 황정일의 등을 가볍게 두드렸다.

"정일아, 조선 천지에 이름도 없는 무덤이 얼마나 많은지 아느냐. 시간 나면 네 부모님 시신부터 함께 찾아보자꾸나."

이 따뜻한 말에 황정일은 다시 눈가가 붉어졌다. 죄책감을 감추려는 듯 벌떡 일어나 정중히 큰절을 올렸다. 아무것도 모르는 이명재는 밥그릇을 깨끗이 비웠다.

"자, 이제 취운정으로 가자꾸나. 약속에 늦겠어."

백악산 동쪽 기슭에 자리한 취운정은 이명재 집에서 가까웠다. 북촌에서도 경치와 전망이 가장 좋은 명당이다. 정자로 오르는 길도 고즈넉하고 아름다웠다. 바람이 불 때마다 여치가 풀숲에서 노래를 불렀다. 숲이 울창해 정자 주변은 늘 서늘했다. 나뭇잎 사이로 새어든 가을 햇살은 따사로웠다. 이명재는 정자 위에 올라 북촌 전경을 굽어보았다. 발아래에는 북촌의 전경이 눈에 시리도록 아름답게 펼쳐졌다.

북촌은 지는 보수파와 뜨는 개화파 거물들의 집이 한곳에 모여 있는 동네다. 개화파의 태두로 존경받는 박규수 대감. 우의정을 지낸 그의 사랑방은 조선 개화파의 온실이었다. 박규수 대감의 바로 뒷집은 온건 개화파 민영익의 집. 민영익은 중전 민씨의 조카다. 박규수 대감 바로 앞집은 영의정을 지낸 홍순목 대감의 아들 홍영식의 집. 고종과 어려서부터 친했던 홍영식은 1884년 갑신정변에 가담했다가 살해당했고 온 가족이 몰살했다. 홍영식의 집 오른쪽 붉은 고개를 오르다 보면 언덕 위에 김옥균의 집이 있다.

이명재는 한참을 김옥균의 집 쪽을 응시했다. 일본의 힘을 빌려 조선을 개화하려 했던 혁명가 김옥균. 날카로운 눈빛과 넘치는 열정으로 가득했던 청년 시절의 모습이 떠올랐다. 그러나 그는 결국 일본에 이용만 당한 채 비극적으로 삶을 마감했다. 이명재의 눈가가 촉촉하게 젖었다.

서늘한 가을바람이 북촌으로 몰려왔다. 바람 속엔 여전히 피비린내가 섞여 토할 것만 같았다. 북촌은 권력과 피의 교차로였다. 보수 기득권자와 세상을 뒤집으려는 혁명가들이 한데 뒤섞여 사는 마을. 권력의 풍향이 바뀔 때마다 피바람이 불었다.

약속 시간이 한참 지났지만, 기다리던 사람들은 기척이 없있다. 취운정은 친청 보수파의 태두이자 중전 민씨의 사돈인 민태호 대감의 별장 정자였다. 갑신정변 때 친일 개화파에게 암살된 뒤, 그의 아들 민영익이 물려받았다. 온건 개화파였던 민영익은 이곳을 젊은 개화파 지식인들의 사랑방으로 삼았다. 북촌의 젊은 개화파 지식인들이 모여 국제

정세를 토론하고 조선의 나아갈 방향을 구상하던 곳이 바로 취운정이었다. 이명재가 그의 호위무사로 일하던 시절 자주 들렀던 곳이다.

"정일아, 이곳은 조선의 운명을 논의하던 장소다. 내가 이 정자를 약속 장소로 정한 이유를 알겠느냐? 오늘 이곳에서 조선의 군사 주권을 되찾기 위한 진군의 나팔 소리가 울릴 것이야."

황정일은 그의 말뜻을 이해할 수 없었다. 다만, 한 가지는 분명히 다짐했다. 오늘 이 약속만큼은 결코 일본 놈들에게 새어나가지 않도록 하겠다고. 그때였다. 갑자기 숲 너머에서 새들이 요란하게 울었다. 황정일은 손가락을 입에 대며 조용히 말했다.

"누군가가 오고 있습니다."

"내려가 보거라."

말이 끝나기도 전에 그는 이미 숲속으로 사라졌다. 이윽고 정자 아래서 소란스러운 말소리가 들려왔다. 질펀한 욕지거리가 들리고, 경무청 소속 순검 세 명이 모습을 드러냈다. 서양식 제복 차림의 순검들은 이명재에게 경례를 올렸다. 진회색 상의에 두 줄로 달린 금빛 단추들이 햇빛에 반사되어 번쩍거렸다. 하지만 그보다 더 눈길을 끈 것은 제복 곳곳에 묻은 핏자국이었다. 칼자루에 매달린 붉은 장식도 피에 젖어 있었다.

이명재는 깜짝 놀라 취운정 계단을 뛰어 내려갔다.

"아니 무슨 일이오?"

황정일이 먼저 대답했다.

"북촌 올라오는 입구에 일본군 초소가 있습니다. 거기서 조선훈련대 병사들이 검문을 했는데, 그 과정에서 시비가 붙어 결국 싸움이 났다고 합니다."

성격이 급한 순검 하나가 씩씩거리며 끼어들었다.

"그놈들이 우리 보고 촌놈이라고 놀려먹드랑께요. 우리가 가만히 있을 수는 없지 않겠소. 겁나게 패줬다니께요."

"원래 일곱 명이 오기로 하지 않았소. 나머지 네 명은 왜 안 보이는 것이오?"

"조선훈련대 병사들이 진탕 얻어터지니께 일본군들이 놀라지 않았겠소. 아따, 그놈들이 소총으로 우리를 죽이겠다고 위협했당께요. 잠깐 몸을 사렸지라우. 흐미, 그 사이에 훈련대 놈들이 달려들어 칼로 쑤셔버렸다니께요. 의원에 데려다주고 오느라 쪼깨 늦었다니께요."

"친구들 돌봐야지, 여긴 왜 왔소?"

"하늘이 무너져도 대대장님과 한 약속을 어길 수는 없지 않겠소."

이명재는 손을 내저으며 한숨을 내쉬었다.

"아이고, 참말로…… 그분들은 많이 다쳤소?"

"쪼깨 다쳤소. 약 바르면 금방 낫는다니께 너무 걱정하지 말랑께요."

"고생 많았소. 정자 위로 올라갑시다."

순검들은 정자 위에 오르더니 무릎을 꿇고 넙죽 큰절을 올렸다.

"아니 왜들 이러시오?"

"고마우니께요."

"아니 뭐가 고맙단 말이오?"

"저희 같은 무지렁이들을 한성으로 불러주셨잖소. 순검 되기가 하늘의 별 따기 아닙니까. 대장님은 저희 은인입지요."

그들은 다시 머리를 조아렸다. 피 묻은 제복이 눈에 들어오자 이명재의 가슴 밑바닥에서 분노가 끓어올랐다. 훈련대 병사나 순검이나 다 같은 조선 백성 아닌가. 힘을 합쳐 왜놈을 몰아내도 시원찮을 마당에, 서로 싸우다니. 특히 일본을 등에 업고 기세등등하게 날뛰는 훈련대 친일 앞잡이들이 눈엣가시처럼 얄미웠다. 그 뒤에는 친일내각의 개화파 관료들이 숨어 있다. 이글거리는 이명재의 눈앞에 서광범 법부대신의 간악한 얼굴이 떠올랐다.

날짜도 잊지 않았다. 진달래 꽃이 지기 시작하던 4월 23일, 서광범은 전봉준 장군을 포함한 농민군 지도자들에게 무더기로 사형을 언도했다. 북촌 명문가 도련님 출신인 그는 갑신정변이 실패하자 일본으로 도주했고, 이후 미국으로 넘어가 시민권까지 취득했다. 그런 그를 일본은 김홍집 내각 수립과 함께 귀국시켰다. 이중국적 신분으로 돌아온 서광범은 법부대신에 임명되었고, 일본식 사법제도를 도입하는 앞잡이 노릇을 자처했다. 근대적 사법제도에 입각해 첫 재판정에 올린 피고인이 바로 전봉준 장군이었다. 전봉준 장군에게 사형을 선고한 것이 그의 첫 업적이었다.

"벌레만도 못한 놈들……."

이명재가 이를 악물며 중얼거리자, 정자에 엎드려 있던 순검 세 명이 서로 얼굴을 쳐다보며 당황한 표정을 지었다.

그는 곧 손사래를 치며 웃어 보였다.

"아, 훈련대 친일파 놈들 말이오. 분통이 터져서 그랬소."

그제야 순검들도 웃으며 물었다.

"오늘 하달할 명령이 있다고 들었습니다. 하명만 하십시오."

이명재도 무릎을 꿇고 앉았다. 한 명씩 순검들의 손을 굳게 잡았다.

"이제 행동에 나설 때가 왔소. 돌아가신 전봉준, 김개남 장군님의 유지를 받들어 새로운 세상을 만들어 봅시다."

순검들은 고개를 더 깊이 숙이며 아뢰었다.

"목숨 바쳐 싸울랑께요. 명령만 내려달라 안허요."

이들은 한없이 밑으로 추락하는 나라를 위해 뭔가를 해야 한다고 생각했다. 뒷걸음질만 치는 조선의 현실을 더 이상 두고 보지는 못하겠다는 결연한 표정이었다.

"정일아, 준비한 술을 내오너라."

황정일이 상을 들고 와 정자 마룻바닥 위에 놓았다. 곱디고운 백자 술병과 술잔이 가지런히 놓여 있었다. 이명재는 잔에 술을 가득 따랐다. 무색의 술은 햇살에 반사되어 은은하게 빛났다. 순검들은 술잔을 들이킨 뒤 다시 큰절을 올리고 무릎을 꿇었다.

이명재는 밀명을 내렸다.

"조선이 일본의 속국이 된 것은, 용산에 주둔한 일본군과 그 일본군의 개가 된 조선훈련대 때문이오. 조선이 군사 주권을 되찾으려면, 이

들부터 응징해야 하오. 먼저 조선 순검들을 멸시하고 괴롭혀온 훈련대의 악질 친일 병사들을 처단하시오."

그렇지 않아도 일본군을 뒷배로 삼아 순검들을 무시하고 구타하는 훈련대 친일파 병사들에게 사무친 원한이 많았다. 순검들은 고개를 숙이며 힘찬 목소리로 외쳤다.

"명! 받들겠사옵니다!"

순검 한 명이 떨리는 목소리로 물었다.

"죽여도 될랑가 모르겠네요?"

이명재는 단호하게 답했다.

"응징이 목적이오. 하지만 불가피하다면 죽여도 무방하오."

또 다른 순검 한 명이 이를 바득바득 갈며 말했다.

"원한을 갚게 해주시니 감읍할 따름이옵니다. 훈련대에는 죽어 마땅한 놈들이 분명 있사옵니다. 그놈들이 우리를 얼마나 무시하고 괴롭혔는지 원성이 하늘을 찌르고 있습니다. 다시는 우리 순검들을 우습게 보지 못하도록 눈알을 파버리겠습니다."

이명재는 고개를 끄덕이며 당부했다.

"여러분의 안전이 걱정이오. 동료 순검들을 충분히 데리고 가시오."

"알았당께요. 저희랑 친한 친구들 20명 정도 데불고 가서 한판 신나게 놀아볼라니께요."

"임무를 완수하면 당분간 몸을 숨기도록 하시오. 고향에 다녀오셔도 좋고, 금강산 유람을 해도 좋습니다."

이명재가 눈짓을 보내자, 황정일이 엽전이 가득 든 묵직한 주머니를 건넸다. 믿음직한 동지들이었다.

취운정을 떠나는 순검들의 뒷모습이 점점 작아졌다. 이명재는 취운정에서 내려와 별장 본채로 이어지는 내리막길을 걸었다. 어린 시절 자주 뛰놀던 길. 한때는 무척이나 넓고 길게 느껴졌건만, 지금은 조그만 오솔길로 변해 있었다. 나이가 들수록 본채 집조차 작게만 보였다. 아담하고 예쁘장한 이 기와집에는 현재 유길준 내각 서기장이 살고 있었다.

유길준은 미국 유학 중이던 1884년, 갑신정변 소식을 들었다. 귀국하라는 고종의 어명을 받고 1885년 조선 땅을 다시 밟았다. 하지만, 귀국이란 곧 감옥행을 뜻했다. 갑신정변 주모자들과 친분이 두터웠던 그는 체포될 가능성을 각오해야 했다. 그러나 조국을 외면할 수는 없었다.

정권을 장악한 친청 보수파는 여러 차례 유길준 암살을 시도했다. 그때마다 그를 감싸준 이는 온건 개화파의 거두 민영익 대감이었다. 민영익은 자신의 취운정 별장을 내주며 몸을 숨기도록 배려했다. 그렇게 유길준은 귀국 이후 8년 가까이 별장에 은거하며 책을 섭렵하고 사색에 잠긴 나날을 보냈다.

그러나 작년 동학농민혁명이 일어나면서 그의 운명은 급변했다. 일본이 동학군 진압을 명분으로 군대를 파병하자, 고종은 일본어에 능통한 유길준을 외무아문 주사 겸 협상관으로 기용했다. 그러나 일본군은 조선 왕실과의 협상 따윈 관심조차 없었다. 그들은 곧장 경복궁으로 진격해 '갑오왜란'을 일으켰다. 고종을 건청궁에 가택연금했으며 민씨 내각은 실권했다.

  이후 일본은 친일내각을 수립하며, 일본 유학파 출신인 유길준을 중용했다. 그는 외무참의에 이어 내각 서기장으로 승승장구했다. 내각 서기장은 총리대신 김홍집의 비서실장으로 조선의 문명개화 정책을 실질적으로 지휘하는 자리였다. 그러나 박영효 내무대신을 비롯한 친일 각료들과 달리 유길준은 일본의 국익을 노골적으로 대변하지 않았다. 그는 오히려 대원군 지지파로 활동했다.

  "형님 계십니까?"

  이명재는 취운정 별장 사랑채 앞에서 외쳤다. 여러 차례 헛기침을 하며 점점 소리를 높였다. 갑자기 등 뒤에서 익숙한 목소리가 들려왔다.

  "아니, 이게 누구신가? 우리 게이오의숙 후배님 아니신가?"

  이명재가 뒤돌아보자, 멋진 양복 차림에 단발을 한 유길준 서기장이 환하게 웃으며 다가왔다. 그는 오른손으로 악수를 하며, 왼손으로는 이명재의 어깨를 끌어안았다. 수염 사이로 웃음이 실룩실룩 번졌다.

  "형님. 그동안 무고하셨습니까?"

  "안팎 정세가 이리 요동치는데, 어찌 무고할 수 있겠는가."

  이명재는 유길준의 얼굴을 찬찬히 살폈다. 콧등에 땀방울이 송글송글 맺혀 있었다.

  "어디 멀리 다녀오신 모양입니다."

유길준은 밝게 웃으며 대답했다.

"공덕리 아소정에 다녀오는 길이라네."

"형님, 대원위 대감 댁에 너무 자주 출입하시는 것 아닙니까? 그곳 경비 서는 순검들이 단순한 경호병인 줄 아십니까? 모두 정보원들입니다. 경무청 정보력은 최강입니다. 중전마마께서 형님 일거수일투족을 다 꿰고 계십니다."

"허허, 구더기 무서워 장 못 담그겠는가? 어서 들어가세."

유길준은 힘이 넘치는지 이명재의 어깨를 끌어 안았다. 사랑방에 앉자마자 술 이야기가 나왔다.

"우리 모처럼 낮술 한잔하세. 난 아우님만 보면 술맛이 절로 나는구려. 자네랑 마시면 술이 꿀같이 달아."

그는 안채를 향해 주안상을 내오라고 소리쳤다. 이명재는 그의 얼굴에 감춰진 긴장감과 굳은 결기를 읽었다. 숙청당할 것이라는 불안감은 느껴지지 않았다. 사실 유길준은 이미 지난해 고종을 마음에서 지워버렸다. 고종이 동학농민군을 진압하려고 청과 일본군을 불러들인 것은 절대 용납할 수 없는 일이었다.

조선 혁명과 조선의 문명개화를 위해서는 고종과 중전 민씨가 물러나야 한다고 생각했다. 이때부터 유길준은 대원군과 급속도로 가까워졌다. 동학농민군을 정치적 실체로 받아들인 대원군과 손잡고 맏손자 이준용을 새로운 국왕으로 옹립해 입헌군주제 혁명을 추진하겠다고 마음 먹었다. 다행인 것은 조선 백성들의 의식도 변하고 있었다. 과거에는 국왕을 하늘처럼 떠받들었다. 하지만, 개화사상이 물밀듯 들어오며 역모에 대한 두려움은 사라졌다. 이제 국왕이란 자리는 '백성이 부여해준 계약직'일 뿐이었다. 계약을 어기고 백성을 학살하려 드는 군주는 더 이상 왕이 아니었다. 신하와 백성이 힘을 합쳐 왕을 갈아치울 수도 있었고, 그래야만 했다.

이명재 역시 유길준과 같은 생각이었다. 고종과 중전 민씨가 대신들의 만류를 무릅쓰고 청국에 지원병을 요청했다는 소식을 들었을 때, 그들은 목놓아 울었다. 왕위를 유지하기 위해 백성을 학살하려는 자는 더 이상 국왕으로 인정할 수 없었다. 그러나 정국을 풀어나갈 타개책을 놓고는 두 사람의 의견이 갈렸다.

주안상이 차려졌다. 명절이라 그런지 상다리가 휘어질 정도로 진수성찬이었다. 안주를 본 두 사람은 술맛이 절로 돌았다. 유길준이 술잔에 맑은 술을 가득 따르자, 이명재도 잔을 들었다. 이명재는 잔을 꺾는 법이 없었다. 작은 잔이든 큰 잔이든 단숨에 술을 비웠다.

이명재가 손으로 입을 닦으며 낮은 목소리로 말했다.

"형님, 중전마마가 형님을 죽이겠다고 벼르고 있습니다."

"개화파는 모두 죽여버리겠다고 했다지? 그렇다고 내가 겁먹을 줄 아는가? 으하하하."

"그나저나 요즘 대원위 대감과 무슨 얘기를 나누시는 겁니까? 설마 역적 모의라도 하시는 겁니까?"

그 순간, 유길준의 얼굴이 시커멓게 굳었다. 목이 타는 듯 다시 술잔을 가득 채운 다음, 쾌활하게 건배를 외치며 화제를 돌렸다.

"후쿠자와 유키치 선생께서 자네 소식을 묻더군."

"건강하시죠?"

"회갑을 맞으셨는데도 정정하시다네."

"요즘도 연락을 주고받으시는가 보죠?"

"하하. 내가 『서유견문』이란 책을 쓰지 않았나. 후쿠자와 선생님 출판사에서 책을 출판하기로 했네. 그래서 자주 연락을 주고받았지. 자네가 게이오의숙에서 공부할 때 선생님께 그렇게 치받았다면서?"

"배울 점도 많지만, 조선인으로서 듣기 거북한 말씀도 많이 하셨습니다."

"일본 최고의 개화 사상가를 망신 줬다는 얘기를 듣고 통쾌했네. 잘했어. 자, 한 잔 더 받게."

술잔을 비운 이명재는 벌써 얼굴이 불쾌해졌다. 그때의 기억이 떠올라 주먹을 불끈 쥐고 술상을 내리쳤다.

"후쿠자와는 개화 사상가가 아닙니다. 그는 제국주의자요, 폭력주의자입니다. 이웃나라를 멸시하고 침략 전쟁을 부추기는 모략가입니다."

유길준은 이명재의 직설적인 성격을 잘 알고 있었다.

"알았네, 알았어. 자, 그래 오늘 무슨 일로 왔는가?"

이명재는 조심스럽게 선물 보따리를 내밀었다.

"오늘이 한가위이지 않습니까. 형님께 드리려고 가져왔습니다."

"허허, 자네가 그런 인물이었나? 선물로 환심을 살 사람도 아니고.

내가 한 수 조언하겠네. 친러파를 찾아가게. 나는 조만간 좌천되거나 목이 날아갈 몸이야."

궐 안에는 이미 소문이 자자했다. 중전 민씨는 친일내각을 무너뜨리기 위해 숙청할 각료 3인방을 점찍었다. 그 명단에는 김홍집 총리대신, 그의 비서실장인 유길준, 그리고 조선의 재정을 틀어쥔 어윤중 탁지부 대신이 포함되어 있었다. 어윤중은 이틀 전 해임되었다. 다음은 유길준 차례였다.

이명재는 쓴웃음을 지으며 다급하게 내둘렀다.

"출세 욕심은 없습니다. 그저 인간적으로 형님이 좋아서 찾아뵌 겁니다."

"그걸 내가 모를까. 다만 꺼져가는 불씨 곁에 있다가, 자네까지 얼어 죽을까 염려되어 하는 말일세."

술기운이 올라 기분이 좋아진 이명재는, 평소 같지 않게 농담까지 곁들였다.

"꺼진 불도 다시 보라지 않습니까. 한 번 불탄 재는 금세 다시 타오를 수도 있습니다. 하하하. 제가 두려워할 게 뭐가 있겠습니까? 죽음도 두렵지 않습니다. 이 선물을 드리고 싶은 건 석 달 전 은혜를 잊지 못해서입니다. 그때 정말 큰 빚을 졌습니다."

"석 달 전? 내가 자네한테 무슨 은혜를 베풀었단 말인가?"

"형님 말씀이 없었더라면, 제 목이 날아갔을 겁니다."

"아……, 박영효의 중전마마 암살 모의 사건 말인가?"

"예."

유길준은 박영효를 싫어했다. 일본과 미국에서 유학하며 고민한 것은 조선의 문명개화였다. 그는 부국강병한 나라를 만드는 것이 사명이라 믿었다. 그러나 박영효는 정반대의 길을 걸었다. 철종의 사위가 된 이후 개화파의 옷을 걸친 채 출세주의자로 변모했다. 원래 왕실의 사위는 관직에 나설 수 없었다. 그래서 권력이 더 그리웠던 모양이다. 갑신정변 실패 후 일본 망명 생활을 하면서 증오와 복수심이 생긴 것도 원인일 수 있었다.

그가 조선 땅에 돌아온 것은 갑오왜란이 발발한 지 한 달만인 작년 8월 23일이었다. 귀국과 동시에 그는 친일내각 최고의 실세로 떠올랐다. 불과 넉 달 후인 12월, 김홍집-박영효 연립내각이 출범했다. 박영효는 내무대신이지만 실권을 쥐었다. 고종의 옥새도 사실상 그의 손에 들어갔다. 일본의 국익을 대변하며 조선을 통치한 셈이다.

그 무렵 유길준은 사람 좋은 김홍집 총리대신과 함께 조선의 근대화 작업을 하나씩 추진 중이었다. 그러나 박영효가 끼어들면서 모든 것이 뒤틀렸다. 박영효식 개화는 '문명 개화'가 아니라 '식민 개화'였다. 유길준은 박영효 내무대신 밑에서 내무협판으로 일한 적이 있어 그의 야망을 피부로 느낄 수 있었다.

박영효는 중앙과 지방 요직에 자신의 측근을 배치했다. 군부와 경무청에도 심복을 심으며 서서히 권력을 장악했다. 그에게 마침내 절호의 기회가 왔다. 5월 10일, 러시아가 주도한 삼국간섭 앞에 일본이 고개를 숙였다. 조선을 식민지화하려던 일본의 제국주의 전략이 커다란 차질을 빚었다. 박영효는 그 틈을 타 마수를 드러냈다. 그는 5월 17일 김홍집 총리대신을 밀어내고 내각을 완전히 장악했다.

위기감을 느낀 중전 민씨도 발 빠르게 움직였다. 이명재의 건의를 받아들여 왕실 친위대인 시위대를 창설했다. 일본군의 지휘를 받는 조선훈련대에 맞서 왕실을 보호하기 위한 친위 병력이었다. 박영효도 만만한 상대는 아니었다. 그는 6월 25일 고종을 알현하고 시위대를 해산하고 조선훈련대에 편입시킬 것을 강요했다. 친일내각에 고분고분했던 고종은 덜컥 겁이 났다. 공을 중전 민씨에게 넘겼다. 역시 중전 민씨는 호락호락하지 않았다. 그는 베베르 러시아 공사를 궁으로 불러들여 친일내각 와해 전략을 세웠다. 먼저 박영효 총리대신 서리를 해임했다. 그리고 일본 공사에게는 한성수비대 철병을 요구했다.

국제 정세에 무지한 박영효는 극단 처방으로 대응했다. 중전 민씨를 암살하기로 한 것이다. 그는 곧바로 일본인 자객들을 규합했다. 일본 공사에게는 극비리에 병력 지원을 요청했다. 이 거사 계획을 이명재에게 알려준 사람이 바로 유길준이었다.

유길준은 박영효의 인간 됨됨이를 잘 알고 있었다. 무엇보다 박영효가 조선의 새로운 통치자가 되도록 수수방관할 수는 없었다. 7월 6일, 유길준은 이명재에게 편지 한 장을 건넸다. 박영효가 일본인 자객들에게 중전 민씨 암살을 지시하는 내용을 담은 편지였다. 결정적인 물증이었다. 이명재는 즉각 고종과 중전 민씨에게 박영효의 거사 계획을 보고했다. 고종은 밤늦도록 궁중회의를 주재했고, 중전 민씨는 박영효 체포령을 내렸다. 나는 새도 떨어뜨릴 정도로 막강한 권력을 누렸던 박영효의 시대가 막을 내리는 순간이었다. 그는 체포령이 떨어지자 일본군 한성수비대가 주둔하고 있는 용산 기지로 피신한 뒤, 다음날 새벽 용산 나루에서 기선을 타고 일본으로 도주했다.

"조선에서 내가 가장 좋아하는 사람이 아우님 아닌가. 시위대 제2대 대장을 맡고 있는 자네에게 알리지 않을 수 없었지."

유길준은 주전자를 들어 술을 따르더니 벌컥 벌컥 들이켰다. 그리고는 조심스럽게 말을 이었다.

"아우님, 비록 내가 친일내각에 몸담고 있지만, 김옥균이나 박영효 같은 매국노들과는 다르네. 나를 그들과 같은 선상에 놓지는 말게."

이명재는 유길준의 진심을 알고 있었다. 세상 사람들은 유길준을 일본에 빌붙는 자라고 비난하지만, 민족을 팔아넘길 사람은 아니라는 걸 이명재는 잘 알고 있었다.

"누가 형님을 감히 민족 반역자라고 욕한단 말입니까. 친일파와 민족 반역자는 엄연히 다르지 않습니까?"

분을 이기지 못해 일그러졌던 유길준의 얼굴이 아기처럼 해맑아졌다.

"역시 아우님은 총명하단 말이야. 정치를 하다 보면 친일도, 친러도 할 수 있네. 친일파나 친러파는 문제가 되지 않아. 외교적으로 줄타기를 잘하는 정치인이 오히려 유능한 정치인이라고 할 수 있네. 다만 조건이 있어. 나라와 백성을 위하는 마음이 밑바닥에 깔려 있어야 하네. 문제는 개인적인 권력욕을 위해 민족을 팔아먹는 매국노들이지. 그자들이 바로 민족 반역자들이야. 버러지만도 못한 놈들이지."

이명재도 술기운이 올라왔다. 그는 술 주전자를 들어 유길준의 잔에 술을 가득 채웠다. 두 사람의 술잔이 다시 부딪혔다. 유길준은 한바탕 욕지기를 쏟아내고는 마음이 좀 개운해진 듯했다. 그는 차분하고 매서운 눈빛으로 이명재의 얼굴을 살폈다.

이명재는 사실 '친일', '친러'라는 말이 귀에 거슬렸다. 외교란 전쟁을 막고 평화를 지키기 위한 수단 아닌가. 어느 나라든 우호적인 관계를 맺는 건 당연한 일이다. 그러나 지금 유길준과 중전 민씨가 말하는 '친일'과 '친러'는 그런 외교가 아니었다. 자주성을 결여한 사대주의에 가까웠다. 그는 믿었다. 나라를 구하고 바꿔나가고자 한다면 백성과 함께 자주적인 힘으로 이뤄내야 한다고.

술기운을 빌려 꾹꾹 눌러왔던 말을 쏟아냈다.

"형님이나 저나 조선의 문명개화와 부국강병을 위해 목숨을 바치기로 맹세하지 않았습니까. 다만 저는 걱정스러운 게 있습니다. 아무리 목적이 정당해도 수단이 그릇되면 결국 오류를 범하고 맙니다. 형님이나 저나 봉건왕조를 타도하고 입헌군주제를 도입하자는 생각은 같습니다. 하지만 형님은 이 목표를 이루기 위해 형님은 일본의 힘을 빌리려 하십니다. 저는 그 사대주의적 발상이 두렵습니다. 일본 놈들이 그렇게 호락호락 우리를 돕고 순순히 떠날 놈들입니까? 봉건왕조 타도와 입헌군주제 도입은, 반드시 우리 손으로 이뤄야 합니다. 지금 조선의 급선무는 척왜입니다. 일본 놈들을 먼저 몰아내야 합니다."

유길준은 미간을 잔뜩 찌푸린 채 아무 말 없이 듣고 있었다. 도달하고자 하는 목적지는 같지만, 가는 길이 전혀 달랐다. 아직 이명재가 현실 정치를 모른다는 생각이 스쳤다.

"아우님, 언제까지 실패한 농민혁명만 붙들고 있을 작정인가? 작년 갑오농민전쟁 때 이미 봤지 않았는가. 우리 농민군이 봉기했지만, 주상 전하와 중전마마는 청군과 일본군까지 불러들여 혁명을 짓밟지 않았는가. 봉건왕조 타도와 입헌군주제 도입이라는 목표를 이루려면, 이제 일본의 힘을 빌릴 수밖에 없어. 척왜보다 봉건왕조 타도가 급선무야. 갈 길은 멀고, 우리의 힘은 부족하니 일단 이웃의 부축이라도 받아야 하지 않겠나?"

이명재도 쉽게 물러서지 않았다.

"사람끼리는 부축할 수 있습니다. 정도 있고, 때로는 아무 조건 없이 도와주기도 하지요. 하지만 나라와 나라 사이에서는 불가능한 일입니다. 국제관계에 정은 없습니다. 오직 이익만 따지지요. 형님도 만국공법 배우셨잖습니까? 누가 이웃 나라를 대가 없이 도와준답니까?"

두 사람은 자주 술자리를 함께했다. 게이오의숙 동문이기도 하고, 조선의 미래를 놓고 비슷한 꿈을 꾸고 있었기 때문이다. 때로는 웃음이 터졌고, 때로는 언성이 높아졌다. 특히 노선을 두고는 자주 맞섰다. 그러나 술에서 깨어난 뒤엔 발전된 모습을 실감할 수 있어 좋았다.

유길준이 말을 돌렸다.

"아우님, 혹시 박영효 얘기 들었는가? 일본으로 밀항한 뒤 뭔가 또 일을 꾸미고 있다는 소문이 있더군."

"아직도 권력에 대한 미련을 버리지 못했답니까?"

"이토 히로부미 총리 내각 안에 박영효의 인맥이 대단하네. 이노우에 공사가 얼마 전 소환되지 않았나? 그게 박영효 작품이라는군. 이토 히로부미 총리를 움직였다는 얘기가 있네."

"이노우에 공사가 박영효의 병력 지원 요청을 받고 응답을 안 했으니, 배신감이 컸을 겁니다."

이명재는 이노우에 가오루를 혐오했다. 돈과 여자를 밝히고, 골동품 수집에 탐닉했다. 작년 갑오왜란 직후 조선에 부임하자마자 왕궁의 보물과 문화재를 약탈해 일본으로 빼돌린 주범이었다. 어마어마한 재산을 모았다. 오래 전부터 조선의 개화파 지식인들을 친일파로 포섭했다. 유길준의 일본 유학 시절 숙식비와 생활비는 물론 용돈까지 쥐어주며 후견인 역할을 했던 사람이 바로 이노우에였다는 것을 이명재는 잘 알고 있었다.

이노우에는 제국주의 책략가였다. 갑오왜란 직후 조선에 친일내각을 세우고, 조선의 속국화 정책을 주도했다. 영국 유학을 통해 배운 영국의 식민지 지배 전략을 조선에 그대로 적용했다. 국제금융 전문가답게 조선에 막대한 차관을 주고 일본의 채무국으로 만들었다. 하지만 러시아 주도의 삼국간섭으로 그 전략은 제동이 걸렸다. 이토 총리는 조선 침탈보다 러시아와의 전면전을 피하고자 했다. 이노우에는 중전 민씨를 친일파로 포섭하려 했다. 어마어마한 금액의 뇌물을 미끼로 던졌다. 그조차 먹히지 않자 암살해야 한다는 결론을 내렸다. 그러나 이노우에는 스스로 손을 더럽히기는 싫었다. 이토 총리도 친구에게 악역을 맡길 수는 없었다. 결국 본국으로 소환하고 새 인물을 조선에 보냈다. 희생양이었다.

유길준은 조심스레 물었다.

"이번에 부임한 미우라 고로 공사의 임무가 뭔지 짐작 가는가?"

그렇지 않아도 이명재는 예감이 좋지 않았다. 미우라는 외교관이 아닌 군인 출신이었다. 이는 일본의 대조선 정책이 강공책으로 바뀌었다는 신호였다. 유길준은 문을 열어젖히더니 바깥을 살폈다. 인기척이 없는 것을 확인하고 다시 자리에 앉았다.

"아우님! 지금 정국이 급박하게 돌아가고 있네. 조선에 태풍 같은 위기가 몰려오고 있어. 더는 머뭇거릴 시간이 없어. 지금이야말로 입헌군주제를 도입할 절호의 기회야. 위기를 기회로 바꿔야지."

둘은 이미 만취 상태였다. 이명재는 유길준의 잔에 술을 따랐다. 유길준도 이명재의 잔을 채웠다. 잔을 부딪치자 술이 손가락을 디고 흘러내렸다. 기분은 좋았지만, 정신은 흐려졌다. 이명재는 다시 주전자를 들었다. 남은 술이 없었다. 주전자를 기울여도 나오는 것은 그저 거친 숨소리뿐. 단전에서 출발한 호흡이 입안에서 말로 바뀌었지만 이명재의 혀는 이미 꼬였다.

"형님, 저는 게이오의숙에서 프랑스 혁명 소식을 처음 접했습니다. 당시 프랑스의 상황과 지금 조선의 상황이 너무 닮았습니다. 특히 무능한 루이 16세. 그리고 사치와 부패의 상징인 마리 앙투아네트."

유길준은 한술 더 떴다.

"우리 중전마마는 더해. 앙투아네트보다, 서태후보다 더 사악한 여자야. 세계에서 가장 나쁜 여자야."

이명재도 몸을 비틀거리며 맞장구를 쳤다.

"맞습니다. 사악하지만, 치명적인 매력이 있지요."

유길준은 눈빛을 번뜩이며 돌발적인 말을 꺼냈다.

"우리, 중전마마, 폐위시켜버릴까?"

유길준은 껄껄 웃었다. 두 사람은 너무 취해 서로 혼잣말을 내뱉었다. 이명재는 일본군 철수가 급하다고 떠들었다. 유길준은 먼저 중전 민씨를 끌어내려야 한다는 말을 되풀이했다. 이명재는 유길준을 보며 허탈하게 웃었다. 권력을 맛본 지식인들은 언제나 더 큰 권력을 원했다. 권력을 잡아야 세상을 개혁할 수 있다고 주장했다. 하지만 권좌에 오르면 부패에 빠지고 오만해지는 것을 지겹도록 목도했다. 그는 궁궐 주변을 맴도는 양반들이 싫었다. 백성을 위한다면서 백성 위에 군림하려는 그 위선이 구역질났다. 나라의 주인은 국왕이 아니라 백성 아닌가. 권력은 백성에게 돌려줘야 한다. 조선은 이제껏 가보지 않은 길, 프랑스처럼 혁명의 길을 걸어야 한다고 이명재는 믿었다.

반들반들한 일본공사관의 유리창이 햇빛에 반짝이고 있었다. 2층 집무실을 오가던 미우라 공사가 걸음을 멈추고 유리창 앞에 섰다. 심각한 표정으로 한성 시내를 내려다보았다. 공사관 아래쪽엔 일본 상인들이 사들인 한옥 기와집들이 옹기종기 들어서 있었다. 조국을 믿고 이역만리 타국에서 목숨 걸고 돈을 벌고 있는 일본인 거류민들. 여우의 권력 장악을 막지 못한다면 이들의 생존은 위태로워질 터였다.

발아래 일본인 거류지를 응시하던 미우라는 천천히 고개를 들어 백악산 자락 아래 경복궁을 응시했다. 그가 조선에 부임한 목적은 단 하나, '여우사냥 작전'의 성공적 완수였다. 이를 위해 이토 히로부미 총리에게 직접 요청해 일본군 한성수비대의 군사 지휘권까지 넘겨받았다. 이전의 공사들과는 달랐다. 강력한 권한이 주어진 만큼, 결과에 대한 책임 또한 전적으로 그의 몫이었다.

윤리적 책임은 훗날 불공을 올리며 참회하면 된다. 정치적 책임은 각오했다. 정치적 야욕은 이미 버렸다. 조국을 위해서라면 목숨까지 바치겠다고 다짐하며 살아오지 않았는가. 조선을 일본의 속국으로 삼지 못한다면, 대아시아 공영권도 동양평화도 공염불에 불과하다는 걸 그는 잘 알고 있었다.

마음을 굳게 먹은 미우라는 공사관 지하 밀실로 내려갔다. 작전 회의에 참석한 이들이 일제히 일어나려 하자, 그는 손짓으로 제지했다. 자리에 앉아 또박또박, '여우사냥' 작전의 개요와 시간대별 행동 요령, 각자의 임무를 전달했다. 마지막 당부가 이어졌다.

"이번 작전에서 일본 정부나 군은 전혀 개입하지 않은 것으로 해야 합니다. 모든 책임은 대원군에게 덮어씌우십시오. 그 노인네가 권력을 되찾기 위해 일으킨 쿠데타로 몰고 가야 합니다. 민비 시해 역시 대원군이 고용한 자객의 소행으로 포장하십시오. 경복궁 진입 시에도 조선훈련대가 앞장서야 합니다. 일본군은 절대 전면에 나서선 안 됩니다. 목격자도, 증거도 남겨선 안 됩니다. 다시 한번 강조하지만, 날이 밝기 전에 작전을 완료하고 반드시 철수하십시오. 서구 열강이 이번 작전의 실체를 알아차리는 순간, 모든 게 물거품이 됩니다. 한 치의 오차도 없이 임무를 완수해 주십시오."

그의 얼굴에는 일말의 흔들림도 없었다. 밀실엔 무거운 침묵이 감돌았다. 잠시 후, 미우라는 아다치 겐조 한성신보 특파기자를 일으켜 세웠다.

"여러분, 한성신보 사장 아다치입니다. 이번 작전의 현장 최고 지휘관입니다. 작전 당일에는 아다치가 직접 지휘봉을 잡습니다. 각자 부하들에게 그의 지시를 따르도록 전달하십시오. 아다치, 혹시 할 얘기가 있나?"

아다치는 자리에서 일어나 정중히 고개를 숙였다. 머리를 들더니 날카로운 눈빛으로 참석자들을 훑었다.

"이제 마지막 남은 과제가 있습니다. 바로 대원군 문제입니다. 우리는 그를 이번 작전의 전면에 세우기로 했습니다. 그런데 대원군이 순순히 응했는지 궁금합니다."

미우라가 난처한 듯한 표정을 지으며 대답했다.

"그렇지 않아도 그 문제가 아직 해결되지 않았네. 그 늙은이가 대가를 요구하며 완강히 버티고 있어. 아들인 고종은 털끝 하나 건드리지 말고 유배를 보내달라는군."

아다치는 고개를 절레절레 흔들었다.

"고종을 유배 보낸다고요? 말도 안 됩니다. 일본에 필요한 건 허수아비 국왕입니다. 그 역할을 할 최적임자는 고종뿐입니다."

미우라도 머리를 끄덕였다.

"대원군은 아주 교활한 늑대야. 난 군인 출신이라 정치는 완전 초보네. 상대하기 벅차다는 느낌이 들어. 노인네가 자꾸 개별 면담을 요구하고 있어. 만났다가는 뭔가 일이 더 크게 꼬일 것 같아서 피하고 있네."

"대원군과의 협상은 지금 누가 맡고 있습니까?"

뭔가 불만스러운 표정으로 입을 꾹 다물고 있던 오카모토 류노스케가 퉁명스럽게 대답했다.

"내가 맡고 있네."

오카모토는 조선 왕실 궁내부 고문이다. 일본 최고의 조선 전문가다. 갑오왜란 당시 경복궁을 점령할 때도 대원군을 설득해 함께 입길했다. 일본 외교관 가운데 대원군과 가장 절친한 인물. 육군 출신인 그는 1876년 강화도조약 체결 당시 수행원으로 조선과 첫 인연을 맺었다. 이후 지금까지 19년간 조선의 정세를 파악해 일본 내각에 보고서를 제출한 최고의 밀정이었다.

그의 말투가 곱지 않았던 이유는 뻔했다. 특파기자 따위가 현장 작전 지휘를 맡는다는 것 자체가 마음에 들지 않았다. 게다가 열 살이나 어린 아다치가 허세 부리며 나서는 모습은 더욱 눈꼴이 시렸다. 아다치는 오카모토의 속내를 아는지 모르는지, 어깨를 으쓱이며 말했다.

"저한테 모든 것을 보고해주십시오."

오카모토는 코웃음을 쳤다. 입꼬리엔 조소가 맺혔다. 잔뜩 찌푸린 얼굴로 미우라를 흘끔거리며 눈치를 살폈다. 미우라는 고개를 끄덕이며 암묵적인 동의를 표했다.

오카모토와 대원군의 관계는 올해 초, 이준용 역모 사건을 계기로 급속히 가까워졌다. 이준용은 대원군의 장손이다. 중전 민씨가 가장 두려워하는 인물이었다. 백성들 사이에서도 평판이 좋아 고종의 자리를 위협할 수 있는 위험한 존재였다. 중전 민씨는 그런 그를 제거하고자 역모 혐의를 씌워 사형 선고를 받도록 손을 썼다. 친일내각은 이준용을 교동도로 유배 보내며 일단락 지었지만, 중전은 사형을 조기 집행하기 위해 혈안이었다. 대원군은 발을 동동 굴렀다.

결국, 대원군은 오카모토에게 도움을 청했다. 오카모토는 고종을 협박해 이준용에게 특별사면령을 내렸다. 대원군은 오카모토에게 큰 신세를 졌다. 이번엔 되갚을 차례였다.

오카모토는 네 개 조항이 담긴 각서를 작성했다. 전임 공사 이노우에가 귀국 전에 당부했던 사항을 정리한 내용이었다. 첫째, 왕비 폐위 및 민씨 척족 제거. 둘째, 대원군은 정치에 일절 개입하지 않을 것. 셋째, 정치는 김홍집을 수반으로 한 친일내각이 전담할 것. 마지막으로, 이준용을 즉시 일본으로 유학 보낼 것. 새로운 문물을 익히게 해주자는 명분이었다.

대원군은 말없이 고개를 끄덕였지만, 끝내 각서에 서명하지 않았다. 대신 미우라 공사와의 개별 면담을 요청했다.

오카모토의 설명이 끝나자, 미우라는 답답하다는 표정으로 불만을 쏟아냈다.

"오늘 아침에도 오카모토 고문이 공덕리 아소정으로 가서 대원군을 설득했네. 말로는 각서 내용에 동의한다고 하면서도, 서명은 하지 않겠다네. 나와 면담한 뒤에야 하겠다고 버티는군. 도무지 이해할 수가 없네."

조선 정세를 정확하게 간파하고 있는 아다치는 씨익 웃었다.

"마지막 조항 때문 아니겠습니까?"

"이준용을 즉각 일본으로 유학 보내자는 조항 말인가?"

"네, 대원군은 고종을 유배 보내고 장손 이준용을 조선의 새 국왕으로 추대하려는 속셈입니다. 절대 받아들여선 안 됩니다. 이준용은 일본으로 데려가 뼛속까지 우리 사람으로 길러야 합니다. 허수아비 국왕으로 쓰기 위해선 먼저 철저히 다듬어야 합니다."

아다치는 동의를 구하려는 듯 오카모토를 힐끗 돌아봤다. 하지만 오카모토는 고개를 돌린 채 허공만 응시하고 있었다. 차가운 분위기가 방 안에 가득찼다.

미우라는 아직 조선 정세나 주요 인물들의 속내를 꿰뚫지 못하고 있었다. 부임한 지 겨우 두 달 남짓. '여우사냥' 작전 계획 수립 초기, 그는 고종까지 제거하자고 주장하기도 했다. 전임 이노우에 공사는 그런 미우라를 설득하느라 골머리를 앓았다.

고종과 중전 민씨를 모두 제거하고 나면 그다음은? 일본이 직접 통치하거나 다른 꼭두각시를 세워야 한다. 그러나 일본이 직접 조선을 통치하기 위해서는 넘어야 할 산이 많았다. 서구열강의 양해, 무엇보다 러시아와의 협상 타결이 선결 조건이었다. 다른 허수아비를 옹립하는 것도 쉬운 일이 아니었다. 박영효를 내세웠다가는 조선 백성들이 들고일어날 것이 뻔했다. 그렇다고 이준용을 새 국왕으로 세우면 죽 쒀서 개 주는 형국을 초래할 수 있었다.

결국, 가장 현실적인 방안은 우유부단하고 겁 많은 고종을 그대로 국왕 자리에 앉혀두는 것이었다. 그래야 내각을 장악하고 군권을 박탈한 뒤 재정권과 외교권을 하나하나 빼앗고 조선을 식민지로 만들 수 있었다. 미우라는 아직 식민지 운용 전략을 제대로 이해하지 못하고 있었다.

아다치는 말을 이어갔다.

"공사님, 이준용은 고종과는 달리 아주 총명합니다. 대원군은 우리를 이용해 손자를 왕위에 올린 다음, 조선을 부국강병한 나라로 재건하려고 합니다. 우리가 조선을 집어삼키려면 고종을 유배 보내선 안 됩니다."

미우라도 고개를 끄덕였다. 왕비가 잔혹하게 살해당하는 장면을 눈앞에서 목격한 고종은 얼마나 겁을 먹을까. 두려움에 사로잡혀 어떤 반항도 못할 인물이다. 미우라는 오카모토에게 대원군의 서명을 반드시 받아내라고 지시하고 회의를 마쳤다. 지하 회의실을 나오면서 미우라는 아다치를 따로 불렀다. 아다치는 건들거리며 따라나섰다. 두 사람은 2층 공사 집무실로 올라갔다. 지하 회의실과는 달리 집무실은 후덥지근했다. 미우라는 유리창을 활짝 열었다.

"앉게."

　아다치는 자리에 앉자마자 담배를 꺼내 입에 물었다. 불을 붙이자 콧바람을 타고 연기가 폐부 깊숙이 스며들었다. 그는 천천히 연기를 내뿜었다. 기분이 좋아진 듯 습관적으로 다리를 떨기 시작했다. 곰처럼 집무실을 어슬렁거리던 미우라는 아다치의 등 뒤로 다가가 귀에 얼굴을 가까이 댔다.

"자네 역할이 아주 중요하네. 성공하면 정계 진출을 보장하겠다는 약속, 꼭 지킨다고 하셨네."

"이토 히로부미 총리대신 말씀이십니까?"

　미우라는 고개를 끄덕였다.

"한성으로 부임하기 전날, 인사차 찾아뵀지. 총리께서 자네 이야기를 먼저 꺼내셨다네. 이미 약속하셨다더군. 이번 작전만 성공시키면, 자네는 일본 정계의 떠오르는 별이 될 거라 하셨네."

"만약…… 실패하면요?"

"걱정하지 말게. 일본으로 안전하게 대피시켜 주겠네. 군함을 대기시켜 둘 걸세."

아다치는 마지막 담배 연기를 깊게 빨아들였다. 맛있게 연기를 내뿜고는 재떨이에 불씨를 꾹 눌러 껐다. 미우라의 얼굴을 흘끗 보니, 뭔가 복잡한 표정이 역력했다.

"혹시, 저한테 하실 말씀이라도……?"

미우라 공사는 뒷짐을 진 채 유리창 쪽으로 다가갔다.

"아직도 풀리지 않는 의문이 하나 있네. 한성 공사로 부임하라는 통보를 받은 뒤, 내 나름대로 세 가지 대조선 정책을 구상해 봤네. 이토 총리에게 의견서를 제출하고 답을 기다리고 있는데, 아직도 회신이 없어."

"세 가지 정책 의견서라구요?"

미우라 공사는 나름 책사의 자질도 있다는 점을 자랑하고 싶었다.

"첫째, 일본 단독의 조선 식민지화 정책. 둘째, 서구 열강과의 공동통치 방안. 셋째, 일본과 러시아가 조선을 분할통치하는 방식."

아다치는 다시 담배를 꺼내 입에 물었다. 한 모금 깊게 빨아들이고는 연기를 내뿜더니 피식 웃었다. 일본의 대조선 정책은 이미 결론이 난 사안이었다. 일본으로서는 절대 포기할 수 없는 것이 바로 조선이었다. 조선은 대륙으로 뻗어 나가기 위한 관문이자, 대아시아주의의 출발점이었다. 따라서 조선 식민지화 성공 여부에 따라 일본의 국운이 오락가락했다.

"당연히 첫 번째 정책으로 가야죠."

아다치의 목소리는 단호했다. 그러나 미우라의 표정에는 동의한다는 기색이 보이지 않았다. 그의 정치적 입장은 일본 정계 주류와는 달랐다.

"가장 이상적이긴 하지. 하지만 너무 서둘렀다가는 소탐대실할 수도 있네. 우리 일본의 국력으로는 아직 서구열강의 반발을 감당할 수가 없네. 불과 몇 달 전 삼국간섭에서 그걸 겪지 않았나?"

그때 누군가 문을 거칠게 두드렸다. 미우라가 짜증 섞인 목소리로 외쳤다.

"누구야?"

"미야모토 소위입니다."

아다치는 반가운 마음에 얼른 일어나 문을 열었다. 미야모토의 뒤로 우범선 대대장과 구연수 중대장이 바퀴벌레처럼 따라붙어 있었다.

"무슨 일인가?"

나서기 좋아하는 우범선이 먼저 입을 열었다.

"조금 전 경무청 순검들이 우리 훈련대 병사들을 공격했습니다."

미우라의 표정이 일그러졌다.

"그래서?"

"우리 병사 다섯이 중태에 빠졌습니다. 스무 명 이상이 중상을 입었습니다."

"무슨 말이야? 최신식 훈련을 받은 병사들이 형편없는 조선 순검들에게 당했다고? 순검들 피해는?"

"없습니다."

미우라 공사의 얼굴이 시뻘겋게 달아올랐다. 공사관 벽이 흔들릴 만큼 목소리가 커졌다.

"뭐라고? 말도 안 돼! 어떻게 그런 일이!"

우범선이 죄인처럼 고개를 숙인 채 답했다.

"무방비 상태에서 기습당했습니다. 순검들이 이번에는 작정하고 덤볐습니다. 전혀 손 쓸 틈도 없이 일방적으로 당하기만 했습니다."

한 발짝 뒤에 서 있던 구연수가 흥분을 억누르지 못하고 끼어들었다.

"제 부하들이 집중 공격을 당했습니다. 치밀하게 계획된 공격이 분명합니다."

그의 얼굴은 붉게 상기돼 있었다. 복수심에 몸이 떨리고 있었다. 우범선이 깊은 우려를 내비쳤다.

"이번 사건, 예사롭지 않습니다. 주상 전하께서 훈련대 해산을 추진하고 있다는 첩보가 있습니다. 우리가 보복하면 그걸 명분 삼아 훈련대 해산령을 내릴 게 뻔합니다."

미우라의 표정이 더욱 굳어졌다. 조선훈련대가 해산되면 여우사냥 작전을 전면 수정해야 했다. 중전 민씨 암살을 훈련대의 단독 범행으로 꾸미려던 구상 자체가 흔들릴 수 있었다. 중전 민씨 암살 계획이 위기에 봉착했다는 느낌이 들었다.

우범선이 불난 집에 부채질까지 했다.

"전 이미 친일파로 낙인이 찍혔습니다. 훈련대가 해산되면 저를 가만두지 않을 겁니다. 사형에 처하거나 자객을……, 중전마마는 무서운 여자입니다. 일본으로 도피하고 싶습니다."

미우라는 분노를 억누르지 못했다.

"자네는 우리와 함께 여우사냥 작전을 수행하기로 하지 않았나? 겨우 그깟 일로 두더지처럼 땅속에 숨을 생각만 한단 말인가? 못난 놈! 우 대대장, 눈에는 눈 이에는 이라는 말 알지?"

"예? 설마, 되갚으란 말씀인가요?"

"그래, 아예 경무청 본청을 습격하게. 다시는 덤빌 생각을 못 하게끔 잔인하고 처절하게 응징하란 말일세."

"네, 즉시 실행하겠습니다. 지금 바로 부하들을 이끌고……."

"잠깐!"

옆에서 잠자코 듣고 있던 아다치가 손을 들며 고개를 저었다.

"이런 식으로 대응하면 그들이 판 함정에 빠질 수도 있습니다."

순간 모두의 시선이 아다치에게 쏠렸다. 그는 천천히, 그러나 또렷하게 말을 이었다.

"이번 충돌은 오히려 기회입니다. 고종은 훈련대의 보복을 기다리고 있을 겁니다. 훈련대를 해산할 명분을 얻기 위해서죠. 그렇다면…… 우리가 역이용하면 됩니다."

그는 목소리를 낮추더니 속삭이듯 말했다. 책략가 특유의 음흉한 표정을 지었다.

"경무청 습격을 2, 3일 미룹시다. 대신 여우사냥 거사일을 앞당깁시다."

모두 의아한 눈으로 아다치의 얼굴을 쳐다봤다.

"2, 3일 후 경무청 본청을 공격하면 고종은 훈련대 해산 명령을 내릴 것입니다. 그러면 훈련대 병사들의 봉기를 유도해 경복궁으로 쳐들어가는 겁니다. 너무 자연스럽지 않습니까? 공사님! 10일 새벽이었던 거사일을 8일로 앞당깁시다."

미우라 공사는 자리에서 벌떡 일어났다. 전화위복이라는 말이 떠올랐다. 여우사냥을 일본의 내정간섭이 아니라 조선의 내란으로 몰고 갈 수 있는 절호의 기회. 아다치가 옆에 있다는 게 천우신조라는 생각이 들었다. 미우라는 지휘봉을 들고 달력 앞에 섰다. 지휘봉은 8이라는 숫자를 가리키고 있었다.

아다치가 다시 말을 이었다.

"10월 8일 새벽이 좋겠습니다. 거사를 하기 전에 조선 왕실과 시위대 병사들의 관심을 다른 데로 돌려놓아야 합니다. 7일은 종일 바쁘게 만들어줘야 한단 얘기입니다."

"그럼 10월 7일 저녁에 경무청을 습격하자는 겐가?"

미우라가 묻자 아다치는 고개를 흔들었다.

"아닙니다. 경무청 보복 공격은 6일 저녁에 해야 합니다. 경무청을 뒤집어 놓되 경고 정도만 하고 물러나는 겁니다. 무슨 경고냐구요? 훈련대 병사들을 공격한 순검들을 내놓지 않으면 경무청 본청을 완전

쑥대밭으로 만들어 놓겠다고 말입니다. 그리고 하루의 시간 여유를 줍니다. 조선 왕실은 한성 안의 모든 병력을 끌어모아 경무청 본청 방어에 주력할 것입니다. 그때 우리는 텅 빈 경복궁을 치는 것이죠. 고종은 7일 훈련대 해산 명령을 내릴 것입니다. 기름에 불을 붙이는 격이죠. 훈련대 병사들이 성난 파도처럼 경복궁으로 몰려갈 것입니다."

미우라 공사는 흡족한 듯 손뼉을 계속 쳤다.

"하하하. 6일부터 7일까지 그쪽 사람들 갈팡질팡하며 정신이 하나도 없겠네. 우범선 대대장! 훈련대 해산 결정이 나면 즉각 병사들에게 사실을 알리도록 하게. 적개심에 불타는 괴물이 되도록 부추겨야 하네."

우범선은 만면에 웃음을 감추지 못했다.

"그럼, 7일 밤 경복궁으로 쳐들어가면 되는 거죠? 8일 새벽 건청궁을 뒤집어 놓겠습니다. 시위대 병력이 경무청 본청으로 몰려가고 나면 경복궁은 무주공산이네요. 그야말로 식은 죽 먹기입니다."

미우라의 만면에 웃음이 번졌다.

"일부 시위대 병사들이 경복궁을 지킨다 한들 귀찮할 것 없어. 그놈들 오합지졸 아닌가? 하하하!"

조금 전까지만 해도 초상집처럼 가라앉았던 분위기는 어느새 잔칫집처럼 들떴다. 아다치가 미소 띤 얼굴로 미우라에게 귓속말을 했다.

"공사님! 조선 사냥개들에게 촌지 좀 나눠주셔야죠."

미우라는 무릎을 탁, 쳤다. 이내 캐비닛 문을 열어 안에 숨겨 두었던 돈다발을 꺼냈다. 우범선 대대장에게 돈을 건네며 말했다.

"오늘 저녁, 훈련대 병사들과 회식이나 하게. 그리고 조선 순검들한테 당한 병사들 병문안도 잊지 말고."

돈다발을 받은 우범선, 구연수, 미야모토 세 사람은 경례를 하고 집무실을 나섰다. 그들의 뒷모습이 사라지자 아다치가 조용히 입을 열었다.

"마지막 풀어야 할 숙제가 하나 있습니다. 우리 특파기자들 중에 중전 민씨의 얼굴을 아는 사람이 단 한 명도 없습니다."

"어허, 그거 참 큰일이군."

미우라는 잠시 고개를 뒤로 젖히더니 불만스런 목소리로 말했다.

"나도 알현할 때 얼굴을 보지 못했네. 형체만 겨우 보았지. 민비는 늘 발을 치고 앉아 있으니까. 외부인, 특히 우리 앞에선 절대 얼굴을 드러내지 않지."

중전 민씨는 외부인에게 절대 얼굴을 보여주지 않았다. 특히 외국인의 경우 외교관이라 하더라도 얼굴을 공개한 적이 없다. 조선의 궁중 예법이기 때문이다. 그러나 그보다는 임오군란 당시의 두려움이 더 큰 이유였다. 당시 그녀는 구식 병사들에 포위당해 죽을 뻔했다. 상궁 옷으로 변장한 중전의 얼굴을 아는 병사들이 없었다. 그 이후로, 그녀는 그 누구에게도 얼굴을 드러내지 않았다.

미우라는 의미심장한 미소를 지었다.

"그렇지 않아도 국왕에게 부탁해두었네. 내일 저녁, 조선 국왕 주최로 '한성신보 창간 1주년 기념 만찬'이 열리네."

"하지만 민비가 내일 행사에 참석할까요?"

"조선 최초의 외국계 언론사 아닌가? 꼭 참석해달라고 간곡히 청했네. 국왕도 고개를 끄덕이더군."

아다치의 눈매가 번뜩였다. 그는 묘한 표정으로 웃었다.

"혹시 실패할 경우를 대비해 일본에서 아주 미모의 여인을 한 분 모셨습니다."

미우라가 눈을 가늘게 뜨고 물었다.

"대체 무슨 계획을 세우고 있는 건가?"

"나중에 말씀드리겠습니다. 우선 공사님께선 잠시 한성을 떠나주셔야 합니다."

"내가? 왜?"

"적들을 안심시키기 위한 위장 전술입니다. 외교적으로도, 민비 시해에 일본이 개입했다는 의심을 피하는 효과도 있습니다. 불교 신자이시니 조선의 유명 사찰을 둘러보시는 것도 좋을 듯합니다. 내일 만찬 행사도 있으니, 국왕에게 한성 근교 사찰 추천을 부탁드려보시지요."

미우라는 잠시 생각에 잠겼다. 이내 고개를 끄덕이며 말했다.

"듣고 보니 아주 좋은 생각이군. 멀리는 못 가니 한성 근교 사찰을 순례하며 불경이나 외워야겠군. 민비가 황천길을 편히 갈 수 있도록 기도도 해야겠고."

그는 다시 캐비닛 문을 열었다. 이번엔 큼직한 돈가방이 손에 들렸다.

"사실 자네에게 따로 할 말이 있다던 건 바로 이것 때문이었네. 특파기자들한테 줄 촌지야. 1인당 6천 엔씩 다발로 묶어놨네. 자네 몫은 특별히 챙겼지. 6만 엔."

아다치가 간사하게 웃음을 짓자 입에서 악취가 새어 나왔다.

술에 취한 이명재는 관문각 2층 집무실로 돌아와 이내 곯아떨어졌다. 꿈속에서 동학농민군의 피맺힌 절규가 들렸다. 전봉준, 김개남, 손화중 장군이 죽창을 들고 경복궁 담을 훌쩍 뛰어넘었다. 멀리서 한성 시민들의 환호성이 울려 퍼졌다. 중전 민씨는 싸늘한 얼굴로 내려다보며 비웃고 있었다. 농민군이 건청궁 담장을 에워싸고 죽창으로 땅바닥을 두드렸다. 고종과 중전 민씨는 장안당을 빠져나와 진흙투성이 마당을 기어 다녔다. 순간, 하늘이 갈라지며 번개가 내리쳤다. 천둥이 대지를 뒤흔들어 세상이 무너질 것만 같았다. 귓가를 찢는 듯한 개틀링 기관총 소리가 울려 퍼졌다. 농민군의 흰 옷에 검붉은 피가 번졌다. 향원지로 핏물이 빗물처럼 흘렀다. 피비린내에 속이 뒤틀렸다. 이명재는 비명을 질렀다. 허공을 향해 두 팔을 휘저었다.

누군가 몸을 마구 흔들었다.

"악몽을 꾸셨나 봅니다?"

황정일의 창백한 얼굴이 보였다. 이명재는 여전히 꿈과 현실의 경계를 헤매고 있었다.

"왜 자꾸 과거로 돌아가려 하십니까? 미래로 가셔야지요."

이명재는 혼잣말처럼 중얼거렸다.

"이제…… 중전마마 곁을 떠나야 할 때가 온 것 같아……."

황정일은 다급하게 이명재의 어깨를 다시 흔들었다.

"대대장님! 서두르셔야 합니다. 곧 만찬 행사가 시작됩니다. 중전마마가 기다리십니다."

그제야 이명재는 정신을 차리고 벌떡 일어났다. 유리창 밖, 하늘은 어둠에 물들어 있었다. 벽시계는 여섯 시 십 분 전을 가리키고 있었다.

"새벽이냐?"

"아닙니다. 저녁입니다."

순간 그는 어리둥절했다. 잠깐 눈을 붙였던 모양이다. 한가위 경축 만찬이 곧 시작된다. 그는 급히 계단을 뛰어 내려갔다. 고종과 중전 민씨가 건청궁 정문을 막 나서는 참이었다. 그는 허둥지둥 그들 뒤를 따랐다. 조금만 늦었으면 큰일 날 뻔했다.

향원지를 돌아 경회루로 향하는 길, 인왕산 능선에 걸린 시뻘건 저녁 노을은 언제나 아름다웠다. 경회루에 도착하자마자 석양은 사라지고 어둠이 빠르게 엄습해왔다. 경회부 계단을 설어 마루 위에 올라있다. 러시아 공사 베베르, 그리고 미국인 궁내부 고문 리젠더가 다가와 허리를 굽혔다. 고종은 베베르 공사에게 자비로운 미소를 지으며 인사를 건넸다.

"많이 기다리셨소?"

"아닙니다. 국왕 폐하가 오신다면 저는 몇 시간이라도 기다릴 수 있습니다."

"역시 외교관이라서 그런지, 베베르 공사가 하는 말은 참 기분 좋게 들리는구료."

"성은이 망극하옵니다, 국왕 폐하!"

중전 민씨는 고종의 뒤에 다소곳하게 서 있었다. 궁녀 몇이 검은 부채를 펼쳐 왕비의 얼굴을 가리고 있었다. 베베르 공사는 조심스럽게 다가와 허리를 깊숙이 굽혀 예를 올렸다. 관람석 맨 앞에는 고종과 중전 민씨를 위한 화려한 의자가 준비되어 있었다. 두 사람은 붉은색 방석이 깔린 의자에 앉았다. 궁내부 고문 리젠더가 오늘 공연에 관해 설명을 시작했다.

"국왕 폐하, 오늘 무대는 러시아 발레 〈백조의 호수〉입니다."

중전 민씨가 고개를 갸웃하며 궁금한 표정으로 물었다.

"백조의 호수라구요? 그 줄거리가 어떻게 됩니까?"

"지그프리트 왕자와 오데트 공주의 사랑 이야기입니다."

"백조 이야기가 아니라 사랑 이야기이로군요."

"그렇습니다, 왕비 마마. 오데트 공주는 마법사의 저주로 인해 백조의 모습으로 살아갑니다."

"허허, 저런. 그런 일이."

"하지만 밤이 되면 본래의 공주 모습으로 돌아옵니다."

"그러면 왕자를 만나겠군요."

"맞습니다. 사랑하는 남자의 진실한 사랑만이 마법사의 저주를 풀 수 있습니다. 그러나 마법사는 자신의 딸을 왕자와 결혼시키려 합니다."

"사랑이란 게 쉽게 이뤄지지 않는 법이지요."

"그러하옵니다. 마법사의 계략에도 왕자는 끝내 오데트 공주를 택합니다."

"결국, 저주도 풀리겠군요."

"그렇습니다, 왕비 마마."

"나도 마법사의 저주에 걸린 오데트 공주처럼 살아왔습니다. 일본의 저주에 걸려 이 건청궁 안에 갇혀 백조 같은 짐승처럼 살아오지 않았습니까. 베베르 공사가 아니었더라면, 왕비의 모습을 다시 찾을 수 없었을지도 모르지요."

베베르 공사는 고개를 깊이 숙이며 중전의 말을 받들었다.

"왕비 마마, 황공하옵니다. 마마께서는 너무나 아름다우십니다. 우리 러시아 덕분에 아름다움을 되찾으셨다니, 저 또한 몸 둘 바를 모르겠사옵니다."

중전은 고종을 흘깃 바라보았다. 그리고 쓴웃음을 지으며 말을 이었다.

"허나 저기 계신 왕자님은, 저를 진심으로 사랑하시는지 의문입니다."

고종은 울컥하고 분이 치밀어 올랐다. 중전 민씨가 젊은 궁녀는 주변에 얼씬도 못 하게 출입을 통제해 버렸다. 그나마 상궁이 한 명 있긴 했지만 늙고 못생긴 할머니 같았다. 반면 중전은 젊고 잘 생긴 놈을 경호대장 겸 책사로 거느리고 있었다. 마법사의 저주에 걸린 백조는 본인이라고 생각하고 있던 참이었다. 할 말은 많았지만 속으로 꾹 삼켰다. 지금까지 매사 참고 또 참았다. 중전에게 화를 내면, 호미로 막을 것을 가래로도 못 막을 수 있다. 이럴 때일수록 덕담을 건네야 한다.

"나는 자나 깨나 중전 생각밖에 없소. 중전을 위해서라면 향원지 물에 뛰어들어 목숨을 버릴 수도 있소."

베베르와 리젠더가 감동의 박수를 보냈다. 중전 또한 흐뭇한 미소를 지었다. 눈치 빠른 리젠더 고문이 노련하게 말을 가로챘다.

"오늘 이 자리는 한가위 명절을 축하하고자 베베르 공사가 정성껏 마련한 무대입니다. 상트페테르부르크에서 무용수들을 초빙해 직접 준비했습니다."

베베르 공사가 어둠 속에 가려져 있던 무용수들을 향해 손짓했다.

"국왕 폐하와 왕비 마마께 예를 올리도록 하라."

그 순간, 발전기 돌아가는 시끄러운 소리가 울리더니 오렌지빛 전등이 켜졌다. 눈이 부셔 모두 눈을 감았다. 서서히 눈을 뜨니 경회루가 대낮처럼 밝아졌다. 찬란한 불빛 속에 무용수들의 모습이 한 폭의 그림처럼 드러났다. 고종과 중전 민씨는 흰색 무용복을 입은 여인들을 보고는 입을 다물지 못했다. 키가 하나같이 장대 같았다. 가녀린 몸은 흡사 백조를 방불케 했다. 짧은 치마에 드러난 어깨와 가슴골이 드러난 옷차림도 망측하기 짝이 없었다.

무용수들은 백조처럼 팔을 퍼덕이며 한껏 몸을 떨었다. 그러고는 왼쪽 무릎을 바닥에 꿇더니 오른쪽 다리를 구부렸다. 오른팔을 치켜 들고 왼손으로 바닥을 짚으며 고개를 숙여 정중히 인사했다. 감탄사가 연이어 터져나왔다. 고종과 중전뿐 아니라 내시와 궁녀들 모두 손뼉을 쳤다.

베베르가 공연 시작을 알리자 전등이 하나둘 꺼졌다. 유성기에서 차이콥스키의 슬프고 애잔한 음악이 흘러나왔다. 횃불이 곳곳에서 타올랐다. 불빛 아래 우아하게 춤추는 무용수들은 마치 달빛을 즐기며 호수 위에서 노니는 백조들 같았다. 슬퍼야 할 백조가 어쩐지 행복해 보였다.

'마법에 걸린 백조가 그렇게 불행하기만 할까. 아니, 자신이 마법에 걸렸다는 걸 알긴 하는 걸까. 어쩌면 우리 모두, 마법에 걸린 채 살아가고 있는 것은 아닐까……'

이명재는 무용수들의 얼굴을 뚫어지게 바라보았다.

갑자기 음악이 빨라지더니 경회루 마룻바닥에서 타닥타닥 소리가 났다. 고종이 궁금증을 참지 못하고 고개를 돌려 베베르 공사에게 물었다.

"저 소리는 어디서 나는 것이오?"

"무용수들의 신발 앞쪽에 바른 아교 때문입니다. 딱딱한 신발 끝으로 마룻바닥을 치기 때문에 나는 소리입니다."

"신발 앞쪽 코에 아교는 왜 발라 놓는 것이오?"

"그래야 무용수들이 발끝으로 설 수 있습니다. 자세히 보십시오. 무용수들이 발목을 펴고 서서 발끝으로 섰다가 발목 굽히기를 반복하지 않습니까?"

"참 신기하도다. 발끝으로 발딱발딱 서며 춤을 추다니."

이명재는 궁에 들어와 색다른 경험을 많이 했다. 평생 듣도 보도 못한 음악과 노래, 무용을 구경할 기회가 많았다. 세계 각지의 음식과 술, 차도 맛볼 수 있었다. 국왕만이 누릴 수 있는 사치와 향락이었다. 한 번 빠져들면 절대 평범한 삶으로 되돌아갈 수 없는 마약 같은 유혹.

공연이 절정에 달하자 다시 전등이 켜지고 사방이 환하게 밝아왔다. 무용수들은 정중히 인사를 올렸다. 베베르가 벌떡 일어나더니 뜨겁게 박수를 쳤다. 고종을 향해 일어나라는 손짓을 했다. 고종과 중전, 그리고 리젠더도 자리에서 일어나 뜨거운 박수를 보냈다.

베베르 공사는 탁자 위에 놓인 보드카 병을 들고, 고종 앞의 잔부터 천천히 채우기 시작했다.

"국왕 폐하, 발레 공연 후에는 러시아의 자랑, 보드카를 드셔야 하옵니다. 잔을 드시지요."

고종은 술이라면 마다하지 않는 성미다. 얼른 술잔을 들었다.

"한가위를 맞은 국왕 폐하와 조선 백성들에게 축배를 올립니다. 건배!"

고종은 단숨에 잔을 비웠다. 얼굴이 꽃밭처럼 화사해졌다. 기쁨과 감동을 이기지 못하고 자리에서 일어나더니 답사를 했다.

"베베르 공사, 감사하오. 이런 아름다운 공연은 평생 처음이오. 고

마음을 어찌 표현해야 할지 모르겠소."

베베르 공사가 돌아다니며 빈 잔을 다시 채웠다. 중전 민씨는 입만 댔을 뿐 마시지는 않았다.

"국왕 폐하, 제가 조선에 부임한 지도 벌써 만 10년이 넘었습니다."

"그렇소? 벌써 그렇게 되었구료."

"1885년에 처음 왔습니다. 올해가 1895년입니다. 11년째입니다."

"10년이면 강산도 변한다 하지 않소. 오랜 세월 조선을 지켜준 베베르 공사의 조선 사랑에 감사를 표하오."

믿음직스러웠다. 중전 민씨도 공치사에 빠질 수가 없었다.

"공사님이 없었다면 조선은 아직도 일본의 속국에서 벗어나지 못했을 겁니다. 우리는 공사님만 믿고 있습니다."

"감사하옵니다, 왕비 마마. 러시아는 조선의 주권을 존중합니다. 일본의 북진은 우리가 결코 용납하지 않을 것이옵니다."

"그렇지 않아도 부탁이 하나 있습니다. 일본이 철병을 거부할 경우 러시아제국이 군대를 파견해줄 수 있을까요?"

베베르 공사의 얼굴이 하얗게 질렸다. 러시아제국의 군을 움직이는 것은 말처럼 쉬운 일이 아니었다. 일본과 전쟁까지 각오해야 하는 일이었다. 그렇다고 단칼에 거부할 수는 없는 법. 외교관은 절대 직설화법을 구사하지 않는다.

"중전마마께서 말씀하셨으니 일단 본국에 보고를 올리겠습니다."

"정말 고맙소. 러시아제국은 정말 우리 조선의 든든한 후원자요. 그

뿐 아니라 이렇게 훌륭한 발레 공연까지 선사해 주시다니, 몸 둘 바를 모르겠소."

"왕비 마마, 오늘 공연은 제가 기획했지만, 실은 비용은 리젠더 고문께서 감당하셨습니다."

"뭐라구요?"

탄성을 지르는 중전 민씨 목소리에 고마움이 잔뜩 묻어나왔다. 그녀의 시선이 리젠더 고문에게로 향했다.

"아이고, 무슨 돈이 있다고? 리젠더 고문께서는 파리대학 출신이라 들었습니다. 부친도 화가셨다고…… 예술적 기질이 남다르다는 얘기를 들었지요."

미국 남북전쟁 때 왼쪽 눈을 잃은 리젠더 고문은 오른쪽 눈을 껌뻑이며 고개를 숙였다. 그러나 이명재의 눈엔 뻔한 술수가 읽혔다. 조선 왕실을 드나드는 외국인들은 늘 그랬다. 밑밥을 뿌린 뒤 물고기를 낚아갔다. 머잖아 또 하나의 이권이 이 미국 노인네 손아귀로 넘어가리라는 불길한 예감이 들었다.

리젠더는 프랑스 태생이다. 애꾸눈이 되어 전역한 후 국제 외교가의 공용어인 프랑스어에 능통하다는 이유로 외교관직에 발탁되었다. 청나라 주재 미국 영사를 거치면서 아시아 외교 전문가로 불렸다. 하지만, 궐안에서는 '늙은 여우'로 통했다. 조선 연근해 어업권을 챙기더니, 이제는 철도 부설권에 눈독을 들이고 있었다. 이명재는 시위대장 다이로부터 그 뒷사정을 다 들었다. 리젠더는 남북전쟁 당시 다이의 직속 상관이었다. 그 인연 덕에 다이는 조선 왕실에 발을 들일 수 있었다.

리젠더는 탐욕스러운 인물이었다. 청나라 근무를 마치자 일본 정부에 접근해 외무성 고문 자리를 꿰찼다. 막 개화기에 들어선 일본에 제국주의의 꿈을 심어준 장본인이었다. 대만을 합병해 식민지로 만들라고 부추겼다. 조선 식민지화하기 위한 방책도 제시했다. 그러나 지나친 탐욕 때문에 결국 일본의 버림을 받았다. 그는 조선을 다음 먹잇감으로 삼았다.

조선 정부 고문 자리를 얻기 위해 그는 '조선부국책'이라는 보고서를 들이밀었다. 요지는 일본 차관을 받아 청나라에 진 빚을 갚고, 관세권을 회복하고 은행을 설립하자는 내용이었다. 고종은 그에게 내부협판 자리를 주며 국고 운영을 맡겼다. 개화정책을 추진하고 싶었으나 재원이 없던 고종은, 리젠더만 모셔오면 왕실 금고가 금은보화로 넘쳐날 것이라 믿었다.

하지만 돌아온 것은 빈껍데기뿐이었다. 그는 철저히 자신의 잇속만 챙겼다. 일본이 올해 초 속국인 조선의 연근해 어업권을 일본 기업에 넘기려 할 때도 뒷돈을 요구하다 오히려 모든 자리에서 밀려났다. 이후 삼국간섭으로 러시아의 영향력이 커지자, 그는 재빠르게 친러파로 돌아섰다. 베베르 공사의 추천으로 궁내부 고문 자리를 얻었다. 이제는 철도 부설권을 노리고 있었다. 발레 공연도 결국 이권 청탁을 위한 꿍꿍이였다. 마침내 리젠더가 검은 마수를 드러내기 시작했다.

"왕비 마마, 제 소원이 무엇인지 아십니까? 조선을 아시아에서 가장 문명개화한 국가로 만드는 것입니다."

일본군 철병 성사를 위해 애쓰고 있는 외교 책사 아닌가. 중전 민씨는 간이라도 빼주고 싶은 심정이었다.

"리젠더 고문이 없었다면 경복궁에 전등을 어떻게 달았겠습니까? 우리가 동북아에서 가장 먼저 전등을 도입한 나라 아니오? 청국이나 일본보다도 몇 년 앞섰지요. 이 모두가 고문관 덕분입니다."

그 말을 들은 이명재는 화가 나 참을 수가 없었다. 그는 당시의 실상을 누구보다 잘 알고 있었다. 1887년 경복궁 전등 설치와 발전소 건설 공사는 에디슨전기회사가 맡았다. 그 중개 역할을 한 것이 바로 일본 외무성 고문관으로 있었던 리젠더였다. 가난한 나라 조선은 거액의 공사비를 치렀다. 리젠더가 중간에서 천문학적인 수수료를 챙겼다는 소문이 장안에 파다했다.

더욱 분개스러운 것은, 중전 민씨가 문명개화의 의미를 오해하고 있다는 점이었다. 진정한 개화란 백성의 삶을 변화시키는 것이었다. 공장을 세우고 일자리를 만들어야 했다. 백성이 돈을 벌고 세금을 내면 나라 곳간에 돈이 쌓인다. 학교를 세우고 백성이 신지식을 배우고 개화의식을 가지면 나라도 발전하는 것 아닐까. 그러나 중전의 관심은 사치와 겉멋에만 머물러 있었다. 궁안에 전등만 들어오면 나라가 문명개화되는 줄 알았다.

아니나 다를까, 리젠더가 본심을 드러냈다.

"왕비 마마, 이제는 철도를 깔아야 할 때입니다."

"철도를 놓고 싶지 않은 사람이 어디 있겠소. 문제는 자금이지요."

"자기 돈으로 철도를 놓는 나라는 없습니다."

"그럼 돈 없이도 철도를 깔 수 있다는 말이오?"

"차관이 있지 않습니까? 다른 나라에서 돈을 빌려 철도를 먼저 까는 것입니다. 기차를 타는 승객들이 차비를 내면 돈이 생기지 않습니까? 벌어들인 돈으로 빚을 갚으면 됩니다."

"그렇다면 경복궁 앞부터 깔아야 하지 않겠소?"

"아닙니다. 우선은 한성과 인천항을 잇는 경인선이 시급합니다. 무역의 중심이 인천항 아니겠습니까. 다음으로는 한성과 의주를 잇는 경의선을 부설해야 합니다. 대륙으로 나아가는 길이지요."

중전이 고개를 끄덕이자, 리젠더는 곧바로 제안했다.

"경인선은 미국에 맡기십시오. 제가 미국인 아닙니까? 그리고 경의선은 프랑스에 맡기시죠. 제가 태어난 고향이 프랑스입니다. 제가 다 알아서 주선하겠습니다. 돈도 빌려오고 미국과 프랑스 철도회사도 다 연결시켜 드리겠습니다."

"정말 고맙소. 덕분에 우리 조선이 아시아에서 가장 앞선 개화국이 될 것 같소."

리젠더는 잠시 베베르 공사와 눈빛을 교환했다. 베베르는 눈을 깜빡이며 말을 이었다.

"왕비 마마, 러시아제국은 현재 시베리아 횡단 철도를 건설 중입니다. 조선이 의주까지 철도를 놓는다면, 시베리아 횡단선이 한성까지 연결됩니다."

중전 민씨는 꿈꾸는 듯한 표정으로 감탄사를 연발했다.

"오호라. 한성에서 기차를 타고 모스크바를 지나 유럽까지 가게 된다니! 상상만 해도 가슴이 벅차오릅니다."

하지만 고종이 난색을 표했다.

"국가의 중대한 사안은 대신들과 의논해야 하오. 성급한 결정은 곤란하오."

중전은 눈매를 바짝 치켜세워 고종을 노려보았다. 고종은 움찔했다. 헛기침을 하며 시선을 돌렸다. 중전 민씨는 소름 끼칠 정도로 차분한 목소리로 말했다.

"나라 살림은 제가 잘 압니다. 철도 부설권은 리젠더 고문관과 베베르 공사와 협의해 제가 결정하겠습니다. 대신들과 상의할 문제는 아니지요."

난처해진 고종의 얼굴이 살짝 일그러졌다. 화제를 돌려야겠다고 생각했다.

"리젠더 고문관, 요즘 커피 없이는 도무지 살 수가 없소. 중독성이 있는 것 같소."

"걱정 마십시오, 국왕 폐하. 미국은 세계 각국의 커피가 모여드는 곳입니다. 평생 드셔도 모자람이 없을 만큼 공급해 드리겠습니다."

중전도 거들었다.

"리젠더 고문관님, 와인을 조금 마셨더니 밤새 잠이 참 잘 오더이다."

"왕비 마마, 제가 누굽니까. 프랑스 사람입니다. 친구들 대부분이 와인 농장을 경영하고 있습니다. 내일 당장 몇 궤짝 보내드리겠습니다."

"우리 리젠더 고문관은 마치 요술 방망이 같소. 말만 하면 온갖 진귀한 것이 쏟아지는구료. 책사인 줄만 알았는데, 못하는 게 없구려."

술기운이 오른 고종은 자리를 옮겨 본격적으로 술을 마시자고 청했다. 자리가 길어질 기색을 보이자, 중전은 일어섰다.

"그럼, 마음껏 마시다가 가시지요."

이명재는 기다렸다는 듯 길을 터주었다. 중전 민씨는 다소곳한 자태로 인사를 하고 자리를 떴다. 경회루에서 건청궁으로 가는 길. 멀다면 멀고, 가깝다면 가까운 거리였다. 하지만, 오늘만큼은 유난히 멀게 느껴졌다. 조선이, 칠흑 같은 암흑 속으로 가라앉는 느낌이었다.

참아야 한다고, 입을 열어선 안 된다고 다짐했다. 하지만, 더는 견딜 수 없었다. 건청궁 정문을 들어서며 이명재는 조심스레 입을 열었다.

"중전마마. 송구하오나, 신의 말을 언짢게 듣지 마시옵소서. 사람을 쓰심에 있어 반드시 그 그릇됨과 참됨을 가늠하셔야 하옵니다."

"그게 무슨 말이냐?"

"리젠더 고문관과 베베르 공사를 무조건 신뢰하시면 아니 되옵니다. 그들은 조선이 아니라 자기 잇속을 챙기려는 자들입니다. 리젠더는 철도 부설권에 혈안입니다. 베베르 공사는 광산 개발권에 눈독을 들이고 있사옵니다. 그들에게 조선의 재산을 넘겨주어선 아니 되옵니다."

"네가 뭘 안다고 함부로 참견질이냐?"

"마마, 충정이옵니다. 몸에 좋은 약은 입에 쓰고, 귀에 거슬리는 말이 옳은 법입니다. 간신은 달콤한 말로 현혹하지만, 충신은 쓴소리를 서슴지 않습니다. 간신배들을 멀리하시옵소서."

중전은 발걸음을 멈췄다. 화 난 표정으로 이명재를 뚫어지게 바라봤다.

"이 대대장. 내가 가장 싫어하는 사람이 어떤 사람인지 아느냐? '바른 소리' 한다면서 나한테 대드는 인간들이네. 무슨 말인지 알겠는가? 쓸데없는 참견 말고, 자네 할 일이나 잘하게."

그녀는 휙 소리가 날 정도로 등을 돌렸다. 그러더니 빠른 걸음으로 침소로 향했다. 걸음걸이만 보면 알 수 있었다. 분을 삭이고 있는 것이 분명했다. 중전 민씨는 요즘 친일내각에 대한 대반격을 개시했다. 친일파 대신들을 하나씩 잘라내고, 그 자리를 민씨 척족과 친러파로 채웠다. 그러나 복귀한 인사들은 하나같이 탐관오리 출신. 구더기가 다시 조정에 알을 까고 있었다.

게다가 국왕은 매일 술판이었다. 이명재의 인내심도 한계에 봉착했다. 술을 좋아하는 지도자는 나라를 잘 다스릴 것이라고 믿었다. 술에는 그것을 빚은 이들의 혼이 서려있다. 술을 마신다는 것은 영혼을 주고받는 의례다. 맛있는 술을 빚는 이는 뛰어난 누룩, 좋은 쌀, 맑은 물을 고를 줄 안다. 임금이 인재를 고르는 일과 다르지 않다. 그런데 고종과 중전은 왜 썩어빠진 재료만 골라 술을 빚으려 할까.

세상에는 나쁜 균도 있고 좋은 균도 있다. 그렇다고 악질균을 없애려 하지는 않는다. 어차피 세상이란 좋은 놈과 나쁜 놈이 어울려 살아가는 곳이기 때문이다. 다만 술을 잘 빚는 사람은 나쁜 균을 억제하는 조건을 만든다. 그리고 좋은 균이 힘을 쓸 수 있도록 온도와 습도를 조절한다. 그럼, 좋은 균이 알아서 나쁜 균을 물리치며 맛있는 술을 만든다. 정치도 마찬가지다. 지도자는 조건만 만들어주면 된다. 그걸 못하면 간신배들이 득세하고 나라는 망하게 된다.

이명재는 주먹을 불끈 쥐었다.

10월 4일

아다치는 아침 공기를 가르며 편집국으로 향했다. 아무리 총칼로 제압해도 조선인의 민족혼은 암세포처럼 번져 나갔다. 영혼을 바꾸지 않는 이상, 조선을 일본으로 만들 순 없었다. 그래서 총칼보다 강한 것이 펜이라고 하지 않는가.

조선인을 황국신민으로 만드는 일은 누워서 떡 먹기였다. 그들의 머릿속은 백지장 같은 공란 상태였다. 아다치는 거기에 자기 생각을 마음껏 그려 넣었다. 조선인들에게 진실을 보도할 필요는 없었다. 애초에 조선인은 언론을 접해본 적이 없었으므로. 한성신보를 창간한 것은 1년 전 오늘이었다. 갑오왜란으로 조선을 속국으로 집어삼킨 직후였다.

조선에는 윤전기 하나 없었다. 일본에서 최신 윤전기를 들여와 대량으로 신문을 찍어냈다. 조선 최초의 외국계 언론사, '한성신보'. 덕분에 미개한 조선도 신문물이라는 것을 구경할 수 있었다.

언론이란 권력을 비판하는 것이 본연의 기능. 아다치는 조선 왕실과 보수파 대신들의 비리와 부패를 폭로하며, 개화의 필요성을 역설했다. 서구 문물에 눈뜨기 시작한 조선 백성들이 열광했다. 아다치는 조선 왕실과 친청 보수 세력을 무너뜨리고자 했다.

언론은 영웅을 알리고 본받게 만드는 선전 기능도 있었다. 아다치는 문명개화의 선봉 일본과 김홍집 친일내각을 찬양하는 기사를 쏟아냈다. 한성신보 없이는 조선 내 친일파 결집이나 세력 형성은 불가능했다. 하지만 그런 선전선동 공세의 속셈을 알아채는 조선인은 드물었다. 미우라 공사가 한성신보 창간 1주년 축하 만찬 개최를 요청하자 고종은 순순히 응낙했다. 아다치는 신문 제작을 서둘러 마감하고 경복궁으로 향했다. 국왕이 주최하는 연회에 지각은 있을 수 없는 일이었다.

광화문 앞에서 아다치는 잠시 멈춰 섰다. 두리번거리며 누군가를 기다리는 듯한 표정이었다. 시계를 몇 번이나 들여다보며 초조해했다.

"일본에서 오는 배가 늦게 도착한 모양인갑네. 이래 늦을 리가 없을 낀데?"

뒤에 서 있던 조선인 기자 윤돈구도 덩달아 안절부절못했다. 윤돈구는 조선 정계 거물인 윤용선의 조카이자, 궁내부 협판 윤정구의 친동생. 일본 특파기자들이 쓴 기사를 한글로 번역하며, 한글 기사 작성에도 참여했다. 그의 진짜 임무는 따로 있었다. 조선 정계 내부의 정보를 수집해 아다치에게 보고하는 일.

"궁으로 들어가야 할 시간입니다."

"쩨께 더 기둘려보재이."

아다치는 윤돈구를 뼛속까지 일본 기자로 만들기 위해 틈만 나면 주입식으로 잔소리를 늘어놓았다.

"우리 윤 기자는 조선 최초의 언론인 아이라? 생각해 봐라. 한성신보가 조선 최초의 민간 언론사고 윤 기자는 한성신보의 유일한 조선인 기자 아이라? 그이 조선인 최초의 언론인이지. 어깨가 안 부섭나? 니 여기서 잘 배워봐래이. 보람이 있으깨따."

"배울 게 너무 많습니다. 선배님들 전부 일본 최고 명문 대학 출신이잖습니까. 게이오의숙, 도쿄제국대학, 하버드, 옥스퍼드까지······. 참, 대단한 분들입니다."

"암. 일본 최고의 지식인들이지. 조선에 국제 정세 알려주지. 개화 문명 소개하지. 그거뿐인 줄 아나? 언론은 왕실과 권력자들을 비판할 수 있다는 것도 보여주고 있다 아이가. 국왕에게 상소문이나 올리는 시대는 지났데이. 윤 기자도 잘 배우고 있제?"

"그럼요. 우리 기사 보고 열심히 배우고 있습니다. 전하와 중전마마를 비판하는 기사를 보고 깜짝 놀랐습니다. 조선 사람들은 상상도 못할 일이었거든요."

"놀랄 거 없다. 세상은 국왕이 바꾸는 게 아이다. 언론이 바꿔 가는 기라."

"우리 한성신보에도 그런 힘이 있습니까?"

"윤 기자, 봐봐라. 국왕의 권력은 백성이 부여한 거 아이라? 그런데 그 백성의 마음은 누가 움직이노? 우리가 쓰는 기사 아이라. 그이, 우리가 국왕에게 권력을 줄 수도 있고, 뺏을 수도 있는 기라. 언론이 대빵이라카이. 인자 알겠제?"

윤돈구 기자는 아다치의 얼굴을 자세히 쳐다봤다. 아다치가 열변을 토할 때마다 입술 끝에 하얀 거품이 맺혔다. 말을 멈추면 혓바닥이 하얀 거품을 순식간에 쓸어 담았다. 그의 얼굴을 바라보며 윤돈구는 고개를 끄덕였다. 한성신보에 입사한 뒤, 언론의 위력을 뼛속 깊이 실감하고 있었다. 아다치 입술은 쉴 틈이 없었다.

"언론이 세니까 기자도 센기라. 윤 기자는 머잖아 조선을 움직이는 실세가 될 기다. 잘 배워봐라. 언젠가 윤 기자도 언론사 하나 세울 수 있을 기다."

"제가 그럴 능력이 있겠습니까……."

"아이다, 까짓거 하나 세워삐라. 내가 도와주께. 필요한 기자재도 줄기다. 취재 방식, 보도 방향, 일본식 언론 용어, 다 배운 거 그대로 써먹어라."

"일본식 용어까지요?"

"하모. 그건 일본 말이 아이다. 언론계 전문 용어다. 앞으로 조선 언론사들은 전부 일본식 용어를 쓰게 만들어라. 윤 기자가 책임지고."

윤돈구는 가슴이 벅찼다. 언론이라는 것이 백성들의 생각을 마음대로 주물렀다. 아다치 같은 언론인이 되고 싶었다. 진실을 밝히는 것은 관심 밖이었다. 어둠 속 등불이 되는 건 남의 몫이었다. 권력을 거머쥘 수 있는 가장 빠른 길, 그것이 언론인이었다.

"사장님, 주상 전하께서 기다리시겠습니다."

아다치는 시계를 보고 소스라치게 놀랐다.

"아이고. 너무 늦었삐랬네. 윤 기자. 나는 먼저 궁 안으로 들어가 볼란다. 윤 기자는 조금 더 기다려 봐라. 혹시 늦게라도 오마 얼릉 궁 안으로 뫼시고 온나."

윤돈구 기자는 시계를 툭툭 치며 아다치를 재촉했다.

"얼른 들어가시라니까요."

"그래, 먼저 드가께. 뒷일을 부탁한데이. 억쑤로 예쁘게 생긴 일본 아가씨가 오마 바로 그 여자가 우메코다."

아다치는 몇 번이나 신신당부하며 광화문 안으로 달렸다. 입구에선 일본공사관과 궁내부 직원이 발을 동동 굴리며 그를 기다리고 있었다. 연회 장소는 경복궁 가장 깊숙한 곳, 관문각이었다. 그는 직원들을 따라 마구 뛰었다.

관문각 입구에는 '한성신보 창간 1주년 축하 연회장'이라는 안내 글귀가 붙어 있었다. 시위대 병사들이 입구에 도열해 있었다. 연회장은 금세 찾을 수 있었다. 1층 오른쪽 큰 방에서 웅성이는 소리가 새어 나왔기 때문이다. 미우라 공사와 일본 영사들, 조선 내각 대신들이 삼삼오오 모여 환담을 나누고 있었다. 한성신보의 구니토모 주필, 고바야카와 편집장 등 간부들도 눈에 띄었다. 아다치가 내각 대신들과 인사를 나누고 있을 때, 현관 쪽에서 누군가 큰소리로 외쳤다.

"상감마마 납시오."

왕실 직원의 안내를 받으며 참석자들이 각자 배정된 의자 뒤로 물러섰다. 고종이 입장하자 연회장 안에 긴장이 감돌았다. 갑자기 미우라 공사의 표정이 새까맣게 굳었다. 고종 곁에 있어야 할 인물, 중전 민씨의 모습이 어디에도 보이지 않았기 때문이다.

아다치도 실망감을 감추지 못했다. 천장을 올려다보며 깊은 한숨을 내쉬었다. 이번 행사를 요청한 목적은 중전 민씨의 얼굴을 확인하고 싶어서였다. 그러나 여우는 교활하게도 끝내 모습을 드러내지 않았다.

미우라는 정신을 차리고 고종에게 다가가 예를 올렸다. 이어 아다치를 비롯한 한성신보 간부들을 한 명 한 명 소개했다. 고종은 웃음기 없는 얼굴로 형식적인 악수를 건넸다. 마음은 무겁고 불편했다. 애초에 연회를 허락한 것도 중전 민씨의 권유 때문이었다. 다 이유가 있었다. 바로, 살생부 작성이었다.

이명재는 살생부를 작성하기 위해 한성신보 특파기자들의 이름과 얼굴 사진을 수집하고 있었다. 그들은 조작된 기사로 왕실을 능멸하고, 민족의 영혼을 더럽힌 자들이었다. 일본군 철병이 성사되고, 김홍집 내각이 무너지면 반드시 제거해야 할 존재였다.

고종이 상석에 앉자 모두 자리에 앉았다. 연회장이 조용해지자 고종이 일어나 축사를 했다.

"오늘은 한성신보의 첫돌이오. 엊그제 창간한 듯싶더니 벌써 1년이 되었소. 그동안 한성신보의 활약은 실로 대단했소. 짐은 한성신보를 통해 일본의 힘을 느꼈고, 개화의 필요성을 절감했소."

고종의 목소리는 담담했으나, 말 속에 무게가 있었다.

"부국강병은 백성의 개화 없이 불가능한 일이오. 일본이 국력을 기른 것도 교육과 언론에 집중했기 때문이라 들었소. 교육은 효과가 늦게 나타나지만, 언론은 즉각 백성을 깨우치게 하오. 우리 조선은 이제야 근대적인 교육기관을 세우기 시작했소. 하지만, 언론은 아직도 전무한 것이 현실이오. 다행히도 한성신보가 이를 채워주고 있어 짐은 고맙게 생각하오."

고종은 술잔을 채우라고 지시했다. 모두의 잔이 가득 채워지자 다시 입을 열었다.

"이 술은 죽력고라 하오. 대나무에서 추출한 진액으로 만든 약주요. 조선에서는 병을 고치는 술로도 알려져 있소. 한성신보 특파기자들에게 이 술을 대접하는 이유는 하나요. 대나무처럼 곧은 기사로 조선의 병폐를 고쳐주기를 바라는 짐의 뜻이 담겨 있소. 자, 마십시다. 한성신보의 창간 1주년을 축하하는 바이오. 건배!"

"건배!"

잔이 부딪쳤고, 술이 목을 타고 흘렀다. 아다치는 잔을 비운 뒤 두 번째, 세 번째 잔을 연거푸 들이켰다. 미우라 공사의 답사는 귀에 들어오지도 않았다. 그의 눈앞엔 오로지 중전 민씨의 실루엣만이 안개처럼 어른거렸다.

미우라 공사가 아다치의 옆구리를 쿡 찔렀다. 답사를 하라는 신호였다. 술이 약한 아다치는 벌써 얼굴이 붉게 달아올랐다. 벌떡 일어나더니 유창한 경상도 사투리로 떠들었다.

"국왕 폐하! 이래 성대한 돌잔치를 베풀어 주셔서 뭐라꼬 감사를 드려야 할지 모르겠심더. 억수로 고맙습니더."

연회장 여기저기서 킥킥거리는 웃음 소리가 들렸다. 조선 내각 대신들이 손으로 입을 막으며 터져 나오는 웃음을 억지로 참고 있었다. 일본 언론사 사장이 경상도 억양으로 조선말을 하는 모습이 너무 웃겼다. 그러나 아다치는 아랑곳하지 않았다.

"작년 일청전쟁 땐 종군기자로 조선에 왔다 아입니까. 전쟁 끝난 뒤엔 동학농민 폭도들 취재한다고 방방곡곡 돌아댕겼지예. 우리 일본 순사들이 전봉준을 붙잡아 거의 반죽을 때까지 두들겨 팼다 아입니까. 근데 뼈가 부러지고 살점이 떨어져 만신창이가 된 녹두장군을 살린 약이 뭔 줄 아십니까? 바로 이 죽력고라 카이. 그런 신비의 명주를 오늘 폐하께서 내리시니 지가 어찌 마 안 퍼마시겠습니꺼? 제가 많이 취했습니다. 오늘 왕비 마마께서 자리를 함께 했으면 정말 좋았으깬데. 마이 아쉽습니다. 저는 왕비 마마의 불로장수를 기원하며 건배하께요. 건배!"

아다치는 중전 민씨가 참석하지 않은 것에 단단히 화가 나 있었다. 고종은 예의라고는 찾아볼 수 없는 그의 무례한 발언에 불쾌감이 들었다. 그러나 아다치의 사투리 덕분에 연회장은 이미 유쾌한 분위기였다. 대신들은 죽력고를 권하며, 한성신보가 올바른 보도를 해주기를 기원했다. 일본 특파기자들은 왕비가 불참한 것에 분이 나 죽력고를 계속 들이켰다.

연회장 창문 너머로 석양이 새빨간 피를 토하고 있었다. 석양이 인왕산을 타넘어 숨어버리자 금방 어둠이 궁을 덮었다. 갑자기 연회장에 전등이 환하게 켜졌다. 전통 궁중음악이 울려 퍼지고, 궁중 가수가 정가를 불렀다. 무희들이 선율에 맞춰 덩실덩실 춤을 추자 술에 취한 특파기자들이 따라 막춤을 췄다.

고종은 미우라 공사에게 마음에도 없는 덕담을 건넸다. 그게 국왕의 일이라고 생각했다.

"우리 조선을 전 세계에 알리기 위해 이렇게 특파기자들까지 보내주시니 고마움을 금할 수 없소."

미우라 공사는 눈을 껌뻑거렸다. 거짓말하기 전에 드러나는 습관이었다. 이제 위장 전술을 펼쳐야 했다. 외교 경험이 없는 군인이 조선에 파견된 것에 다들 의심의 눈초리를 보내고 있었다. 군사 작전을 펼칠 생각이 없다고 믿게 해야 군사 작전에 성공할 수 있다. 그만큼 조선 왕실의 대비가 허술해지기 때문이다. 가슴 속에는 커다란 구렁이가 꿈틀거리고 있지만, 눈빛만은 선하기 그지없었다.

"폐하, 제가 감히 부탁 하나 드려도 되겠사옵니까. 이제 한성에 부임한지 한 달이 지났습니다. 아시다시피 저는 불교 신자입니다. 한성 부근 사찰을 좀 돌아보고 싶사온데, 추천해주시면 감사하겠습니다."

고종은 미우라의 심정을 이해했다. 하늘 높은 줄 몰랐던 일본의 위세가 하루아침에 곤두박질쳤다. 러시아의 강요에 못이겨 청일전쟁의 전리품으로 받았던 랴오둥반도까지 반납하고 말았다. 얼마나 답답하면 사찰이나 돌아다니며 염불을 외우려 할까.

"내일 공사관으로 신하를 보내 모시게 하겠소. 함께 사찰 순례를 할 수 있도록 조치하리다."

"어이쿠. 정말 영광입니다."

고종은 아다치에게 술잔을 권하며 하문했다.

"우리 조선에 파견된 한성신보 특파기자가 몇 명이나 되는가?"

"약소합니다. 마흔넷. 조선인 기자 한 명을 포함하면 마흔다섯 명

아입니까."

고종은 놀란 기색을 감추지 못했다.

"그렇게 많단 말이오?"

"조선이 그만큼 중요하다는 뜻 아닙니까? 아무쪼록 우리는 조선의 발전상을 전 세계에 알리는 데 마 최선을 다할 생각입다. 저도 국왕 폐하께 부탁이 하나 있심더."

아다치는 2단계 작전에 돌입했다. 만찬 행사장에 중전 민씨가 나타나지 않았기 때문이다. 무슨 수를 써서라도 거사 전에 중전 민씨의 생김새를 파악해야만 했다. 술기운이 오른 고종이 유쾌하게 웃었다. 부산 사투리를 구사하는 아다치가 참 재미있는 사람이라고 생각했다.

"말해 보시오. 무슨 부탁인지?"

"폐하! 조선의 아름다움 중 으뜸은 왕비 마마 아니겠습니까? 아직 어떤 언론도 중전마마를 인터뷰한 적이 없습니다. 창간 1주년 특집으로 한성신보가 중전마마를 인터뷰하는 영광된 기회를 주시면 안 되겠십니꺼?"

"잘 아시겠지만 짐이 중전에게 이래라저래라 명령할 수는 없소. 일단 중전에게 그런 뜻을 전달하겠소."

거나하게 술기운이 오른 아다치는 연회장을 빠져나왔다. 화장실로 향했지만, 마음이 뒤엉켜 소변이 나올 기미가 없었다. 왕비의 얼굴을 모르면 대사를 그르칠 수 있다는 불안감에 가슴이 타올랐다. 관문각은 고종과 중전의 침소인 건청궁과 붙어 있었다. 관문각 2층에 올라가면 건청궁을 엿볼 수 있으리라는 생각이 머릿속을 스쳤다.

그때였다. 누군가 다가오더니, 분수처럼 시원하게 오줌을 갈겼다. 유길준 내각 서기장이었다. 아다치는 깜짝 놀라 그의 얼굴과 아랫도리를 번갈아 쳐다봤다. 유길준이 수염을 실룩이며 무뚝뚝하게 말했다.

"준비는 잘 되고 있습니까?"

유길준의 느닷없는 질문에 아다치는 몸을 움찔했다. 어떤 준비를 말하는 것일까? 도대체 이 자는 어디까지 알고 있단 말인가?

유길준은 아다치의 당황한 얼굴을 훑어보더니 의미심장한 미소를 지었다. 주위를 흘끗 살핀 뒤 낮은 목소리로 속삭였다.

"중전마마 폐위 말입니다. 저는 대원위 대감 모시고 궁으로 진격할 예정입니다."

아다치의 눈동자가 바삐 흔들렸다. 폐위? 암살이 아니고? 어떻게 조선 내각의 관리가 '여우사냥' 작전 계획을 알고 있다는 말인가. 말을 잇지 못하고 망설이던 그는 문득 떠올랐다. 혹시 이 자는 왕비의 얼굴을 알고 있지 않을까?

아다치는 조심스럽게 물었다.

"왕비 마마는…… 워예 생겼습니꺼?"

유길준은 잠시 생각에 잠긴 뒤 대답했다.

"여성스럽죠. 후덕한 얼굴은 아니지만 고우십니다. 가냘프게 보이지만, 그렇다고 연약하지도 않아요. 차갑고 매서운 인상입니다. 근데 중전마마 생김새가 왜 그렇게 궁금합니까?"

아다치는 고개를 끄덕이며 웃음을 감췄다. 확신이 들었다. 유길준이 여우사냥 작전의 전모를 모른다. 암살 계획까지 알고 있었다면 방금 질문의 의도를 눈치챘을 것이 분명하다. 더 깊은 대화는 위험했다.

발걸음이 저절로 관문각 2층으로 향했다. 커다란 유리창 너머 전등불 사이로 궁궐 야경이 펼쳐졌다. 바로 아래 고종의 거처인 장안당이 자리했고, 그 옆에 왕비 침소인 곤녕합이 있었다. 아다치는 건청궁 정문에서 곤녕합까지 동선을 머릿속에 그려보았다.

그때였다. 궁녀들의 행렬이 향원지 쪽으로 향하고 있었다. 아다치는 직감했다. 중전 민씨가 산책 중이라는 것을.

"여기서 뭐 하시는 겁니까?"

2층 사무실에서 나오던 시위대 병사가 수상한 인기척을 눈치 채고 뛰어왔다. 아다치는 아랫도리를 손으로 가린 채 황급히 변명했다.

"화장실이 어딨습니까?"

"1층입니다. 계단 내려가시면 바로 보입니다."

"와, 마 진짜 급해 죽겠네이!"

아다치는 급한 척 계단을 내려갔다. 1층에 도착하자마자 연회장을 벗어나 향원지 쪽으로 빠르게 움직였다. 저만치서 시녀들을 거느리고 다리를 건너 향원정 쪽으로 가는 중전 민씨의 자태가 눈에 들어왔다. 멀리서도 기품과 품위가 느껴졌다. 절호의 기회였다. 얼굴만 확인할 수 있다면 여우사냥의 성공은 따 놓은 당상이었다.

아다치는 커다란 소나무 뒤에 무당벌레처럼 붙어 몸을 숨겼다. 눈을 뱀같이 뜨고 얼굴을 찡그렸다 폈다를 반복했다. 초점을 맞추려 인상을 써 봤으나 소용없었다. 이미 어둠이 내려 얼굴을 분별할 수 없었다.

그 순간, 뒤쪽에서 인기척이 났다. 경계 중이던 이명재가 수상한 낌새를 눈치 채고 소리 없이 칼을 꺼내 들었다. 그리고 아다치의 목덜미에 날카로운 칼끝을 들이댔다.

"웬놈이냐?"

당황한 아다치는 바지춤을 잡고 몸을 부들부들 떨었다.

"오줌이 급하다카이. 잠깐 실례 좀······."

"여기는 아무나 출입할 수 있는 곳이 아니다. 얼굴을 들지 못할까?"

이명재가 노기 띤 목소리로 고함치며 목에 칼을 겨눴다. 아다치는 두 손을 번쩍 들고 뒷걸음질 치며 그의 얼굴을 들여다봤다. 그러고는 손가락으로 그를 가리키며 깔깔 웃었다.

"니······ 명재 아이가? 나의 게이오의숙 동창생, 이명재."

이명재는 어둠 속에서 그의 얼굴을 뚫어지게 쳐다보다가, 이내 너털웃음을 터뜨렸다.

"아다치? 자네가 여기서······ 왜 도둑고양이처럼 숨어 있나?"

이명재는 아다치가 한성신보 특파기자로 한성에 와 있다는 사실을 알고 있었다. 그러나 서로 다른 길을 걷는 두 사람은 모른 척 살아왔다. 오늘 연회 참석자 명단, 곧 '살생부' 맨 위에 올라 있던 이름. 그래서 이명재는 연회장에는 얼씬도 하지 않았다.

아다치도 마찬가지였다. 밀정 황정일을 통해 그의 일거수일투족을 감시하고 있었다. 자신을 탐탁지 않게 여긴다는 것도 잘 알고 있었다. 언젠가는 제거해야 할 친구였다. 그럼에도 이런 곳에서 우연찮게 보니 반가웠다. 아다치는 안도의 숨을 고르며 애써 즐거운 어조로 말했다.

"임마야, 니 오늘 연회 있는 거 몰랐나? 국왕과 술 한잔하고 오줌이 급하드라. 화장실 찾다 보니 도저히 참을 수 없어. 그래서…… 나무 밑에서 볼일 좀 보려고 했제."

이명재는 손가락으로 따라오라는 손짓을 했다. 관문각 1층 화장실로 향하며, 연회장 밖으로는 나오지 말라고 꾸짖었다.

아다치는 쓴웃음을 지었다. 며칠 뒤 자객의 손에 죽을 운명인 친구. 불쌍하다는 생각이 들었다. 앞서가는 이명재의 뒷모습을 바라보며 마지막 승부수를 던지기로 했다. 중전 민씨의 얼굴을 파악하기 위한 최후의 카드. 바로 이명재였다.

아다치는 섭섭하다는 표정을 지으며 관문각 앞에서 말했다.

"우리 진짜 오랜만이제. 오늘은 그렇고, 내일 저녁에 우리 둘이 한잔하자. 니 내일 시간 되나?"

이명재도 거절할 이유가 없었다. 살생부 가장 위쪽에 이름이 올라 있어 어차피 머지않아 손을 봐야 할 친구. 물어볼 것도 있었다. 일본을 떠난 이후 더욱 가슴 사무치게 그리워지는 우메코에 관한 소식.

"그래, 조선에 왔으니 내가 한턱 쏘지. 혹시 청계천 건너 남촌에 '귀천'이라는 술집 알고 있나?"

"내가 한성에 모르는 술집이 어딨겠노? 그럼 내일 저녁, 귀천에서 보재이."

이명재는 중전 민씨가 무사히 침소에 든 것을 확인하고 궁을 나섰다. 걷다가 눈물이 주루룩 흘러내렸다. 그는 자꾸 손으로 가슴을 쳤다. 꾹 참아왔던 가슴앓이가 퇴근길에 폭발했다. 송곳으로 심장을 찌르는 듯한 고통. 연모의 다른 이름은 통증이었다.

　아다치를 본 것이 화근이었다. 가슴 깊은 곳에 숨겨둔 첫사랑 우메코의 얼굴이 자꾸 떠올랐다. 어두운 하늘에 먹구름이 뭉치더니, 가을비가 후두둑 내렸다. 이명재의 얼굴도 먹구름처럼 어두워졌다. 툭 건드리면 터질 것 같은 표정. 그는 하늘을 올려다봤다. 먹구름이 허둥대며 지나갔다. 먹구름 땀방울 같은 빗물이 그의 얼굴을 적셨다. 가슴속 상처 딱지가 녹았다. 눈물이 고름처럼 터졌다.

　우메코를 처음 본 것은 일본 유학 시절이었다. 이명재는 당시 비밀결사 '개벽'의 조직원이었다. 개벽은 세상을 뒤집어 새로운 시대를 연다는 뜻. 사람이라면 누구나 사람답게 살 수 있는 새로운 세상. 상반의 차별도, 남녀 차별도 없는 나라. 심지어 동물과 무생물까지도 차별하지 않는 이상 사회.

　개벽은 제국주의를 거부했다. 인간과 동물, 자연이 하나 되어 행복하게 살 수 있는 생태주의적 근대화를 지향했다. 봉건 조선을 무너뜨리고 새로운 근대국가를 세우겠다는 꿈. 함께 꾸는 꿈은 현실이 된다 믿으며, 프랑스 혁명을 공부하고 동학사상을 익혔다.

조직원들은 다양했다. 양반도 있었으나 대부분 중인과 평민이었다. 한학을 공부해 고향 마을에서 훈장을 하던 농민 출신 지식인들도 많았다. 조선을 떠나 일본 공장에서 일하며 신기술과 신학문을 익히던 사람들이었다.

그들은 허황한 개화파 지식인들처럼 일신의 부귀공명을 도모하지 않았다. 나약한 목소리로 구걸하지도 않았다. 오로지 행동할 뿐이었다. 도쿄에서 체감하는 정세는 숨 막힐 만큼 급박했다. 일본은 제국주의적 근대화의 길로 폭주하고 있었다. 조선이 그 첫 희생양이 될 것은 불 보듯 뻔했다. 민족을 배반하고 출세와 영달을 좇는 친일 개화파 정치인과 지식인들이 도쿄로 몰려들고 있었다. 한가하게 책상 앞에만 앉아 있을 겨를이 없었다. 총칼을 들어야만 하는 위급한 시국이었다.

조선의 자주적 근대화를 가로막는 사대주의자, 그리고 제국주의 침략에 협력하는 친일 부역자들은 개벽 조직의 응징 대상이었다. 일본이 조선인 첩자를 양성하면, 조직원들은 그를 끝까지 추적해 제거했다. 벌레만도 못한 자들이었다. 민족 반역자의 씨를 말리지 않으면 민족 전체가 사라진다. 용서는 경멸을 부를 뿐이었다. 응징만이 인간답게 살 수 있는 길이었다.

도쿄에선 조선인 첩자 암살 사건이 잇따랐다. 일본 정부는 특단의 조치를 내렸다. 망명한 친일 개화파 거물들을 자객의 손이 닿지 않는 섬이나 오지로 대피시켰다. 순경들은 범인을 잡기 위해 혈안이 되어 있었다.

벚꽃이 만발한 어느 따뜻한 봄날 밤. 이명재는 일본 첩자 노릇을 하는 조선인의 집 주변을 살폈다. 순경들이 함정을 파고 잠복하고 있으리라고는 꿈에도 몰랐다. 담을 넘는 순간, 호루라기 소리가 울렸다. 순경들이 몰려들었다. 그는 반대편 담을 훌쩍 뛰어넘었다. 골목에도 순경 둘이 지키고 있었다. 그는 칼을 휘둘러 둘 다 순식간에 제압한 뒤, 전속력으로 달렸다. 등 뒤에서 콩 볶는 듯한 총성이 이어졌다. 정신없이 달렸다. 한참을 달린 끝에야 총성과 발소리가 멀어지는 듯했다. 그러나 왼쪽 어깨에서 피가 흘러내리고 있었다.

길바닥에 쓰러질 순 없었다. 이명재는 있는 힘을 다해 어느 집 담장을 넘었다. 정원에는 이름 모를 나무에 새빨간 꽃들이 예쁘게 피어 있었다. 연못 곁에는 꽃보다 더 아름다운 여인이 앉아 있었다. 그는 순간 얼어붙었다. 기모노를 곱게 차려입은 여인. 이젤 앞에서 그림을 그리고 있었다. 그는 넋을 놓고 그녀를 바라보다 그대로 정신을 잃었다.

얼마나 시간이 흘렀을까. 이명재는 눈을 떴다. 근심스러운 표정으로 자신을 바라보는 그녀를 보았다. 천사가 있다면 바로 저런 모습일까. 그는 마치 귀신에 홀린 듯했다.

"정신이 드세요?"

번개 맞은 듯 전율이 온몸을 훑었다. 하늘나라에서만 들을 수 있는 천사의 목소리였다. 그녀의 목소리는 귀로 들어와 혈관을 타고 전신을 휘저었다. 얼굴부터 시작해 온몸이 사과처럼 붉게 달아올랐다. 그녀의 까만 눈동자는 어찌 그리도 청초한 것일까.

"여기가 천국이오? 아니면 지옥이오?"

그녀는 부드럽게 웃었다.

"제 방입니다. 피를 많이 흘리셨어요. 다행히 상처는 깊지 않았습니다. 지혈을 해두었으니 이제 댁으로 돌아가셔도 됩니다."

고맙다는 말을 하고 싶었지만, 머릿속은 새하얗게 타버린 듯했다. 이렇게 가까운 거리에서 아름다운 여인과 마주한 것은 생전 처음이었다. 입을 열고 싶었지만, 입술이 움직이지 않았다. 그는 조용히 일어났다. 급히 웃옷을 입었다. 그리고 고개를 몇 번 숙여 감사를 표시하고 문을 나섰다.

이름은 몰라도 낯익은 얼굴이었다. 같은 학교 학생임이 분명했다. 게이오의숙에는 법률과, 이재과, 문학과 세 학과가 있었다. 이명재는 보통과를 마치고 법률과에 재학 중이었다. 개화기 조선에 가장 시급한 지식이 만국공법이라 판단했기 때문이었다. 그녀는 문학과 소속이었다. 학교 안에서 그녀를 모르는 이는 없었다. 워낙 아름다웠기 때문이다.

이명재는 상처도 잊은 채 마구 달렸다. 어린 시절 기억이 주마등처럼 지나갔다. 그때는 모든 것이 부끄러웠다. 네 살 때 아버지를 잃은 뒤로 세상은 너무 위압적이었다. 누가 말을 걸어도 눈을 제대로 마주치지 못했다. 늘 머리를 숙이고 살았다. 갖고 싶은 것이 있어도 양보했다. 그게 마음이 편했다. 그러나 이번만큼은 달랐다. 저 여인만은 절대 놓치고 싶지 않았다.

그날 이후, 그는 열병에 걸린 사람처럼 살았다. 저녁마다 홀로 술잔을 기울이며 머리카락을 쥐어뜯었다. 조선이었다면 그저 짝사랑으로 끝났을 일이다. 중인 신분으로 감히 그런 아리따운 여인을 흠모한다는 건 상상조차 어려운 일이었다. 그러나 여기는 조선이 아니라 일본이었다. 양반도, 중인도 상관 없었다. 그녀를 다른 이에게 빼앗긴다면 평생 후회할 게 분명했다. 이번만큼은 양보도, 포기도 하지 않겠다고 다짐했다. 당장이라도 그녀의 집을 찾아가 감사 인사를 전할까? 가면 무슨 말을 해야 할까? 온갖 상상과 고민을 하느라 뜬눈으로 밤을 지새웠다.

답답한 상황에 돌파구를 열어준 것은 같은 법률과 친구 아다치 겐조였다. 어느 날 이른 점심시간, 아다치와 함께 구내식당에 들어서던 이명재는 깜짝 놀랐다. 그 여학생이 식당에서 혼자 식사 중이었다. 너무도 반가운 나머지 가슴이 뛰기 시작했다. 그동안 밤새 준비했던 멋진 말이 하나도 떠오르지 않았다. 숨 쉬는 법조차 잊은 듯했다. 그때 아다치가 먼저 그녀에게 다가가더니 성큼 의자에 앉았다.

"우메코, 오랜만이야."

그녀는 잠시 미소를 짓더니 이내 식사에 집중했다. 밥 먹는 모습마저 한 폭의 그림처럼 아름다웠다. 아다치가 손짓으로 이명재에게 옆자리에 앉으라고 했다. 가슴이 터질 것만 같았다. 이명재는 커피 세 잔을 쟁반에 담아 다가갔다. 떨리는 손으로 커피를 내밀며 더듬더듬 인사했다.

"지난번엔…… 정말 감사했습니다. 제 이름은 이명재입니다."

그 여학생은 아무런 대꾸도 안 했다. 눈길도 주지 않았다. 뭔가 대화를 나누고 싶었다.

"저, 커피가 식습니다."

우메코는 그제야 잠깐 이명재를 바라보더니 고개를 천천히 저었다. 책을 챙기더니 자리에서 일어나 식당을 나가버렸다. 그 순간 온 세상이 텅 빈 것 같았다. 슬픔이 복받쳐 눈물이 찔끔 날 것 같았다. 아다치 겐조가 부러웠던 것은 처음이었다.

"아다치! 너 저 여학생 아니?"

"알지. 내랑 불알친구다 아이가. 뭐…… 소꿉친구라고 하는 게 맞겠지. 그래, 소꿉친구다."

아다치는 게이오의숙에서 조선어를 가장 잘하는 학생이었다. 문제는 그에게 조선어를 가르친 스승이 경상도 사투리를 심하게 쓰는 부산 출신 스님, 이동인이었다. 그는 조선 정계에서도 이름난 개화승이었다. 이명재도 민영익 대감과 함께 개화파들이 모이는 술자리에 참석하며 몇 차례 본 적이 있었다. 일본 첩자라는 소문도 있었다.

"푸하하하. 너랑 쟤랑 고향 친구였구나."

"어. 내 고향이 구마모토 아이가."

"그 여학생 이름이 뭐라고 했지?"

"우메코. 시도 잘 쓰고 그림도 잘 그린다. 예술적 재능이 끝내줘. 근데 니는 와 그래 꼬치꼬치 캐묻노?"

이명재는 하늘로 날아갈 것 같은 기분이었다. 뭔가 일이 술술 풀릴 것만 같은 예감이 들었다. 그러나 우메코의 싸늘한 반응이 마음에 걸렸다. 쉽지만은 않을 것 같았다. 열 번 찍으면 넘어가지 않은 나무가 없다고 했다. 그는 계속 다가가기로 마음먹었다.

하루 종일 우메코 얼굴이 눈앞에 어른거렸다. 심지어 저녁에 다니는 사격학원에서도 그랬다. 멍하게 사격장 천장만 쳐다봤다. 그녀를 향해 총을 쏠 수는 없는 노릇이었다. 문제는 열등감이었다. 그녀 얼굴이 떠오를 때마다 자신이 초라하게 느껴졌다. 어디론가 숨어버리고 싶었다. 이명재는 고아처럼 자랐다. 민태호 대감 집에서 심부름이나 하며 빌어먹었던 보잘 것 없는 삶. 반면 이젤 앞에 선 우메코 모습에는 귀티가 흘렀다. 얼굴엔 그림자 하나 없었다. 부모의 사랑을 받으며 온실 속 화초처럼 예쁘게 자란 모습. 그녀는 이명재가 가져보지 못한 것을 다 갖추고 있었다.

사람이란 동물은 자신에게 없는 것을 지닌 상대를 강렬하게 추구하는 본능이 있다. 바보 온달이 평강공주를 흠모하듯 이명재는 계속 그녀에게 빠졌다. 실없이 말을 걸기도 했지만, 우메코는 일절 반응하지 않았다. 미소도, 대꾸도, 인사도 없었다. 무표정한 얼굴을 보면 그에게 전혀 관심이 없었다. 그럴수록 이명재는 열병에 걸린 것처럼 몸이 달아올랐다.

결국, 아다치의 도움을 받기로 했다. 아다치는 지식인의 풍모는 없었다. 살모사를 연상케 할 만큼 야비하고 음흉한 인상이었다. 그러나 농담을 하며 사람을 웃게 만드는 재주가 뛰어났다. 입버릇처럼 졸업하면 정계에 입문하겠다고 말하곤 했다. 어느 날 수업을 마친 뒤 이명재는 아다치를 불러 세웠다.

"우리 저녁에 밥이나 같이 먹을까?"

"사내새끼 둘이서 밥은 무슨 밥이고. 거하게 한잔 조지자."

아다치도 무언가 하고 싶은 말이 있는 듯했다. 그날 저녁, 이명재는 만취했다. 맨정신으로 첫사랑을 고백할 자신이 없었다. 아다치도 급하게 술잔을 비웠다. 술이 오르자 이명재는 우메코를 좋아한다고 고백했다. 그녀와 만날 수 있게 도와달라고 부탁했던 것 같다. 너무 취해 정확한 대화 내용은 기억나지 않았다. 다만, 술김에 마음을 털어놓았다는 것만은 확실했다.

그러나 분위기는 좋지 않았다. 아다치가 화를 냈던 것 같았다. 아마 수업 중 있었던 일을 꺼내 들며 언성을 높였던 기억이 났다. 다음날 아침 얼굴이 얼얼하고 얻어맞은 상처가 있었다. 서로 주먹다짐까지 했던 장면이 어렴풋하게 스쳐갔다.

이명재는 차라리 맞아서 다행이라 여겼다. 그는 어릴 때부터 아버지에게 급소를 공격하고 사람 죽이는 법을 배웠다. 무사의 피는 속일 수 없었다. 그래서 언제나 조심했다. 적이 아니면 절대 공격하지 않았다. 일단 때리면 상대는 거의 죽음에 이르렀기 때문이다. 취중에도 자제를 잘 한 것이 천만다행이었다.

어렴풋하게나마 기억이 났다. 아다치와 멱살잡이를 한 이유는 '만국공법'을 둘러싼 의견 충돌 때문이었다. 논쟁의 발단은 그날 수업 시간에 배운 텐진조약이었다. 1884년 갑신정변 직후, 청국과 일본이 체결한 조약이다. 양국이 조선에서 동시에 철수하고 동시에 파병해야 한다는 조항을 담고 있었다. 후쿠자와 유키치 교수는 이 조약을 근거로 일본군 파병을 주장했다.

"지금 조선은 동학농민군이 반란을 일으켜 혼란에 빠졌다. 고종은 청국에 군사적 지원을 요청할 수밖에 없어. 조선의 외교적 전통은 사대주의 외교거든. 강대국에 의존하는 외교는 결국 더 큰 재앙을 불러오는 법. 그러나 우리 일본에게는 절호의 기회가 왔어. 우리는 만국공법에 의거해 조선에 군대를 파병해야 한다는 얘기야. 청국과 동시에, 아니 청국보다 먼저 조선에 상륙해야 해. 청국은 오만방자한 오합지졸이야. 저물고 있는 나라지. 우리 일본의 국력은 지금 청국보다 강해. 이제 조선을 식민지로 만들어야 해. 그리고 일청전쟁을 일으켜야 할 때가 왔어. 여러분도 교실에 있을 때가 아니야. 지식인이라면 조국을 위해 목숨을 내던져야지."

후쿠자와 유키치 교수는 일본 사회에서 막강한 영향력을 미치는 개화 사상가다. 그의 제자들은 일본 정계와 재계, 언론계 등 곳곳에 실세로 자리 잡고 있다. 그가 그런 말을 할 정도라면 이미 일본은 이미 조선에 대한 파병 준비를 마쳤다는 얘기나 다름없었다.

이명재는 분을 이기지 못해 손을 번쩍 들었다. 후쿠자와 교수는 질문을 허락하지 않았으나, 그래도 자리에서 벌떡 일어났다.

"교수님, 질문 있습니다."

후쿠자와는 불쾌한 기색으로 답했다.
"질문 있으면 나중에 내 방으로 오게."
그러나 이명재는 물러서지 않았다.
"선생님은 제국주의적 침략을 선동하고 있습니다. 만국공법은 제국주의의 식민지 침탈을 정당화하는 수단일 뿐입니다. 게이오의숙은 진리와 정의를 가르치는 곳으로 알았습니다. 침략 전쟁이나 선동하는 곳이라니, 정말 실망입니다."

강의실 안은 싸늘하게 가라앉았다.

이명재는 다른 조선인 학생들과는 성향이 달랐다. 조선인 유학생 대부분은 권세가의 자제들로 권력 지향적이었다. 국제 정세를 설명하면 먼저 고개를 숙였다. 조선의 역사를 냉소하기까지 했다. 조선의 문명개화를 가로막는 왕조를 타도하겠다는 의욕에 불타올랐다. 심지어 일본이 조선을 지배하면 일본과 함께 조선 개화에 앞장서겠다는 속내를 내비치기도 했다. 입신양명을 하고 싶어했다. 그런데 이명재는 정반대였다. 일본을 적대시하고 다 쓰러져가는 조선을 살려보겠다는 의지를 불태웠다.

이명재의 태도에 심한 불쾌감을 느낀 후쿠자와 교수는 강의를 서둘러 마무리 짓고 교실을 나가 버렸다. 극우적 정치 성향을 갖고 있던 아다치가 증오의 눈빛으로 이명재를 응시하고 있는 줄은 몰랐다. 이명재는 그 이후로 후쿠자와 교수가 하는 수업에 다시는 들어가지 않았다.

가을을 재촉하는 빗줄기가 점점 굵어졌다. 황정일은 평소처럼 이명재를 멀찍이서 따르고 있었다. 비만 내리면 한성 길거리는 물웅덩이로 변했다. 주민들이 버린 똥과 오줌으로 인해 거리는 악취로 진동했다. 사람들은 웅덩이를 피하느라 펄쩍펄쩍 뛰었다. 너털너털 빗속을 걷는 이명재의 뒷모습은 너무도 애처로워 보였다. 황정일은 조심스레 다가가 말을 걸려 했다. 순간 멈칫했다. 시위대 제복 모자를 푹 눌러쓴 이명재 얼굴에 눈물이 흘러내리고 있었다. 빗소리 때문에 흐느끼는 소리는 들리지 않았다.

"무슨 일이 있으십니까?"

이명재는 발걸음을 멈추고 손등으로 눈물을 닦았다. 주변을 둘러봤다. 북촌 네거리 일본군 초소 앞이었다. 그냥 집으로 가고 싶지는 않았다. 알 수 없는 회한과 아픔이 복받쳐 올라왔다. 집 반대 방향인 운현궁 쪽으로 발길을 돌렸다.

"대대장님! 집은 이쪽입니다."

황정일이 옷깃을 잡으며 만류했다.

"오늘은 비를 맞으며 좀 걷고 싶구나."

황정일은 이명재가 뭔가 이상하다고 느꼈다. 도대체 유학 가서 무슨 일이 있었길래 저러나. 이명재가 일본 유학을 한 건 민영익 대감 덕분이었다. 개화사상에 심취했던 민영익은 어려서부터 자신을 따라다니며 머슴 노릇을 해온 이명재를 친동생처럼 아꼈다. 민영익은 15

세에 중전 민씨의 친정 오빠에게 양자로 입양됐다. 중전 민씨의 친정 조카가 된 것이다. 이후 출세가도를 달려 조선 최고의 권력자로 급부상했다. 이명재는 그의 호위무사가 되었다. 민영익을 따라다니며 자연스럽게 개화사상에 물들었다.

민영익은 부패한 다른 민씨 척족들과는 달랐다. 갑신정변을 일으킨 급진 개화파가 민영익을 암살하려 했던 것은 노선 갈등 때문이었다. 사실 보수파와 개화파 간의 갈등은 갈등도 아니었다. 같은 개화파 내부의 노선 투쟁이 훨씬 치열했다. 노선 투쟁은 언제나 피비린내 나는 숙청으로 번졌다.

정치에 환멸을 느낀 민영익은 3년 전 왕실 내탕금을 관리하기 위해 홍콩으로 이주했다. 이명재 역시 그를 따라 홍콩 생활을 시작했다. 그들의 거처는 아시아 최초의 호텔인 홍콩앤상하이호텔. 민영익은 호텔 내 사교클럽을 출입하며 조선 황태자급으로 명성을 떨쳤다. 개성 홍삼을 수출하고 받은 대금은 HSBC은행에 맡겨 이권 사업에 투자했다. 세계 무기 시장에서도 큰손으로 통했다.

그러던 어느 날, 민영익이 귀한 음식을 구했다며 이명재를 불렀다. 호텔 방문을 열자 식탁 위에는 개고기 수육이 차려져 있었다. 민영익은 기쁨을 감추지 못했다. 그렇게 환하게 웃는 얼굴은 홍콩에 온 이래 처음이었다. 그는 도수가 높은 중국 백주를 잔에 따르더니 연이어 들이켰다. 몸이 약해 술을 삼가던 그였기에 이례적인 일이었다. 독한 술이 온몸에 퍼지자 자세도 흐트러지기 시작했다.

조선 정계의 최고 실세였던 그는 같은 개화파 동지가 보낸 자객에게 온몸이 난도질당했던 갑신정변 때를 떠올렸다. 조선을 떠나 홍콩으로 이주하기까지 회한도 많았다. 그는 다시 술잔을 비우더니 이명재의 손을 꼭 잡았다.

"명재야, 이제 너도 내 곁을 떠날 때가 된 것 같구나. 조선의 주인은 더 이상 국왕이 아니다. 너 같은 중인, 농민, 백성이 나라의 주인이다. 일본의 이토 히로부미도 하급 무사 출신이다. 하급 무사들이 메이지유신을 성공시킨 것처럼 조선의 개혁도 너 같은 사람이 이끌어야 한다."

이명재는 고개를 절레절레 흔들었다.

"말도 안 됩니다. 조선을 지배하는 건 주상 전하와 양반들입니다. 그리고 형님 고모부가 바로 주상 전하이십니다."

민영익은 씁쓸하게 웃더니 고개를 끄덕였다.

"조선의 문명개화를 위해서는 너 같은 무사 계급의 역할이 절대적이다. 명재야! 유학 가서 공부를 좀 해보지 않겠느냐?"

"제가 무슨……."

이명재는 갑작스런 제안에 당황했다. 지금 세상은 급변하고 있었다. 자고 일어나면 한성에 서양식 건물이 들어섰다. 생전 보지도 못한 신식 문물이 봇물 터지듯 쏟아져 들어왔다. 조선보다 몇 십 년 앞서가고 있는 외국으로 건너가 선진 문물을 배우면 얼마나 좋을까. 문제는 돈이었다.

민영익 대감도 중전 민씨를 닮아 통이 컸다. 개화파 후배 몇을 미국으로 유학 보낸 일이 있었다. 이명재의 표정을 살피던 민영익이 눈치를 챘다.

"돈 걱정은 말거라. 유학 경비는 내가 댈 테니 일본으로 건너가거라."

유학은 꿈조차 꾸지 못했다. 이명재 가슴이 벅차올랐다. 민영익은 조건을 내걸었다. 유학 후 귀국하면 조선 문명개화를 위해 일생을 바칠 것. 특히 중인계급이 개화의 주도세력이 되도록 조직을 구축할 것. 이명재는 유길준에 관한 얘기도 들었다. 친일 개화파로 알았으나 그건 오해였다. 유길준은 조선의 문명개화를 앞당기기 위해 양반 유림을 조직화하는 일을 맡고 있었다. 이명재는 깜짝 놀랐다.

민영익은 이명재의 손을 다시 꼭 잡았다.

"약속하자, 명재야."

이명재는 고개를 끄덕였다. 자신도 모르게 눈물이 나왔다. 처음으로 세상에 태어난 의미를 찾은 듯했다. 밥벌이나 일생을 마감하면 삶이 무슨 의미가 있겠는가. 이제 역사적 삶을 살 수 있다는 생각을 하니 가슴이 뛰었다. 이명재는 민영익 앞에서 맹세했다.

"조선의 문명개화를 위해 목숨을 바치겠습니다."

모처럼 과음한 탓인지 민영익은 같은 말을 몇 차례 반복하더니 잠이 들었다. 이명재는 그를 조심스레 침대에 눕혔다. 너무 가벼웠다. 하얀 호텔 이불을 덮어줬다. 정말 고마운 분이었다. 누워 있는 민영익의 얼굴을 물끄러미 바라보았다. 붉었던 얼굴이 금방 하얗게 바래 있었다. 하얀 이불 속의 모습이 마치 시체 같아 섬뜩했다. 가까이 다가가 숨을 쉬고 있는지 확인했다. '왜 하얀 이불만 주는 걸까?' 호텔이 원망스러웠다. 거실로 나온 이명재는 혼자 술을 더 마셨다. 병약한 민영익과 달리 술기운이 거의 올라오지 않았다.

이명재는 끝내 게이오의숙을 졸업하지 못하고 지난해 여름 중도 귀국했다. 갑오왜란 직후 민영익 대감이 보낸 긴급 전보를 받고서였다. 즉시 귀국해 중전 민씨를 알현하라는 내용이었다. 중전이 경호를 부탁할 테니 거절하지 말라는 당부도 들어 있었다.

  고민에 빠졌다. 가장 괴로웠던 건 우메코와의 이별이었다. 아직 사귀자는 말도 못 꺼낸 상태였다. 그녀를 반드시 아내로 삼고 싶었다. 밤새 고민한 끝에 결단을 내렸다. 사랑을 접고 역사적 삶을 살기로 했다. 임진왜란이 터졌다면 왜적에 맞서 나라를 구하는 삶. 병자호란이 났다면 청군과 싸우는 삶. 개화기라면 근대화를 준비하는 삶. 그게 역사적 삶이었다. 지금은 일본이 조선을 집어삼켰다. 시대가 요구하는 역사적 책무는 자명했다. 일본에 빼앗긴 조선의 주권을 되찾고 근대화 개혁을 위해 한 몸 바치는 삶. 한가롭게 사랑 타령할 때가 아니었다.

  조선으로 귀국하기 전 이명재는 마지막 단 한 번만이라도 우메코를 보고 싶었다. 그녀의 모습을 가슴속에 담아두고 싶었다. 그는 아다치를 찾아갔다. 학업을 중단하고 조선으로 돌아가야 한다며 작별을 고했다. 깜짝 놀라 무슨 일이냐고 물었으나, 그냥 집에 급한 일이 생겼다고 얼버무렸다. 마지막으로 저녁 식사나 하자고 했다. 혹시 우메코가 같이 나와주면 멋진 마지막 선물이 될 것이라고 털어놓았다. 우메코가 나올 거라고는 기대도 하지 않았다. 지금껏 눈길조차 주지 않았으니까.

이명재는 그날의 기억을 평생 잊지 못했다. 그는 저녁 약속 장소에 조금 일찍 도착했다. 혹시나 우메코가 나올지도 모른다는 일말의 기대감에 가슴이 설렜다. 초저녁인데도 선술집 안은 어두컴컴했다. 자리를 잡은 지 얼마 지나지 않아 문이 열리더니, 선술집 안이 갑자기 환해졌다. 우메코가 긴 머리를 휘날리며 들어서고 있었다. 그는 깜짝 놀랐다. 우메코가 저녁 자리에 나올 줄은 전혀 예상하지 못했다. 이명재는 쑥스럽게 손을 흔들었다. 우메코가 다가왔다. 그녀도 어색한 미소를 지었다.

우메코가 걸어오는 동안 온갖 생각이 다 들었다. 이명재는 정신을 차리고 다시 다짐했다. 이제 우메코를 포기해야 한다. 헤어지기로 결심한 이상 밝은 표정을 지어서는 안 된다. 단념하기로 한 이상 미련을 가져서도 안 된다. 이명재의 얼굴에 갑자기 찬바람이 스쳤다. 이상하리만치 마음이 차분하게 가라앉았다. 버린다는 것은 언제나 위대한 괴력을 발휘했다. 우메코가 자리에 앉으며 말문을 열었다.

"이명재라고 했죠?"

"제 이름을 기억하시네요."

우메코가 불쑥 손을 내밀었다. 우윳빛의 가녀린 손이었다.

"저는 우메코라고 합니다."

이명재는 거의 매일 우메코를 그리워하며 마음속으로 대화를 나눴다. 그래서 마치 오래 사귄 친구처럼 착각했다. 하지만 상상 속에서만 일어난 일이었다. 현실은 그렇지 않았다. 그녀는 단 한 번도 말을 받아준 적이 없었다. 정식으로 인사를 나눈 적조차 없었다는 걸, 그제서야 깨달았다. 그는 얼떨결에 손을 내밀었다.

"나와주셔서 정말 감사합니다."

우메코의 손은 따뜻한 솜 같았다. 이명재는 평생 여인의 손을 잡아본 적이 없었다. 그녀의 손을 잡는 순간, 매끄럽고 포근하다는 느낌이 들었다. 마치 잠에 빠져 꿈길을 걷는 듯한 기분. 아니 아무런 감촉도 느껴지지 않았다. 손을 잡고 있음에도 마치 아무것도 잡고 있지 않은 것 같았다. 그는 얼른 손을 놓았다. 혹시 결례하지 않았을까 걱정됐다. 그녀와 헤어지기로 한 이상 무례해서는 안 된다. 냉정함을 유지해야 했다.

우메코가 분위기를 바꿨다.

"아다치는 아직 안 왔나 보네요."

"네, 조금 늦나 봅니다."

어차피 오늘 보고 나면 다시는 보지 않을 친구였다. 순간 찬바람이 부는 것 같았다. 이명재는 또박또박 말했다.

"아다치한테 얘기 들었습니다. 고향 친구라면서요?"

"어릴 때부터 같은 동네에 살았어요. 술부터 시킬까요?"

이명재는 벌떡 일어났다. 퉁퉁하고 인상 좋은 주인장을 향해 소리쳤다.

"사장님, 우리 술이랑 생선회 좀 주세요."

그동안 쌀쌀하기만 했던 우메코가 이상하게도 술술 말을 풀어놓았다.

"조선으로 돌아간다면서요?"

우메코는 마치 이명재와 오래 사귄 친구인 것처럼 얘기했다.

"네. 집에 급한 일이 생겨서요. 더 이상 일본에 있을 수가 없게 됐습니다."

더는 무슨 말을 해야 할지 몰랐다. 매일같이 우메코와 달콤한 대화를 나누는 상상을 했지만, 막상 아무런 말도 떠오르지 않았다. 그때 술과 안주가 나왔다. 우메코가 먼저 정종병을 들어 이명재의 잔에 술을 따랐다. 이명재도 그녀의 잔에 술을 채웠다. 우메코가 건배를 제안했다. 두 사람은 말없이 연거푸 술만 들이켰다. 우메코를 포기해야 한다는 슬픔에 술맛이 달았다. 마음 깊은 곳에서 눈물이 복받쳐 올랐다. 하지만 내색하지 않았다. 구질구질한 모습을 보이고 싶지 않았다. 깨끗하고 냉정하게 떠나기로 마음먹었다.

그는 우메코의 얼굴을 조심스레 바라보았다. 그녀의 모습을 가슴 깊이 담아두기 위해서였다. 아, 그 순간 이명재는 입을 다물지 못했다. 그녀의 눈가에 눈물이 흐르고 있었다. 까만 눈동자에서 흘러내리는 눈물은 떨어지는 보석 같았다. 그는 당황했다. 여인이 바로 앞에서 우는 모습을 보는 것은 처음이었다. 갖고 다니는 손수건도 없었다. 그는 술집 주인에게 달려가 휴지를 받아왔다. 우메코에게 조심스레 건넸다. 그녀는 갑자기 소리를 내 울었다. 감정이 복받쳤는지 갈수록 크게 흐느껴 울었다. 이명재는 어쩔 줄 몰랐다. 손을 내밀어 눈물을 닦아줄 만큼 가까운 사이도 아니었다. 그렇다고 가만히 있을 수도 없었다.

"왜 그러세요? 혹시 제가 뭐 실수한 거라도……"

우메코는 이명재를 한참 쳐다보더니 고개를 천천히 저었다.

"일본을 떠난다면서요?"

이명재는 들릴 듯 말 듯 한 목소리로 대답했다.

"네."

우메코는 가방 속에서 손수건을 꺼내 눈물을 닦았다.

"가면…… 다시는 일본에 안 오는 거죠?"

그녀의 따뜻한 목소리를 들으며 이명재는 직감했다. 아무리 말을 걸어도 반응하지 않던 우메코. 사실 그녀도 이미 마음의 문을 열어두고 있었다. 두 사람은 정식으로 대화를 나눈 적은 없지만, 이미 영혼의 교제를 하고 있었다. 사랑의 교집합이 생겨난 것이다. 그 교집합의 면적은 생각보다 훨씬 넓어 보였다.

아, 그런데 왜 하필 그녀와 헤어지기로 결심한 뒤에 이런 일이 생기는 것일까. 우메코에게 냉정하게 대하겠다고 거듭 다짐했다. 하지만 그녀의 눈물을 보는 순간 얼음장 같이 얼려 놓았던 마음이 녹아내리고 말았다. 조선으로 돌아가고 싶지 않았다. 영원히 우메코 곁에 머물고 싶었다.

그때 아다치가 문을 활짝 열며 헐레벌떡 달려왔다.

"다들 일찍 왔네. 늦어서 미안."

우메코는 이명재와 단둘이 하고 싶은 말이 많았다. 두 사람의 감정이 막 터지려던 찰나, 아다치가 분위기를 깨뜨리고 말았다. 우메코는 짜증 섞인 목소리로 말했다.

"약속 시간에 이렇게 늦어도 되는 거야?"

"미안, 미안. 조금밖에 안 늦었잖아."

"지각했으니 벌주나 마셔."

우메코는 이명재를 바라보며 벌주를 만들라는 눈짓을 보냈다. 이명재는 큰 잔에 술을 가득 채웠다. 아다치는 자리에 앉자마자 연거푸 벌주를 들이켰다. 조그만 선술집에서 세 사람은 시간 가는 줄 모르고 술을 마셨다.

이명재는 중간중간 우메코의 얼굴을 훔쳐보았다. 그때마다 눈길이 마주쳤다. 그녀의 눈가에 촉촉한 이슬이 맺혀 있었다. 눈물에 젖은 까만 눈동자가 슬프도록 매력적이었다. 그녀가 언제부터 마음을 열었는지 궁금했다. 하지만 아다치가 합석한 이후, 대화는 겉돌기만 했다. 그럼에도 이명재는 확신했다. 우메코도 이미 사랑에 빠져있다는 것을. 감격에 겨워 가슴이 터질 것만 같았다. 이런 것이 바로 행복이구나. 세상이 무지개처럼 아름다워 보였다.

이명재도 폭음했다. 술을 마시면 마실수록 정신은 더 또렷해졌다. 태어난 이후 처음 느껴보는 감정이었다. 그는 평생 엄마의 사랑도 모르고 자랐다. 여인을 사랑하게 될 거라고는 꿈에도 생각지 못했다.

그런데 사랑이란 감정이 이렇게도 좋은 것이었구나. 우메코가 원한다면 무엇이든 할 수 있을 것 같았다. 목숨을 원한다 해도 내줄 수 있을 만큼. 그녀와 같은 공간에서 숨 쉬고 있다는 사실만으로도 가슴이 벅찼다.

화장실에서 돌아오던 이명재는 아다치가 우메코 옆자리로 옮겨 앉더니 그녀의 어깨에 손을 얹는 장면을 목격했다. 아다치는 이미 술에 취해 몸을 제대로 가누지 못하고 있었다. 멀리서도 그의 목소리는 또렷이 들려왔다. 우메코에게 사랑을 고백하며, 청혼이라도 하는 듯한 말투였다.

우메코는 아다치의 손을 뿌리치며 목소리를 높였다. 분명 짜증 섞인 말투였다. 그 순간, 이명새의 가슴 속에서 거대한 분노의 파도가 용솟음쳤다. 아다치의 턱을 한 대 갈기고 싶었다. 하지만 꾹 참았다. 마음속에서 울컥 솟아오르는 감정을 가라앉혔다. 이미 우메코를 포기하기로 하지 않았던가. 이명재는 헛기침을 하며 조용히 자리에 앉았다.

아다치는 열변을 토했다.

"명재야…… 나는 말이야…… 정치를 하고 싶다. 이번 학기만 마치면, 졸업하고 정당에 입당할 거야."

혀가 꼬인 채, 같은 말을 되풀이했다. 이명재도, 우메코도 입을 열지 않았다. 술이 약한 아다치는 급하게 마신 벌주 탓에 완전히 곯아떨어졌다. 그는 탁자에 머리를 박고 코를 골기 시작했다. 우메코는 이명재를 바라보며 슬며시 나가자는 눈짓을 보냈다. 이명재는 씨익 웃으며 자리에서 일어났다. 두 사람은 술에 취해 비틀거리며 선술집을 빠져나왔다. 도쿄 거리는 이미 어두웠다.

이명재는 우메코를 집까지 데려다주겠다고 했다. 하지만 우메코는 고개를 흔들며 말했다.

"먼길 떠나시는 분이니까…… 제가 집까지 모셔다 드릴게요."

"아닙니다. 조선에서는 그런 법도가 없습니다. 남자가 여자를 집까지 바래다주는 게 예의입니다."

이명재는 술기운을 빌려 우메코의 손을 덥석 잡았다. 그리고 그녀의 집 방향으로 발걸음을 옮겼다. 애당초 손을 잡을 생각은 없었다. 그러나 그녀의 말대로 끌려갈 순 없었다. 잡은 손을 통해 우메코와 하나가 되었다는 느낌이 들었다. 손을 놓고 싶지 않았다.

두 사람은 손을 맞잡고 말없이 걸었다. 피부의 감촉을 느끼느라 아무 말도 할 수 없었다. 우메코 손바닥의 따뜻한 맥박이 손을 타고 울려 퍼졌다. 이명재도 온몸이 함께 고동쳤다. 두 사람의 숨결은 점점 가빠졌고, 몸이 뜨겁게 달아올랐다. 우메코의 손을 잡고 있다면 지옥 끝이라도 따라갈 수 있을 것 같았다.

인적 드문 조용한 골목으로 접어들었을 때, 우메코가 가방 속에서 무언가를 꺼내 이명재에게 내밀었다.

"이게…… 뭐죠?"

"죄송합니다. 명재 씨 초상화입니다. 예전에 명재 씨 다쳐서 우리 집에 왔을 때 몰래 그렸어요. 허락도 안 받고 그려서…… 용서해 주실 거죠?"

"우메코 씨가 제 초상화를 그린 줄은 꿈에도 몰랐습니다. 오히려 영광입니다."

"부탁이 있어요. 이 초상화, 제가 가져도 될까요?"

"당연하죠. 우메코 씨가 그린 그림이니까요. 대신 조건이 하나 있어요. 우메코 씨 자화상, 저에게 그려주실 수 있나요?"

"그건 왜요?"

"조선으로 돌아가면…… 우메코 씨가 그리울 것 같아서요. 그때마다 꺼내 보려고요."

우메코의 커다란 눈망울에서 보석 같은 눈물이 또 흘러내렸다. 이름 모를 큰 나무 아래 조그만 바위가 있었다. 우메코는 그 위에 앉더니 가방에서 종이와 연필을 꺼냈다. 이명재는 그녀 옆에 앉아, 그림을 그리는 그녀의 옆모습을 바라보았다. 마음속에 깊이 담아두려는 듯. 봐도 봐도 아름다웠다. 우메코의 향긋한 냄새가 훅하고 콧속을 파고들었다. 이렇게 가까이에서 그녀를 바라볼 수 있다는 사실이 꿈만 같았다. 이명재의 가슴이 점점 더 빠르게 뛰기 시작했다. 어지러웠다.

"자, 다 그렸어요. 보세요. 잘 그렸죠?"

이명재는 우메코 옆으로 바짝 다가가 그림을 보려 했다. 그런데 이상하게도 그림이 눈에 들어오지 않았다. 그녀의 몸에서 나는 묘한 향기 때문이었다. 그는 지금이 바로 그 순간이라 느꼈다. 지금 말하지 않으면 평생 후회할 것만 같았다.

"떠나기 전에…… 꼭 하고 싶은 말이 있습니다."

우메코는 말하지 않아도 다 안다는 듯 고개를 천천히 끄덕였다. 이명재는 고백했다.

"사랑합니다."

우메코는 다시 눈물을 쏟았다.

"안 가면 안 되나요? 가지 마세요……."

이명재가 떠나고 난 일본은 더 이상 아무 의미 없는 텅 빈 공간일 뿐이었다. 우메코는 그의 목을 끌어안았다. 이명재도 그녀의 잘록한 허리를 감싸 안았다. 두 사람의 몸이 하나로 달라붙었다. 이명재는 그녀의 얼굴을 뚫어지게 바라보았다. 가슴속 깊이 새기고 싶었다. 조선으로 돌아가면 다시는 볼 수 없을, 그리운 얼굴.

우메코가 눈을 감자, 눈가에 눈물이 고였다. 이명재는 조심스레 혀를 내밀어 그녀의 눈물을 닦아주었다. 우메코는 눈을 뜨더니, 이명재의 입술에 살며시 입을 맞췄다. 감촉이 믿을 수 없을 만큼 부드러웠다. 이명재는 천천히 혀를 내밀어 그녀의 입술을 열었다. 두 사람의 혀가 서로 얽히며, 뜨거운 숨결이 뒤섞였다. 이명재는 그녀의 허리를 감싼 손에 더욱 힘을 주었다. 우메코도 가슴이 부풀어 올랐다.

10월 5일

왕비 초상화

아침 햇살에 눈이 부셨다. 어젯밤 내린 폭우 덕분에 하늘이 맑게 개었다. 일본공사관 인근 명례방에 자리한 한성신보. 전쟁터 같이 요란했던 편집국은 기사 마감 시간이 지나면서 쥐 죽은 듯이 고요해졌다. 창문으로 스며든 햇살이 회의실 탁자 위에 길게 드러눕기 시작하자 회의가 시작됐다.

'여우사냥' 거사일을 앞둔 한성신보 특파기자들의 표정은 비장했다. 마치 전쟁터에 투입되기 직전의 특수부대 대원들 같았다. 현장 최고 지휘관인 아다치는 시간대별 작전계획을 설명한 뒤 기자들의 얼굴을 찬찬히 살폈다.

"이상입니다. 질문 있습니까?"

아다치의 친구이자 한성신보의 주필인 구니모토 시게아키가 손을 번쩍 들었다. 그는 도쿄제국대학을 졸업한 수재였다.

"궁금한 점이 있습니다. 건청궁 안에 들어가 왕비를 암살하려면 왕비의 얼굴을 알아야 할 텐데, 혹시 왕비 사진이 있습니까?"

아다치는 미소를 지었다.

"좋은 질문입니다. 조선 왕비는 사진을 찍지 않는 것으로 유명합니다. 그래서 우리도 사진을 입수하지 못했습니다."

편집국 회의실 여기저기서 수군거리는 소리가 들렸다. 구니모토 주필이 다시 물었다.

"그렇다면 우리가 왕비를 어떻게 알아볼 수 있습니까?"

아다치는 맞은편에 앉아 있던 사진기자 무라카미 덴신을 가리켰다.

"무라카미 기자는 과거 조선 왕실의 전속 사진가였습니다. 거사일 전까지 사진 촬영을 시도할 예정입니다."

"왕실로 잠입하겠다는 얘깁니까?"

"아닙니다. 우리 한성신보에서 조선 왕비와 창간 1주년 특별 인터뷰를 추진하고 있습니다."

"인터뷰 약속은 잡혔습니까?"

"아직은 아닙니다. 그러나 수단과 방법을 가리지 않고 성사시킬 계획입니다."

"조선 왕비는 외교 사절을 접견할 때도 발을 가린 채로 면담하는 것으로 유명합니다. 얼굴을 잘 드러내지 않죠. 인터뷰를 수락하더라도 사진 촬영을 허용할까요?"

아다치는 우메코를 떠올리며 가볍게 웃었다.

"사진 촬영이 실패할 경우에 대비한 2단계 보완책도 마련했습니다. 우메코라는 새 특파기자가 어제 일본에서 급히 입국했습니다. 우메코 기자는 화가입니다. 초상화를 아주 잘 그립니다. 한 번 얼굴만 봐도 실물과 똑같이 그려낼 수 있죠."

"우메코 기자가 조선 왕비의 얼굴을 본 적 있습니까?"

"아직 없습니다. 하지만 특별 인터뷰가 성사되면 우메코 기자도 동행할 겁니다. 같은 여자로서 돌파구를 만들어낼 겁니다. 우리는 반드시 조선 왕비의 얼굴을 확인하고 초상화를 준비할 겁니다."

"특별 인터뷰만 성사되면 문제가 없겠군요. 만약 인터뷰가 무산된다면 어떻게 합니까?"

아다치는 망설임 없이 단호하게 말했다.

"그때는 건청궁 안의 궁녀들을 모두 죽여야 합니다. 대안이 없습니다. 다른 질문 없습니까?"

회의실 안은 숨이 멎은 듯 조용해졌다. 사람을 죽여본 적이라곤 없는 백면서생들. 더구나 연약한 여인들을 닥치는 대로 살상해야 한다는 말에 특파기자들의 얼굴이 굳어졌다. 조선 왕비의 사진을 확보하지 못하면 정말 낭패였다. 더 이상 질문은 나오지 않았.

아다치는 회의실 탁자 위에 커다란 가방을 올려놓았다. 그 안에는 미우라 공사에게서 받은 두툼한 촌지 다발이 들어있었다. 아다치는 특파기자들에게 돈 봉투를 하나씩 건넸다.

"큰 금액은 아닙니다. 그러나 대일본제국이 여러분에게 보내는 감사의 표시입니다."

회의를 마친 아다치는 서둘러 저녁 약속 장소로 향했다. 이명재와 만나기로 한 다동으로 발걸음을 옮겼다. 진고개 언덕에 이르자 명동성당 신축 공사가 한창이었다. 기초공사를 마친 성당 건물은 하루가 다르게 위로 솟아오르고 있었다.

아다치는 조선이 머지않아 일본의 영토가 될 것이라는 생각에 기분이 흐뭇했다. 특히 조선 식민지화의 일등 공신이 자신이라는 생각을 하자 가슴이 벅찼다. 조선 특파기자로 발령받기 직전, 이토 히로부미 총리대신과 나눴던 대화가 떠올랐다.

작년 여름, 이명재가 조선으로 귀국하자 아다치 역시 게이오의숙을 중퇴했다. 구마모토 국권당 창당에 참여하기 위해서였다. 국권당은 일본의 국권 확장을 기치로 내건 극우 정당이었다. 문명개화국인 일본이 미개한 아시아를 지배해야 한다는 것이 당론이었다.

국권당은 창당과 동시에 당원 전원에게 조선어를 가르쳤다. 국권 확장의 첫 출발지가 조선이었기 때문이다. 조선을 통치할 정치 요원들에게 조선어 구사는 필수였다. 어느 날, 아다치는 국권당 당수의 호출을 받고 총재실로 올라갔다가 깜짝 놀랐다. 그곳에 이토 히로부미 내각 총리대신이 당수와 함께 앉아 있었기 때문이다.

아다치는 정중하게 고개를 숙여 인사했다.

"총리대신 각하! 처음 뵙겠습니다."

이토 총리는 아다치 겐조에게 자리를 권했다. 자리에 앉은 아다치를 향해 그는 단도직입적으로 용건을 꺼냈다.

"아다치 군. 우리는 아주 중요한 임무를 수행할 사람을 찾고 있네. 국권당 당수께서 자네를 강력히 추천하셨네."

이토 총리는 목소리에 힘을 주었다.

"알다시피, 지금 유럽 열강들은 식민지를 놓고 치열한 각축전을 벌이고 있네. 우리 일본도 하루빨리 대아시아를 건설해 유럽에 맞서야 하네. 그리고 그 대아시아 건설의 첫 발판이 바로 조선이야."

아다치가 맞장구쳤다.

"조선을 정복하자는 건 저희 국권당의 당론입니다."

이토는 고개를 끄덕이며 아다치를 신뢰의 눈빛으로 바라보았다.

"역시, 내가 제대로 찾아왔네. 하하하! 얼마 전 우리는 조선에서 일청전쟁을 일으켰네. 전세는 우리에게 유리하네. 곧 일본의 승리로 끝날 걸세."

아다치는 총리대신에게서 직접 전황을 설명 들을 줄은 꿈에도 몰랐다. 이토는 흐뭇한 표정으로 말을 이었다.

"자네도 알다시피 조선은 우리 속국이 되었네. 우리는 청국처럼 어설프게 다스리지 않을 걸세. 조선인들을 뼛속까지 일본인으로 개조하려 하네. 그 특수 작전의 책임자를 자네에게 맡기고 싶네. 자네가 조선에 진출하는 특수부대의 부대장이 되어주게."

아다치는 잠시 머뭇거렸다.

"총리대신 각하…… 저는 군인이 아닙니다. 머리에 먹물만 든 지식인일 뿐인데, 그런 중책을 맡을 수 있을지……."

이토 총리는 껄껄껄 웃었다.

"내가 영국 유학 시절 유럽의 제국주의 발전사를 공부하며 깨달은 게 하나 있네. 유럽 열강들은 식민지를 개척하기 전에 항상 특수부대를 먼저 파견했네. 15~16세기 유럽 제국주의자들의 특수부대는 선교사들이었지."

"선교사들이 식민지 개척을 위한 특수부대라구요?"

"그렇다네. 선교사들은 원주민들의 정신과 사고를 서양식으로 개조하고, 자기네 종교와 철학을 주입했지. 군인들이 오기 전에 이미 싸움은 끝난 셈이었어."

"결국, 선교사들은 자신도 모르게 군인들보다 더 중요한 전투를 수행했군요."

"맞네. 그런데 산업혁명 이후엔 더 중요한 특수부대가 등장했네. 바로 특파기자들이야."

"특파기자들이요?"

"대영제국의 로이터통신 알지?"

"네, 영국의 대표적인 언론사 아닙니까?"

"로이터 특파기자들이 과거 선교사들이 했던 임무를 수행 중이야. 원주민의 영혼과 의식을 개조하며 식민지 경제 침탈의 첨병 임무를 수행하고 있지. 영국 정부는 그 대가로 로이터에 식민지 세금 징수권과 비자 발급권까지 넘겼다네."

"로이터가 식민지에서 영국 정부 역할까지 대신했다니…… 놀랍습니다."

"우리 일본도 마찬가지야. 대일본제국이 아시아를 통치하려면 로이터 같은 언론사가 꼭 필요해. 나는 조선에 일본 언론사를 세우고 싶어. 그리고 그 일을 자네가 맡아줬으면 하네. 자네, 조선어가 그렇게 유창하다면서?"

"조금 합니다만……."

이토는 만족스러운 표정으로 고개를 끄덕였다.

"조국에 대한 애국심, 조선어 실력, 그리고 결단력까지. 자네는 이 일에 가장 적임자야. 조국을 위해 힘을 보태주게."

아다치는 고개를 숙이고 주먹을 불끈 쥐었다. 마침내 조국을 위해 목숨을 바칠 수 있는 기회가 찾아왔다. 목숨을 잃는다 해도 영광스럽게 죽을 수 있는 기회. 그동안 얼마나 기다려왔던가. 조선어를 배우며 품었던 오랜 꿈. 섬나라 일본이 조선과 만주를 삼키고, 아시아 대륙 전체를 지배하는 꿈. 그 꿈을 실현할 수 있는 길이 지금 눈앞에 열리고 있었다. 그는 그 길 위를 전속력으로 달리고 싶었다.

"총리대신 각하! 조국을 위한 일이라면 제 목숨도 아깝지 않습니다. 어떤 위협이 닥쳐와도 굴하지 않겠습니다. 속국인 조선을 우리 일본과 하나가 되도록 만들겠습니다. 조선인을 황국신민으로 개조하겠습니다."

이토는 감동한 표정으로 손을 내밀었다. 그리고 아다치의 두 손을 꼭 잡았다.

"자네야말로 이 대업을 완수할 적임자네. 조선 관리들과 백성들의 의식을 개조하는 일은 특파기자들만이 할 수 있는 일이야. 언론사 설립에 필요한 자금은 전혀 걱정 말게. 외무성에서 지원할 걸세. 실무적인 문제는 한성의 이노우에 공사와 상의하게. 이노우에 공사와 나는 고향 친구네. 영국 유학도 같이 다녀왔지. 한성 주재 일본공사관에서 전폭적으로 지원할 거야."

조용히 옆에서 듣고 있던 국권당 당수가 한마디 덧붙였다.

"자네가 고생 좀 해줘야겠네. 이토 총리대신께서 그 대가로 국권당에 정치적 지분을 나눠주시겠다고 약속하셨네. 자네 어깨가 무겁네."

이토는 즐거운 표정으로 말했다.

"아다치 군, 자네 덕분에 국권당이 비약적으로 성장할 걸세. 자네도 단 몇 년만 고생하고 돌아오게. 귀국하면 제국의회 중의원 자리는 내가 보장하겠네. 내 이름을 걸고 약속하네."

당수실 문을 나서는 아다치의 발걸음이 가벼웠다. 구름 위를 걷는 듯한 기분이었다. 인생 최고의 기회가 찾아왔다. 그는 곧장 게이오의 숙 스승인 후쿠자와 유키치를 찾아갔다. 후쿠자와 교수는 이미 10년 전 시사신보時事新報를 설립한 언론계의 대부였다. 언론사 창간의 실무를 전수받기 위해서였다.

1년이란 시간이 순식간에 지나갔다. 아다치는 그동안 일어난 일을 떠올리며 천천히 한성 시내를 걸었다. 적지 않은 성과를 냈다. 조선 정계의 주도권은 완전히 친일파의 손에 들어왔다.

그러나 걸림돌도 많았다. 일본의 대륙 진출을 꺼리는 러시아. 그리고 그 러시아와 결탁해 일본을 견제하는 중전 민씨. 그녀를 제거하지 않고서는 일본의 앞길은 온통 가시밭길이었다. '여우사냥'은 피할 수 없는 숙명 같은 대결이었다. 반드시 성공해야 열리는 승리의 길.

아다치는 꿈에 부풀었다. 여우사냥에 성공하고 일본으로 돌아가면, 정치 무대에 진출할 수 있었다. 이제 남은 선 이명제를 잘 다독이는 일, 중전 민씨와의 특별 인터뷰 성사, 그리고 베일에 싸인 조선 왕비의 얼굴을 확인하는 일.

아다치는 마지막 관문을 향해 다시 힘차게 발걸음을 옮겼다.

같은 시각, 이명재는 궁을 빠져나와 아다치와 약속한 술집으로 향하고 있었다. 머릿속이 복잡했다. 아니, 답답했다. 일본이 경복궁을 점령하고 조선을 속국으로 만들었다는 소식을 듣고 귀국한 지도 벌써 1년이 넘었다. 그동안 중전 민씨를 도와 조선의 주권을 되찾기 위해 싸우고 또 싸워왔다. 마침내 일본군 철병을 요구할 수 있을 만큼, 정세를 조선에 유리하게 전환시켰다.

이제 조선은 중대한 갈림길에 서 있었다. 왕실과 신하들이 하나로 똘똘 뭉쳐도 앞으로 닥칠 거센 파도를 넘는 건 쉽지 않았다. 그런데도 왕실은 벌써 축배를 들고 있었다. 중전 민씨는 다시 부패한 민씨 척족들을 요직에 기용하고, 궁 안에 인의 장막을 치기 시작했다. 그들은 출세와 축재의 비결을 누구보다 잘 알고 있었다. 바로 사대주의와 탐욕이었다. 민씨 척족들은 해바라기처럼 앞다투어 뇌물을 싸 들고 러시아 공사관으로 향했다. 고종은 술독에 빠진 채 '대한제국 건설'이라는 허황한 꿈만 꾸고 있었다. 지금까지의 모든 노력이 물거품이 되는 듯했다. "지도자를 바꾸지 않으면 조선은 망한다"는 유길준 대감의 말이 뇌리를 떠나지 않았다.

광통교를 건너자 다동에 있는 기생집 대문이 저 멀리 눈에 들어왔다. 하나도 반갑지 않은 아다치가 기꺼이 술자리를 제안한 까닭은 무엇일까? 친한 사이라면 진작 만나 회포를 풀었을 수도 있다. 한성에 있다는 걸 뻔히 알면서도 지금껏 연락 한번 없었던 사이. 이명재가 굳이 아다치를 만나려는 이유는 단 하나였다. 우메코의 소식.

우메코의 아리따운 얼굴이 떠오르자 가슴이 뛰고, 발걸음이 절로 빨라졌다. 흥분을 가라앉히려 대문 앞에서 크게 헛기침을 내질렀다.

기생 하나코가 문 안쪽에서 기다리고 있었다. 그녀의 본래 이름은 화자였다. 청일전쟁 이후 일본 상인들이 한성에 몰려들자 스스로 이름을 일본식으로 바꾸었다.

하나코는 분을 짙게 바르지는 않았다. 야한 분위기보다는 우아한 자태를 중요하게 여겼다. 그래서 더욱 마음에 들었다. 그렇다고 얌전한 척만 하는 것도 아니었다. 귀엽고 애교도 많은 여자였다. 하나코는 이명재를 보더니 배시시 웃었다. 그리곤 두 팔을 활짝 벌렸다. 이명재는 수줍은 듯 또다시 헛기침을 하며 말했다.

"하나코, 오랜만이야. 오늘 모실 손님은 일본인이야."

하나코는 민망한 듯 팔을 내리더니, 다정하게 이명재 팔짱을 끼며 말했다.

"벌써 와서 기다리고 계셔요."

"허허, 그 친구 성질도 급하네. 어서 들어가자."

미리 와서 기다리던 아다치가 앉은 채로 이명재의 손을 덥석 잡았다.

"내 목말라 죽는 줄 알았다. 왜 이렇게 늦노?"

이명재는 아다치의 주량을 잘 알고 있었다. 조금만 마셔도 코를 골며 곯아떨어질 정도로 술이 약했다.

"야! 넌 술도 못 마시면서 뭐가 그렇게 급하냐?"

"에헤이, 친구야! 내가 그동안 술이 얼마나 늘었는지 니 모르제? 오늘 누가 더 잘 마시나 한 판 붙어 보까?"

"난 아직 일본 놈 중에 술 잘 마시는 놈 못 봤다. 너도 조금만 마시면 딱따구리 되잖아."

"딱따구리?"

"그래, 술만 마시면 탁자에 머리 콕콕 찧는 거."

이명재는 아다치를 골려먹는 게 즐거웠다. 아다치도 쉽게 물러설 생각이 없었다.

"오늘 누가 먼저 뒤지나 함 보자."

"그래. 오늘 먼저 쓰러지는 놈이 술값 내는 거다."

"조오치. 니 오늘 가산 탕진하는 꼴 좀 보자."

이명재는 하나코에게 안동소주와 막걸리를 가져오게 했다.

"좋아. 오늘은 혼돈주로 시작하자. 술꾼이라면 혼돈주쯤은 알아야지."

아다치는 고개를 갸우뚱했다.

"혼돈주? 내가 일본에서는 조선말 최고로 잘하는데, 그건 첨 듣는다."

이명재는 씨익 웃었다.

한민족은 예로부터 혼돈주를 즐겨 마셨다. 제깟 일본놈 주제에 혼돈주 그 깊은 맛을 알 턱이 없었다. 조선의 전통주는 각기 풍미가 다르다. 노인이 마시면 어린아이로 돌아온다는 백수환동주, 입에 넣으면 아까워 삼키지도 못한다는 석탄주, 백 가지 야생화를 말려 담근 백화주. 이루 말할 수 없을 정도로 많다. 하지만 삶의 고통을 잊으려고 빨리 취하고 싶을 땐 단연 혼돈주가 최고다. 한민족이 혼돈주를 얼마나 좋아했으면 아예 과하주로 즐겼을까. 여름을 지낼 수 있는 술이란 뜻을 가진 과하주는 발효주인 막걸리와 증류주인 소주를 섞은 술이다.

"요즘 한성에서 인기 최고인 혼돈주를 모른단 말이야?"

"일단 마셔 보자."

하나코가 안동소주와 막걸리를 가져왔다. 이명재는 사발로 만든 큼지막한 막걸릿잔 두 개를 앞에 놓고 술을 따르기 시작했다.

"막걸릿잔에 먼저 소주를 조금 따르고, 그 위에 막걸리를 가득 채운다."

"그게 다라?"

"아니지."

양반이 마시는 안동소주와 농민이 마시는 막걸리가 금방 하나가 될 리 없었다. 이명재는 집게손가락을 잔 속에 푹 담그더니 휘휘 저었다. 조선의 양반과 농민이 하나가 되길 바라는 마음으로. 그리고 그 손가락을 혀로 쪽쪽 빨더니 아다치에게 잔을 내밀었다.

"그리고 한 가지 원칙. 잔을 비우기 전엔 절대 잔을 내려놓을 수 없다. 알겠지?"

아다치는 기대에 찬 눈빛으로 침을 꿀꺽 삼키며 말했다.

"좋아, 마시자."

이명재가 왼손을 번쩍 들고 말했다.

"잠깐만!"

아다치는 짜증나는 목소리로 물었다.

"또 뭐꼬?"

"무조건 한 번에 다 비워야 돼. 못 비우면 벌주 나간다. 알았나?"

"알았다니까. 으하하하하!"

두 사람은 우렁찬 목소리로 건배를 외치며 잔을 부딪쳤다.

혼돈주 서너 잔을 들이키더니 아다치 얼굴이 홍당무가 되었다. 그런데 이명재는 이상한 느낌이 들었다. 아다치가 예전과는 달랐다. 표정에는 왠지 비장한 각오가 서려 있었다. 몸도 전혀 흔들리지 않았다. 눈빛은 오히려 불타오르고 있었다. 이명재는 방안을 휙 둘러봤다. 그 순간, 벽에 걸린 아다치 상의 밑으로 일본도 한 자루가 번뜩였다. 이명재는 멈칫했다.

"야 임마! 친구랑 술 마시는데 칼은 왜 들고 왔어?"

아다치는 음흉한 표정으로 미소를 지었다.

"니, 저 칼이 어떤 칼인지 아나? 저게 바로 히젠토肥前刀다. 일본 히젠 지방에서만 생산되는 명품 일본도지."

히젠이라면 도요토미 히데요시가 조선을 침략하기 위해 세운 전초기지 아닌가? 부산과는 최단 거리여서 임진왜란 당시 왜군들의 출병 거점이었다. 그런 히젠에서 만든 명품 도검이라니. 이명재는 내심 비웃었다.

"아주 웃기는 놈이군. 그래서 나한테 자랑하려고 가져온 거냐?"

이명재는 자리에서 벌떡 일어나 히젠토를 거머쥐었다. 칼집에서 서서히 칼을 꺼냈다. 그리고 아다치 머리를 향해 힘껏 내리쳤다. 바람

가르는 소리가 기괴했다. 별로 기분이 좋지 않았다. 쿵, 소리가 났다. 술에 취한 아다치가 깜짝 놀라 뒤로 자빠졌다. 이명재는 칼집에 칼을 집어넣으며 껄껄 웃었다.

"짜식, 겁은 많아 가지고. 감당하지도 못할 칼은 왜 들고 다녀?"

아다치는 얼굴이 벌개져 벌떡 일어섰다. 성질 같아서는 당장 이명재 뺨이라도 올려붙이고 싶었지만, 꾹 참았다. 오늘 술자리는 부탁을 하기 위해 만든 자리 아닌가. 휘청대던 그는 억지로 감정을 누르고 자리에 다시 앉았다.

목소리는 한껏 커져 있었다.

"이번엔 내가 병권 잡을 차례다. 요즘 우리 일본 정계에서 유행하는 술이 있다. 유두주랑 계곡주 들어봤나?"

이명재는 고개를 절레절레 흔들었다. 아다치는 비웃는 투로 씨익 웃더니 옆자리에 앉아 있던 기생에게 겉저고리를 벗으라고 했다. 기생이 주저하며 이명재를 흘긋 바라보았다. 이명재는 금방 눈치를 챘다. 그렇지 않아도 일본 놈들이 지저분하게 술을 마신다는 소문이 장안에 자자했다. 기분이 좋지 않았다. '이놈이 감히 내 눈앞에서 조선 여인을……'

"아다치, 너 많이 취했다. 이제 그만 마시자. 사실…… 너한테 물어볼 게 있어."

이명재는 술시중을 들던 기생들에게 눈짓으로 자리를 피하라는 신호를 보냈다.

"조선엔 언제 들어왔냐?"

"작년 이맘때. 한성신보 창간하러 왔다 아이가. 니, 몰랐나?"

"당연히 몰랐지."

이명재는 사실 알고 있었으나 시치미를 뗐다. 한성에서 또다시 아다치와 얼굴을 맞대는 게 달갑지 않았다.

"조선에서 살아보니 어때?"

아다치는 불쾌한 기색을 감추지 못했다. 이명재가 한성신보 사장을 모를 리 없었다. 그가 조선 왕실에서 일하고 있다는 걸 다 알고 있었다. 게다가 한참 술맛이 오르려는 찰나 술자리 분위기를 깨버렸다. 이미 조선은 일본의 속국이었다. 일본 공사나 한성수비대 장교들조차 특파기자들을 함부로 대하지는 않았다. 마음만 먹으면 길거리에서 여자를 겁탈해도 그 누구도 문제 삼지 못했다. 아다치는 뱀 같은 눈빛을 하며, 이명재를 노려보고 말했다.

"조선 생활? 억수로 재밌지. 난 여기 말뚝 박고 살기다. 그중에서도 사냥이 제일 재밌더라. 작년 겨울에 처음 갔는데 아주 짜릿했다. 앞으로도 사냥이나 실컷 즐기면서 살란다."

"사냥? 뭘 주로 잡았는데?"

"다 잡는다. 호랑이, 꿩, 산토끼…… 눈에 띄는 대로."

"활 써?"

"아이다. 총 쏜다. 내 사격 실력, 장난 아이다. 나 저격수 기질 있다는 거 모르나?"

이명재는 코웃음을 쳤다.

"넌 똥배짱은 있지만, 사격은 못 하잖아. 짐승들이 널 잡아먹을걸."

"아이다. 내가 한번은 사냥을 갔는데 노루가 있더라. 소총을 딱 겨눴지. 근데 그 노루가 뭔가 이상한 낌새를 채고 마구 달아나는 기라."

"그럼 끝난 거 아냐?"

"아니다. 사냥감은 도망가다 한 번은 꼭 멈춰서. 그리고 뒤를 돌아본다. 그걸 '반추'라카나? 왜 자기가 도망쳤는지, 그 장소를 다시 바라보는 거지. 난 그 순간을 기다렸거든."

"그래서 쐈어?"

"정확하게 대가리를 명중시켰다. 난 몸통은 안 쏴."

"왜?"

"사냥감은 한 방에 보내줘야 돼. 고통스럽게 죽이는 건 예의가 아니거든."

"잡은 노루는……?"

"바로 현장에서 해체했다. 피가 몸에 그렇게 좋다카이. 간도 생으로 먹었다. 니도 함 무 봐라. 짐승 피하고 생간 먹고 나면 일주일 정도는 몸이 둥둥 떠다닌다카이. 힘이 넘쳐가지고 며칠 밤새워도 하나도 안 피곤하다. 니 모르나?"

"말도 안 돼."

"아이다. 담에 내캉 같이 사냥하러 함 가보재이. 낙엽 떨어지고 서리 내리면 내 연락할게."

"노루 말고 다른 건 뭘 잡아봤냐?"

아다치는 눈빛이 번뜩이며 말했다.

"꼭 한 번…… 여우를 잡고 싶다."

이명재는 웃음이 나왔다.

"넌 여우 사냥엔 안 어울려. 기생 사냥이나 해라."

평소 같았으면 아다치도 함께 웃었을 것이다. 하지만 이번에는 웃지 않았다. 오히려 단호하고 낮은 목소리로, 스스로에게 다짐하듯 말했다.

"두고 봐라. 내가 여우를 꼭 잡아…… 니한테 보여줄 기다."

이명재는 어이가 없었다.

"여우가 네 눈에 쉽게 띄겠냐? 그건 포기해. 그리고. 넌 조선에서 사냥이나 즐길 한량이 아니잖아. 정치인 하고 싶다며?"

그제야 아다치의 얼굴에 살짝 웃음이 번졌다. 마음 한편이 풀린 듯, 연신 고개를 끄덕였다. 정치인이 되고 싶다는 자신의 꿈을 기억해주는 친구, 그 사실만으로도 감동한 듯했다.

"명재야. 니가 날 영원히 이자뿐 줄 알았다. 그래도 까마귀는 아니네. 하하하. 사실 내가 조선에서 언론사 운영하는 거 자체가 정치 활동 아이라. 기사를 쓴다는 게 고도의 정치적 판단이 필요한 행위라는 거 니는 모르제. 조선의 문명개화에도 큰 도움이 될끼라. 하모."

이명재는 갑자기 피가 거꾸로 치솟아 오르는 것을 느꼈다.

"니가 우리 조선에 도움이 된다고? 일본 언론기관이 조선을 위해 보도한다고? 말도 안 되는 소리 하지 마라."

"국제 정세를 조선에 전해주고, 조선의 아름다움을 전 세계에 알려 준다카이."

이명재는 유학 시절부터 일본의 허구적이고 모략적인 논리에 진절머리가 나 있었다. 그는 큼지막한 손을 번쩍 들며 아다치의 얼굴을 치려는 시늉을 하며 점잖게 경고했다.

"한성신보는 가짜 뉴스나 퍼뜨리는 괴상한 신문사라는 소문이 자자하다. 내가 두 눈 부릅뜨고 지켜보고 있어. 엉터리 보도하면 가만두지 않을 거다."

아다치의 눈빛이 순식간에 뱀처럼 차가워졌다. 뭔가 숨겨 둔 말이 있는 눈치였다. 그는 드디어 용건을 꺼냈다.

"니 밑에 부하가 400명이나 된다면서?"

"용산에 주둔한 너희 일본군에 비하면 조족지혈이지. 무기도 형편없고 훈련도 부족해."

이명재는 화제를 돌리려 했다. 아니, 정확히 말하면 더는 참을 수 없었다.

너무나 궁금했다.

"우메코는…… 잘 지내지?"

아다치는 멈칫하더니 대답을 미뤘다.

이명재는 얘기를 꺼낸 김에 정면 돌파하기로 작정했다.

"너 보자마자 묻고 싶었는데 참느라 혼났다. 우메코, 어떻게 지내고 있냐?"

아다치는 다짜고짜 욕을 퍼붓기 시작했다.

"명재 이누마야! 니 진짜 나쁜 놈이다."

"왜?"

"네가 귀국한 뒤, 우메코가 억수로 아팠다. 그리 떠나놓고 연락 한 통 없었지? 이 무심한 놈아."

"우메코가 아팠다고?"

"그래 임마야. 니 때문에 앓아누웠다카이. 편지라도 한 통 보냈어야지. 이 망할 놈의 새끼야. 여자의 마음을 빼앗았으면 책임을 져야 사내놈 아이가?"

이명재는 가슴이 아릿했다. 편지를 보낼 수 없는 이유가 있었다. 자신 같은 무사 나부랭이가 우메코처럼 고운 여인과는 어울리지 않았다. 그녀가 행복해지려면 자신이 조용히 사라져 주는 것이 최선이라 믿었다. 곧 잊고, 더 좋은 사람을 만날 거라 생각했었다.

"우메코가…… 그 정도로 나를 그리워했다고?"

"그래, 이 피도 눈물도 없는 놈아."

1년 넘게 지났지만, 사랑도 이별도 끝나지 않았다. 오히려 마음 깊은 곳에서 사랑의 불길이 활활 타오르기 시작했다. 이명재는 주전자를 들어 술을 통째로 들이켰다. 아다치도 따라 했다. 주전자를 집어 들더니 술을 벌컥벌컥 마셨다. 술기운이 올라오자 아다치도 진심을 토해냈다.

"야, 임마야. 우메코를 먼저 좋아했던 건 내다. 결국 니 때문에 다

절단났다. 임마야. 니 귀국한 뒤에 내가 청혼했다 아이가. 근데 그 가시나가 널 잊을 수 없다카더라. 다 끝났다고 생각했는데……."

이명재는 우메코를 이미 마음에서 보냈다고 믿었지만, 그렇지 않았다. 마음은 다시 그녀를 붙잡으라고 했다. 하지만 머리는 반대로 움직였다. 그는 아다치에게 말했다.

"너한테 부탁할게."

"뭔데?"

"일본으로 가더라도, 조선에서 나를 만났다는 얘기는 하지 마라. 우메코가 나를 잊고 새 삶을 사는 게 그녀를 위한 길이다."

아다치는 우메코가 한성에 이미 도착했다는 사실을 숨기고 있었다. 오늘 저녁 자리에 데리고 오지 않은 것도 계획의 일부였다. 두 사람의 연정을 이용해 중전 민씨와의 인터뷰를 성사시키기 위해서였다.

아다치는 음흉하게 미소 지으며 본론을 꺼냈다.

"니가 깜짝 놀랄 뉴스가 있다."

"뭔데?"

"우메코가 한성에 온다."

이명재의 심장이 세차게 뛰기 시작했다. 얼굴이 꽃처럼 피어났다. 목소리에는 기쁨이 넘쳤다.

"우메코가? 한성에 온다고?"

"글타카이. 우리 한성신보 특파기자로 일하게 됐다."

"언제 도착하는데?"

"늦어도 내일 아침까지는 도착할끼다. 빠르면 오늘 저녁에 이미 도착했을 수도 있고. 많이 아팠던 데다, 먼 바닷길을 건너왔으니 무척 피곤할끼다."

이명재는 잊어야 한다는 마음뿐이었다. 하지만 마음속 꾹꾹 눌러두었던 그리움이 폭발하듯 솟구쳤다. 그녀만 괜찮다면, 다시 사랑해도 되지 않을까? 이명재의 마음의 동요를 아다치가 못 읽을 리 없었다.

"도착하면 바로 만나게 해줄 테니, 너무 걱정하지 마라. 대신 부탁 하나만 들어주라."

우메코 생각에 정신이 없던 이명재는 아다치의 간교한 속셈을 눈치 채지 못했다.

"말해봐라."

"어제 관문각 만찬장에서 국왕께도 말씀드렸지만, 우리 한성신보가 왕비 마마를 인터뷰하고 싶다. 창간 1주년 기념 특별 인터뷰다. 니가 시위대 대대장 아이라. 니가 왕비한테 한 번 더 재촉 좀 해다고."

민감하거나 어려운 부탁은 아니었다. 이명재는 고개를 끄덕였다.

"그래. 중전마마께 말씀드려볼게."

아다치는 더 세게 밀어붙였다.

"그 정도로는 안 된다. 간곡히 부탁해 다고. 우메코가 한성에 오는 것도 왕비 인터뷰 때문이다. 물론 너랑 만나게 해주려는 이유도 있었고. 아무튼 시간이 급하다. 내일 당장 인터뷰할 수 있게 적극적으로 좀 졸라다고."

"알았다. 그렇게 할게."

이명재는 내일 우메코를 다시 만날 수 있다는 생각에 심장이 요동쳤다. 한시라도 빨리 그녀를 보고 싶었다. 인터뷰 요청은 부당한 청탁도 아니었다. 게다가, 일본군 철수를 요구하는 조선의 입장을 일본에 전달할 수 있는 기회가 될 수도 있었다. 이명재는 그것이 덫이라는 걸, 알지 못했다.

"명재야! 부탁 하나 더 해도 되나?"

"뭔데?"

"인터뷰 기사에는 왕비 사진이 꼭 들어가야 한다. 내일 인터뷰할 때 내하고 우메코 말고도 사진기자 한 명 더 데리고 간다 캐라."

"사진기자?"

"그래. 니도 알지? 조선 왕실 촉탁 사진사, 무라카미 덴신. 이번에 왕비 특별 인터뷰를 위해 채용했다."

무라카미 덴신. 이명재도 잘 알고 있는 사진기자다. 청일전쟁 종군기자로 이름을 날렸다. 조선을 좋아했다. 왕실 촉탁 사진사가 된 이후, 그는 갈고리로 긁어모으듯 돈을 벌었다. 사진기자 출신다운 남다른 감각과 일본공사관의 전폭적인 지원을 바탕으로 누구도 찍지 못한 사진을 많이 촬영했다. 대표작이 바로, 전봉준 장군의 사진이었다. 올해 3월, 일본영사관에서 고문당한 뒤 재판소로 이송되는 순간, 그 창백하고도 담담한 모습을 무라카미는 빠뜨리지 않고 기록했다.

전봉준 장군은 올해 4월, 재판소 최후 진술에서 이렇게 말했다. "종로 네거리에서 내 목을 베어 오고 가는 사람들에게 내 피를 뿌려 주시오." 장군의 얼굴이 떠올랐다. 이명재는 자신도 모르게 눈가가 촉촉해졌다. 무라카미의 사진이 아니었더라면, 전봉준 장군의 결연하고 옹골찬 얼굴도 역사 속에 묻혀버렸을 것이다.

이명재는 고개를 끄덕였다. 사진기자 무라카미의 동행, 마다할 이유가 없었다. 아다치는 목적을 이룬 듯 흡족한 표정으로 술을 따랐다. 잔을 건네는 그의 얼굴은 붉게 상기되어 있었다. 순하디 순한 조선인을 속이고 다루는 일은 그저 누워서 떡먹기였다. 아다치의 눈가에는 교활한 웃음이 떠나지 않았다.

10월 6일

폐비 모의

관문각 2층 시위대 제2대대장 집무실. 중전 민씨에게 보고를 마친 이명재는 문밖에 대기하던 황정일을 손짓으로 불러들였다.

"무슨 일입니까?"

"일본공사관 근처에 한성신보라는 일본 신문사가 있다."

황정일은 가슴이 철렁 내려앉았다. 드디어 올 것이 오고야 만 것인가? 불안한 목소리로 되물었다.

"한성신보요?"

"그래. 거기 가서 아다치 사장에게 전해라. 중전마마께서 창간 1주년 기념 특별 인터뷰를 허락하셨다고. 시간은 오늘 오후 3시, 장소는 관문각 1층 접견실이다. 30분 전까지 광화문에서 대기하면 모시러 갈 거라고 해라."

황정일은 나가려다 이명재의 말에 다시 걸음을 멈췄다.

"아, 한 가지 더. 중전마마께서 사진 촬영은 절대 안 된다고 하셨다. 사진기자는 데리고 오지 말라고 해라."

"예, 알겠습니다. 아참…… 오늘 내각 인사 때문에 궁 안이 난리네요."

"그 얘긴 됐고, 어서 다녀와."

사실 이명재도 중전 민씨가 조금 전 단행한 인사 조치에 불쾌감을 감추지 못하고 있었다. 궁궐은 그야말로 벌집을 쑤셔 놓은 듯 뒤숭숭했다. 중전 민씨가 친일파 대신 두 명을 파직하고, 그 자리를 친러파로 채웠다. 오랫동안 준비해온 인사였다.

유길준 내각 서기장과 김가진 농상공부 대신이 단칼에 잘렸다. 이 두 사람의 낙마로 조선 내각은 사실상 친일 내각에서 친러 내각으로 바뀌었다. 청나라 속국 시절 부귀를 누렸던 친청파들은 쌍수를 들고 환영했다. 반면, 그 시절을 수치로 여겨왔던 친일 개화파들은 우려를 감추지 못했다. 세상이 근대화를 향해 질주하고 있을 때 조선은 청나라 속국으로 10년을 허송 세월했다. 게다가 악명 높은 민씨 척족까지 하나 둘 되돌아오자 사람들은 혀를 내둘렀다.

하지만, 조선의 내각 인사권은 이제 완전히 중전 민씨 수중에 들어갔다. 이명재는 유길준이 비록 친일 개화파라 해도, 유능한 관료라고 믿고 있었다. 울화가 치밀어 참을 수가 없었다.

점심 무렵, 그는 유길준이 머물고 있는 취운정 별장을 찾았다.

"형님, 오늘 평안도 관찰사로 발령 나셨습니다."

유길준은 이미 각오한 듯 놀라는 기색조차 없었다. 오히려 담담했다.

"내일 신의주로 떠나야겠구먼. 조선의 북쪽 끝이라니…… 중전마마께서 일본과는 멀찍이 떨어져 있으라고 일부러 그리 발령하신 듯하네."

"민씨 척족 간신배들이 형님을 미워한다지만, 이런 식으로 내치는 게 말이 됩니까? 나라 걱정하는 보석 같은 분은 똥물에 처박고, 수탈에 능한 똥물 같은 무리들 목에는 보석을 걸어주고…… 도대체 나라 돌아가는 꼴이…….."

유길준은 쓴웃음을 짓더니 술상을 내오라고 소리쳤다.

"아우님, 이럴 땐 낮술이 최고일세. 다른 인사도 있었는가?"

"형님은 그래도 살아 계시잖습니까. 김가진 농상공부 대신은 아예 파직됐습니다."

김가진은 반청 친일 노선의 관료다. 갑오왜란 당시 대원군 옹립을 주도했다. 그로 인해 중전 민씨의 눈 밖에 났다. 외교통인 그는 청을 몰아내기 위해 일본을 끌어들여야 한다고 주장해 왔다. 당연히 친청 보수파인 민씨 척족들 입장에서는 눈엣가시 같은 존재였다.

　조선이 외교관을 파견한 것은 1887년부터다. 민영익 대감의 건의를 받아들여 고종이 실시했다. 그리고 초대 주일공사로 무능하기 짝이 없는 민영준을 임명했다. 하지만 민영준이 곧바로 귀국하는 바람에 밑에 있던 김가진이 후임 주일 공사로 임명됐다. 사실상 재외공관에 주재한 조선 최초의 외교관이었다. 그러나 4년간 주일공사로 근무한 것이 화근이었다.

　김가진은 갑오왜란 때 경복궁을 점령한 일본군의 지시를 받고 고종의 거짓 전투 중단 명령서를 만들었다. 왕실 수비병과 의병들에게 투항하라는 가짜 왕명을 전달했다. 조선 500년 왕조가 막을 내리는 데 결정적 역할을 했다. 이명재는 아무리 청나라 속국에서 벗어나고 싶었다지만 그렇다고 일본의 속국이 되기를 선택한 김가진을 이해할 수 없었다. 그는 유길준의 반응이 궁금했다.

　"김가진은 주일공사 시절, 망명한 박영효와 아주 가깝게 지냈네. 얼마 전 박영효가 중전마마 암살 모의를 벌였을 때 한패라는 의심을 받았지. 중전마마가 가만히 내버려둘 리가 있겠는가. 그래, 후임 농상공부 대신은 누구인가?"

　"이범진 협판이 등용됐습니다."

"이제 친러파의 세상이 열렸군."

유길준은 다시 술잔을 따랐다. 두 사람은 조용히 잔을 기울였다. 유길준이 시원하게 술잔을 비우더니 예언하듯 향후 정세를 전망했다.

"아우님. 일본이 바보도 아니고, 그냥 당하고만 있을 것 같은가? 경복궁을 또 점령해서라도 상황을 원점으로 돌려놓으려고 하겠지."

"그렇게 쉽지는 않을 겁니다. 러시아가 가만있지 않겠죠."

유길준은 동의하지 않았다. 오히려 중전 민씨의 낙마 가능성을 높게 봤다.

"돼지는 살찌는 걸 두려워하고, 사람은 이름이 알려지는 걸 두려워하지. 하지만 중전마마는 지금 겁이 없네. 일본이 주상 전하를 건드리지 않겠다고는 했지만, 중전마마를 보호하겠다는 약속은 한 적이 없었지."

불길한 예감이 이명재의 가슴을 짓눌렀다.

"설마⋯⋯ 일본이 화가 나 중전마마를 제거할 수도 있다는 겁니까?"

유길준은 흠칫 놀라는 표정을 지었다. 잠시 무슨 생각을 하더니 고개를 갸웃했다.

"그럴 리가 있겠는가? 난 어떤 일이 있어도 살육은 용납 못하네."

그는 이명재의 얼굴을 조심스레 살피더니, 조용히 물었다.

"아우님, 며칠 전 내가 제안한 것⋯⋯ 고민해 봤는가?"

"무슨 제안요?"

이명재는 얼떨결에 되물었다. 무슨 제안이었는지 도무지 기억나지 않았다.

"며칠 전 자네가 한가위 선물 보따리 들고 왔을 때 말일세. 그때 내가 중전마마 폐위시키자고 제안하지 않았는가."

"에이, 그건 농담처럼 하신 말씀이잖습니까."

유길준은 정색하며 기침을 했다. 그리고 이명재에게 성큼 다가와 손을 덥석 움켜잡았다. 깜짝 놀란 이명재는 본능적으로 몸을 뒤로 뺐다. 유길준의 눈빛이 이글이글 타오르고 있었다. 콧수염 끝부분이 움찔움찔 떨렸다. 문득 사바틴 부대장의 콧수염이 떠올랐다. 그의 손가락에 점점 힘이 들어가는 것이 느껴졌다. 유길준은 떨리는 목소리로 말했다.

"우리는 조선의 독립과 개화를 위해 목숨을 바치기로 맹세한 의형제 아닌가. 아우님, 우리 목표는 같네. 입헌군주제 도입을 통한 정치개혁, 그리고 조선의 영세중립국화."

이명재가 평소 유길준과 가장 공감하는 대목이 조선의 중립국화다. 조선의 허약한 군사력으로는 호시탐탐 집어삼킬 기회만 엿보고 있는 주변 열강을 막아낼 방법이 없었다. 자주 독립과 평화를 위한 길은, 조선의 중립국화 밖에 없었다. 그것이 아시아의 평화를 유지하고 조선의 문명개화를 가능하게 하는 유일한 방도였다. 이를 위해 조선 정부는 일본과 러시아 등 열강의 두려움과 상호견제 심리를 적극적으로 이용해야만 했다. 이명재는 유길준이 잡아준 손을 더 강하게 맞잡았다.

"맞습니다. 조선이 가야 할 길은 중립화 밖에 없습니다."

유길준의 눈이 이글거렸다.

"그런데 그 길을 가로막고 있는 분이 바로 중전마마일세. 중전마마 안중에 나라 걱정은 없어. 오로지 이씨 왕조의 안위와 아들에게 왕위를 잇게 하는 것에만 혈안이 돼 있지. 백성이고 미래고 상관없는 분이야. 그래서…… 폐비가 시급하다는 말일세."

"중전마마…… 폐비라구요?"

이명재는 깜짝 놀라 벌린 입을 다물지 못했다. 농담으로 흘려들었던 말이, 진심이었음을 그제야 깨달았다. 물론 중전 민씨가 나라를 망치고 있다는 점에 대해선 이견이 없었다. 문제는 끌어내리는 방식이었다. 유길준은 일본의 힘을 빌리자고 했다. 반면, 이명재는 백성과 함께 백성의 손으로 중전 민씨를 폐위시켜야 한다고 생각했다.

유길준은 단도직입적으로 물었다.

"거사에 동참하지 않겠나?"

이명재는 단호했다.

"저는 일본 놈들의 손을 빌릴 생각이 없습니다. 그들과 함께 하는 거사라면 동참할 수 없습니다. 저는 백성과 함께, 우리 스스로의 힘으로 조선의 미래를 바꾸겠습니다."

유길준은 답답하다는 듯 한숨을 내쉬었다. 이명재를 놓치기는 싫었다. 새로운 세상에서는 이명재 같은 인재가 반드시 필요했기 때문이다.

"아우님. 어느 세월에 조선을 바꾸겠다는 건가? 지금은 위에서부터 싹 뜯어고쳐야 할 때야. 그러기 위해선 일본의 도움을 받아야 해."

이명재는 고개를 흔들었다.

"저는 밑에서부터 바꿔나가겠습니다. 이기는 그날까지요. 싸우다 쓰러지는 한이 있더라도 다른 나라에 의지하진 않겠습니다."

유길준은 이명재의 고집을 익히 알고 있었다. 그가 꿈꾸는 세상은 한 많고 가난한 백성들이 잘 먹고 잘 사는 나라였다. 입헌군주제 같은 제도 개혁만으로는 그의 뜻이 결코 충족되지 않으리라는 것도 잘 알았다. 거의 전멸하다시피 한 동학농민군 재건을 위해 물밑에서 뛰고 있다는 것도 알고 있었다.

"동학농민군은 이미 전멸하지 않았나? 백성은 아직 깨어나지 못했네. 우리가 권력을 잡은 뒤 가르치고 개화시켜야 할 대상일 뿐이야."

이명재는 고개를 흔들었다. 유길준과는 한배를 탈 수 없었다.

"그게 아닙니다. 정신을 못 차리고 있는 건 지배층입니다. 백성은 이미 깨어나 있습니다. 1차 봉기 당시, 동학농민군은 한성까지 진격할 수 있었어요. 하지만 외세 개입의 빌미를 주지 않기 위해 스스로 해산했습니다. 그런데 조정은 어땠습니까? 오히려 외세를 불러들여 백성을 학살하지 않았습니까. 얼마 전까지도 종로 길거리에는 농민군 장군들의 잘린 머리가 걸려 있었습니다. 길거리 개들이 뜯어먹은 장군들의 살점과 핏물이 아직도 땅속에 남아 있습니다."

그의 목소리는 격정에 떨고 있었다.

"형님! 한 말씀만 올리겠습니다. 일본 놈들 믿지 마십시오. 토사구팽 당하십니다."

유길준은 가슴이 답답했다.

"아우님은 왜 그렇게 일본을 경계하는가?"

"경계하지 않을 수 있습니까? 지금도 일본은 우리 농민들을 학살하고 있습니다. 작년 이후, 일본 놈들 손에 죽은 농민이 몇 명인지 아십니까? 40만 명이 넘습니다. 40만 명요. 무려 40만 명의 양민이 일본 놈들 손에 목숨을 잃었습니다. 이처럼 무자비한 학살을 자행한 나라는 지구상에 없습니다. 죽은 농민들의 원성과 비명에 어떻게 귀를 막고 살 수 있겠습니까?"

유길준은 말문이 막혔다. 동학농민군을 바라보는 시각은 이명재와 같지 않았다. 그는 단지 일본이 그렇게 많은 농민들을 죽일 거라고는 생각하지 못했다. 일본은 조선인들의 저항 정신마저 완전히 짓밟으려 하고 있었다. 그의 망설임을 읽은 이명재가 다시 물었다.

"주상 전하를 다시 인질로 잡고, 중전마마를 폐위시킨 뒤엔 뭘 하실 겁니까?"

유길준은 고민하는 표정이 역력했다. 이명재가 거사에 동참하지 않을 것이 분명한 만큼 더 이상 거사 계획을 털어놓을 수는 없었다. 그래도 놓치고 싶지 않았다. 잠시 망설이던 유길준이 조심스레 입을 열었다.

"대원위 대감이 계시지 않은가."

이명재는 헛웃음이 나왔다.

"작년 갑오왜란 때도 대원위 대감을 옹립하지 않았습니까? 그리고 곧바로 내쳤죠. 그분이 다시 꼭두각시 역할을 할까요? 설사 한 번 더 속아준다고 칩시다. 지금 연세가 얼마입니까? 오늘내일하시는 분입니다. 언제 세상을 떠날지 모르는 분을 또 앞세운다구요?"

유길준은 시원시원한 성격이다. 에라 모르겠다는 심정으로 모든 속내를 털어놓았다.

"대원위 대감께서 맏손자인 이준용 폐하를 옹립해 달라고 하시네."

이명재는 그제야 고개를 끄덕였다. 이준용은 조선 차기 국왕으로 유력한 인물이었다. 고종의 형 이재면의 장남. 대원군은 그를 애지중지했다. 자신을 닮아 야심과 능력이 출중하고 호탕한 성격까지 겸비한 젊고 유능한 지도자였다. 무엇보다 동학농민군에 대한 지원도 아끼지 않았다.

그러나 중전 민씨에겐 눈엣가시 같았다. 그녀는 다섯 자녀 중 넷을 잃고, 셋째 아들 이척만 간신히 지키고 있었다. 하지만 이척도 건강이 좋지 않았다. 고종은 나약하고 세자는 병약하니 매일 불안에 떨었다. 민씨는 친아들의 왕위 계승을 위해 이준용을 제거해야만 했다. 이준용을 암살하기 위해 자객을 보내고 폭탄까지 투척했다. 하지만 번번이 실패했다. 이준용은 자객이 끊임없이 찾아오자 어린 시절부터 검술을 익혔고, 무예 실력도 수준급이었다.

중전 민씨는 이준용을 없애지 못해 안달이 났다. 결국 민씨는 몇 달 전 그에게 '역모' 혐의를 뒤집어 씌웠다. 경무청에 감금하고, 고문과

폭행을 가했다. 역모 혐의를 부인하자 쇠꼬챙이를 불에 달궈 온몸을 지졌다. 손가락과 발가락이 모두 떨어져 나갈 정도였다.

"폐하의 몸 상태는 어떻습니까?"

"지금은 공덕동 아소정에서 대원위 대감과 지내며 요양 중이시네."

유길준은 중전 민씨가 사주한 고문 얘기를 하면서 눈물을 글썽였다.

"그래도 끝내 입을 열지 않으셨다면서요?"

"차라리 죽여 달라고 부탁했다네. 서광범 법부대신이 그 부탁을 받아들여 특별재판에서 대역모반죄로 사형을 선고했지."

"그게 중전마마를 친일파로 끌어들이기 위한 선물이었다면서요? 그런데 왜 얼마 후 특별사면을 했습니까?"

"중전마마가 일본을 뿌리치고 친러 정책으로 돌아서지 않았는가? 하하하. 사면되기 전 대원위 대감께서 나를 찾아오셨네. 사형 집행을 막아달라고 하셨지. 마침 일본도 중전마마를 견제할 인물로 이준용 폐하가 필요했고. 나는 이준용 폐하를 새로운 국왕으로 옹립할 걸세. 그게 우리 조선이 가야할 길이네. 그리고 아우님, 새 세상이 오면 군부대신 자리를 맡아주세."

그는 다시 손을 내밀어 이명재의 손을 꽉 잡았다. 촉촉한 눈빛으로 애원하듯이 이명재의 얼굴을 쳐다봤다. 그러나 이명재는 고개를 돌렸다.

"중전마마 폐위에는 찬성합니다. 하지만 일본의 힘은 빌릴 수 없습니다. 형님은 형님의 길을 가십시오. 저는 저의 길을 가겠습니다."

유길준은 순간 배신감이 들었다. 그는 술잔을 비우더니 빈 잔을 술상 위에 내려놓았다. 얼마나 강하게 내려놓았던지 탕, 하는 소리와 함께 그만 술잔이 깨지고 말았다.

"형님! 손에서 피가 흐릅니다."

이명재는 상처를 묶을 헝겊을 찾기 위해 자리에서 일어나려고 했다. 유길준은 피 묻은 손가락을 입에 쑤셔 넣더니 피를 쪽쪽 빨아먹었다.

"괜찮네."

하지만 피는 멈추지 않았다. 유길준은 더는 거사 이야기를 꺼내지 않았다. 이명재는 그가 인간적으로 미웠던 적은 단 한 번도 없었다. 조정에서 속마음을 나눌 수 있는 유일한 존재였다. 깨진 잔 대신 빈 탕국 그릇을 건네고 두 손으로 술을 가득 따랐다. 유길준은 술을 다 마시더니 빈 그릇에 술을 따라 이명재에게 넘겼다. 이명재도 단숨에 그릇을 비웠다.

유길준 집을 나와 궁으로 향하던 이명재는 발걸음을 멈췄다. 마음이 복잡했다. 중전 민씨 폐위를 위한 거사가 추진되고 있다는 충격적인 사실을 알았기 때문이었다. 누가, 언제, 어떻게 거사를 단행할지는 알 수 없었다. 하지만 객관적인 정세로는 충분히 일어날 수 있는 일이었다. 일본은 청일전쟁 승리 이후 청국으로부터 할양받은 랴오둥반도를 10월 7일 반납해야 한다. 10월 7일이면 당장 내일이다. 일본 내 여론이 들끓었다. 러시아와 전쟁을 벌이는 한이 있더라도 랴오둥반도를 포기해서는 안된다는 여론이 빗발쳤다. 이토 총리대신은 러시아와 싸우기에는 아직 일본의 국력이 많이 모자란다고 판단했다. 하지만 절대 양보할 수 없는 것이 조선이었다. 조선만큼은 호락호락 내줄 수가 없었다. 중전 민씨 제거는 불문가지였다.

이명재는 뒤를 돌아보았다. 멀리 황정일이 조심스럽게 미행자를 탐지하고 있었다. 손짓을 해 그를 불렀다.

"해월 선생님께 가거라. 지금 이천에 은신 중이시다. 말을 내줄 테니 지금 당장 출발해라."

황정일은 바짝 긴장했다.

"갑자기 무슨 일입니까?"

"지금 상황이 급박하다. 일본이 중전마마 폐위를 위해 조만간 경복궁으로 쳐들어올 것 같다. 그러면 백성들도 들고일어날 가능성이 높다. 우리도 공세적으로 전환할 때가 온 것 같다."

이명재는 서찰을 써 황정일에게 건넸다. 그는 서찰을 품에 넣더니 쏜살같이 사라졌다.

이명재가 동학 지도자 최시형 선생을 처음 만난 건, 지난해 갑오왜란 직후인 9월 초였다. 일본 유학을 마치고 급거 귀국한 그는, 중전 민씨의 호위무사로 임명되었다. 건청궁에서 감금 생활을 하고 있던 고종과 중전 민씨는 이명재에게 밀지를 내밀며 말했다.

"우리 조선은 패망했네. 조정 신료들은 모두 왜구에 붙어버렸고 이제 우리가 믿을 건 동학농민군 밖에 없네. 이 서찰은 동학농민군에게 항일 봉기를 명령하는 밀지네. 동학 교주 최시형과 동학농민군 대장 전봉준 장군에게 비밀리에 전하게. 한성으로 달려와 우리를 구해 달라고……."

이명재는 이해할 수 없었다. 동학농민군을 진압하겠다며 외세를 끌어들인 자가 누구였던가? 그런 이가 이제 와 살려달라고 요청하다니, 아무리 국왕이라 해도 너무 후안무치한 일이었다. 국왕의 명령이니 거부할 수는 없었다. 불감청 고소원(不敢請 固所願)이라고 감히 청하지는 못 했지만 바라던 일이었다. 사실 이명재도 해월 선생님을 뵙고 싶었다. 일본 유학 시절, 비밀결사 개벽에서 활동하며 몇 차례 서신을 주고받은 적은 있었지만, 직접 만난 적은 없었다.

해월 선생님은 소박하고 겸손한 분이었다. 도쿄에서 개벽 단원으로 활동했던 이명재라고 소개하자 반갑게 맞아주었다. 고종의 밀지를 건넸다. 반봉건 투쟁에서 반외세 투쟁으로 방향을 전환해줄 수 있겠느냐고 물었다. 해월 선생은 잠시 눈을 감더니 고개를 끄덕였다.

"1차 봉기 때는 시기상조라 생각했소. 하지만 지금은 다르오. 일본군을 몰아내는 척왜斥倭 투쟁은, 더 이상 미룰 수 없는 급한 불이오."

최시형 교주는 일본군의 침략에 맞서 분연히 일어나겠다고 약속했다. 그날 참 많은 이야기를 나눴다. 그는 양의 시대가 저물고 머지않아 음의 시대가 올 것이라고 예언했다. 남자가 지배하는 시대가 끝나고 여자가 지배하는 시대가 오리니, 그게 개벽이라고 했다. 약한 사람을 괴롭힌 자들은 망하고 억눌렸던 사람은 부귀영화를 누리는 세상. 부녀자와 어린이를 하늘처럼 섬기는 나라.

이명재는 믿기 힘들었지만, 그 말에 머리와 가슴이 탁 트이는 느낌이었다. 꼭 그런 세상이 오지는 않더라도, 그런 세상을 준비하는 것만으로도 충분히 의미 있는 삶을 살 수 있다고 믿었다.

해월 선생님이 이명재에게 명했다.

"자네는 왕실의 경호부대를 이끌고 있지 않는가. 그 경험을 살려 우리 민중을 위해 역할을 좀 맡아주게. 일만이천군을 조직하며 개벽을 준비해 주시게. 때가 되면 금강산 일만이천봉처럼 일만이천군이 들고 일어나야 하네. 일만이천군이 개벽된 세상을 열게 하시오."

한성으로 돌아오는 길에 이명재는 어깨가 무거웠다. 아직도 해월 선생님께 송구하기 짝이 없었다. 고종의 밀지를 전달하고 헤어지면서 했던 약속 때문이다. 고종은 조선 관군이 절대 동학농민군을 공격하지 않도록 하겠다고 약속했다. 하지만 그 약속은 헛말이었다.

일본의 속국인 조선의 국왕에게 군사 지휘권이 있을 리가 없었다. 조신 관군들은 일본군의 지휘를 받았다. 청일전쟁에서는 총알받이로 맨 앞에 서야 했고 동학농민전쟁에서는 형제들의 가슴에 총부리를 겨눠야 했다. 이명재가 할 수 있는 일이라고는 관군이 주둔하고 있는 성곽들을 돌며 동학농민군을 공격하지 말라는 고종의 밀명을 전달하는 것뿐이었다. 결국 2차 봉기는 패배로 끝났고, 최시형 선생은 일본군의 추격을 피해 산속을 떠돌며 숨어 지낼 수밖에 없었다.

낮에 유길준 대감과 마신 술은 금방 깼다. 일본이 거사를 준비하고 있다는 충격적인 소식에 이명재는 마음이 어수선했다. 한성신보 특파기자들이 도착할 시간이었다. 그들을 맞기 위해 관문각 현관 앞으로 나갔다.

우메코. 그녀는 어떻게 변했을까. 알 수 없는 미안함과 흥분이 뒤섞여 가슴이 뛰었다. 멀리 아다치와 우메코의 모습이 눈에 들어왔다. 순간, 눈가가 촉촉해졌다. 시위대 병사의 안내를 받으며 사뿐사뿐 걸어오는 우메코, 멀리서 봐도 한 폭의 그림 같았다. 가슴이 쿵쾅쿵쾅 뛰었다. 그토록 그리워했던 여인이 눈앞에 있었다.

"어이, 명재야!"

아다치가 달려오더니 이명재를 와락 안고는 귀에 대고 속삭였다.

"명재야, 고맙데이. 다 니 덕분이데이. 이번 인터뷰, 정말 꿈도 못 꿨다. 이 은혜 평생 잊지 않을께."

이명재는 아다치를 밀쳐냈다. 몸은 아다치에게 갇혀 있었지만, 눈은 우메코만 보고 있었다. 그녀는 여전히 예뻤다. 반가운 마음을 어찌 표현해야 할지 몰랐다. 우메코를 향해 발걸음을 옮겼다. 첫눈에 반했던 그 날처럼, 혀가 굳고 목소리가 떨렸다.

"오, 오랜만입니다."

우메코가 환히 웃으며 손을 내밀었다. 손은 변함없이 부드럽고 따뜻했다. 가슴 밑바닥에 고여 있던 슬픔과 응어리가 눈 녹듯 사라졌다.

세상에 꽃비가 내리는 것 같았다. 바보처럼 미소만 짓던 이명재의 얼굴이 갑자기 굳어졌다. 잊기로 한 여인 아니던가? 이명재는 감정을 애써 가라앉히고 사무적인 투로 말했다.

"들어가시죠."

이명재는 1층 접견실로 안내했다. 접견실은 외실과 내실로 나뉘어 있었고, 방 가운데 미닫이문은 항상 닫혀 있었다. 이명재는 의자를 권했다. 궁녀들이 다과를 내왔다. 접견실이 분주하게 돌아갔다. 내실에서 기침 소리가 나자, 궁녀들이 미닫이문을 열었다. 문은 열렸지만, 발이 쳐 있어 안은 보이지 않았다. 발 너머로 화려한 옷자락과 사람의 형체만 어렴풋이 보였다. 아다치와 우메코가 이리저리 둘러보고 있는 사이 발 너머에서 기품 있는 왕비의 목소리가 들렸다.

"오시느라 고생 많으셨습니다. 만나서 반갑습니다."

아다치가 황급히 머리를 숙였다.

"왕비 전하, 만나 뵙게 되어 영광입니다. 한성신보 사장인 아다치라고 합니다."

우메코도 차분히 인사했다.

"저는 특파기자 우메코입니다."

두 사람 모두 정중하게 예를 갖췄다. 아무리 눈을 크게 뜨고 보는 각도를 달리해도 왕비의 얼굴은 보이지 않았다. 중전 민씨는 친절하고 자애로운 목소리로 조용조용 말을 이었다.

"두 분은 좋은 친구를 두셨군요. 요즘 이명재 대대장이 연일 큰 공을 세우고 있습니다. 그래서 내가 상을 내리겠다면서 소원을 물었습니다. 관직도, 재물도 마다하고 오직 '한성신보와 인터뷰를 해달라'고 하더군요. 지금껏 언론 인터뷰는 한 번도 한 적이 없습니다. 하지만 이명재 대대장의 간청을 거절할 수 없어, 오늘 여러분을 맞이하게 되었습니다."

아다치가 머리를 굽신거렸다.

"아, 그래서 오늘 인터뷰가 성사된 것이라예?"

중전 민씨는 평소와 달리 말이 많았다. 궁금한 것이 많아 보였다.

"그래, 두 분은 우리 이명재 대대장 일본 유학 시절 삼총사처럼 붙어 지냈다면서요?"

우메코가 조심스럽게 답했다.

"붙어 지낸 것은 맞지만, 가까워진 것은 이명재 대대장 귀국 직전입니다."

"우메코라고 했나요? 자세히 보니 절세미인입니다. 혹시 우리 이명재 대대장이 우메코 기자한테 딴마음을 품고 있었던 것은 아닌가요?"

어쩐지 시기와 질투가 밴 듯한 말투였다. 이명재는 당황해 어쩔 줄 몰라 했다. 마치 덩치 큰 어린아이 같았다. 조용하게 미소만 짓고 있던 우메코도 당황하긴 마찬가지였다. 그녀는 급하게 화제를 돌렸다.

"중전마마, 언론 인터뷰란 서로 얼굴을 마주하고 대화하는 것입니다. 송구하오나, 우리 사이를 가로막고 있는 발을 걷어주실 수 없을까요?"

중전은 단호하게 답했다.

"궁중의 법도입니다. 우리 조선 여인들은 외간 남자에게 얼굴을 보이지 않습니다."

아다치도 거들고 나섰다.

"우리 언론계에도 법도가 있습니다. 인터뷰 기사에는 꼭 사진이 들어가야 합니다. 사진 촬영이 싫으시다면, 초상화라도 그릴 수 있도록 허락해 해주십시오."

"초상화도 안 됩니다."

"우메코 기자는 남정네가 아니라 여인입니다. 중전마마의 용안을 뵐 수 있도록 허락해 주십시오."

"조선 여인들은 외국인과 얼굴을 마주하지 않습니다."

아다치는 더 이상 설득할 수 없다는 것을 깨달았다. 순간 자리에서 벌떡 일어나, 제지할 틈도 없이 발을 밀어젖혔다. 순간, 중전 민씨의 얼굴이 종잇장처럼 일그러졌다. 탁자 뒤편에 우두커니 서 있던 이명재는 깜짝 놀랐다.

"이게 무슨 무엄한 짓이냐!"

그는 아다치의 손목을 낚아채 바닥에 내동댕이쳤다. 아다치가 중심을 잃고 마구 나뒹굴었다. 그 사이 우메코는 뚫어지게 중전 민씨의 얼굴을 쳐다봤다. 기자란 족속들은 도대체 예의범절이라는 것을 몰랐다. 아뿔싸. 중전 민씨의 모습이 보이지 않았다. 태연히 자리를 지키고 앉아 있을 성격이 아니었다. 이 모든 게 순식간에 일어난 일이었다.

이명재는 접견실 문을 박차고 밖으로 뛰쳐나갔다. 중전 민씨가 관문각을 빠져나가고 있었다. 궁녀들이 총총걸음으로 뒤를 따랐다. 이명재는 시위대 병사들에게 일본 기자들이 나오지 못하게 하라고 지시했다. 병사들이 문을 닫고 바리케이드를 쳤다. 그 광경을 지켜보던 아다치는, 조용히 우메코에게 물었다.

"왕비 얼굴 봤니?"

"그럼, 내가 누군데."

"초상화 그릴 수 있겠어?"

"당연하지."

아다치는 손을 들어 우메코의 어깨를 툭 쳤다. 만면에 웃음이 넘쳐 흘렀다. 하지만 우메코의 표정은 썩 밝지 않았다.

"명재가 화내지 않을까?"

"우린 기자잖아. 목적을 위해서라면 수단과 방법을 안 가리지. 우메코, 내일 명재한테 저녁이나 사줘."

"왜 내일이야? 난 오늘 저녁이 좋은데……."

"우리가 일하러 온 거지 연애하러 온 거 아니잖아? 오늘 밤엔 왕비 초상화나 그려."

우메코는 아다치의 태도가 불쾌했지만, 딱히 다른 방도가 없었다. 그녀는 쪽지에 '내일 저녁 식사 같이 먹자'는 짧은 글과 함께 시간과 장소를 적었다. 그리고 접견실을 나서며 시위대 병사에게 이명재 대대장에게 전해달라며 쪽지를 건넸다.

이명재는 중전 민씨에게 깊이 허리를 숙이며 사죄했다.

"중전마마, 죽을죄를 지었사옵니다. 저들이 그렇게 갑작스레 발을 젖힐 줄은 꿈에도 생각하지 못했습니다."

중전 민씨는 얼굴에 노기가 가득했다.

"도대체 경호를 어떻게 하는 것이냐? 그자들이 흉기라도 들고 있었다면 나는 이미 죽은 목숨 아니냐!"

이명재는 무릎을 꿇고, 이마를 바닥에 박으며 말했다.

"중전마마, 소인의 과오이옵니다. 죽여주시옵소서."

"일본 놈들이라 기분이 언짢지만, 이미 벌어진 일을 어쩌겠느냐."

중전 민씨는 구질구질한 성격이 아니었다. 궁금한 것은 온통 훈련대가 덫에 걸렸는지 여부였다. 그도 그럴 것이 친일 내각을 와해시켰으니 그 다음 손 볼 차례는 훈련대였다. 머릿속에는 온통 훈련대를 해산해야겠다는 생각 밖에 없었다. 보채듯이 이명재를 추궁했다.

"그런데 훈련대는 왜 이리 조용한 것이냐? 아무런 움직임이 없지 않느냐?"

"훈련내 제2내대 구연수 중대장이 오늘 밤 병사들을 데리고 야간 행군 훈련을 한다고 합니다. 어제는 우범선 제2대대장이 병력을 이끌고 대규모 야간 행군훈련을 했습니다. 뭔가 서서히 움직이고 있는 것 같습니다. 조금만 더 기다리시면 좋은 소식이 있을 것 같사옵니다."

중전 민씨는 앙칼진 목소리로 짜증을 냈다.

"우리가 파놓은 덫에 제발 걸려들어야 할 텐데…… 내가 훈련대 때문에 다리 뻗고 잘 수가 없구나."

"분명히 사고를 칠 놈들입니다."

"이 대대장! 훈련대를 해산하면 병력을 시위대로 편입할 생각이야. 그리고 말을 탄 멋진 기마병들의 모습도 보고 싶구나. 경복궁 사방에 대포를 배치하고, 기마병과 포병부대를 따로 편성해 훈련시켜주게."

"중전마마. 지금 우리에게 급한 것은 기마병이 아닙니다. 더 시급한 것은 기관총과 소총입니다."

"아니네. 영국 여행가 비숍 부인 말 듣고 나는 결심했네. 영국은 황실을 경호하는 기마병들이 참으로 멋지다더군. 비숍 부인이 보여준 사진을 보고 난 그 자리에서 반해버렸네. 내가 지금 가장 보고 싶은 건, 경복궁을 호위하는 기마병들의 멋진 모습이야."

중전 민씨는 소녀 같은 감성도 지녔다. 이성보다는 감성으로 판단하는 일이 많았다. 이명재는 중전의 성격을 잘 알고 있었다. 두뇌는 명석하지만 일단 빠져들면 이성을 잃었다. 아니 물불을 안 가린다는 표현이 더 정확했다. 무조건 가져야 한다. 그게 중전 민씨의 성격이다. 통이 크고 대범한 면이 있다. 그러나 반박하면 차가운 눈초리로 응대했다. 한 마디 더했다가는 보복과 회초리가 기다릴 뿐이었다. 중전은 꿈에 도취한 듯 부드럽게 말했다.

"이 대대장. 시위대 안에 군악대도 편성해주게. 참, 지하 비밀동굴 개통식이 10일이라 했지? 동굴을 빠져나가면 탈 마차도 준비해 뒀느냐?"

"네, 중전마마. 말과 마차는 제집에 대기시켜 놓았습니다. 마차를 타시면 동대문을 거쳐 한강을 건너 조선 어디로든 신속히 대피하실 수 있습니다."

"그래, 고생 많았다."

이명재는 중전 민씨를 알현할 때마다 그녀가 차분하고 이성적이라고 생각해왔다. 가냘픈 몸에 피부까지 창백해 차갑게 느껴지기도 했다. 그렇지만, 불편하지는 않았다. 항상 소녀처럼 자상한 미소를 띠고 있었기 때문이다. 하지만 오늘의 미소는 어딘가 달랐다. 오늘은 유난히…… 슬퍼 보였다.

석양이 인왕산을 타고 넘어가다 넘어져 붉은 피를 토하고 있었다. 이명재는 바쁜 걸음으로 궁을 빠져나왔다. 오늘은 정말 이상한 날이었다. 아침부터 저녁까지 눈코 뜰 새 없이 바빴다. 약속 시간에 늦지 않기 위해 뛰다시피 걸었다. 직속 상관인 안경수 군부대신 겸 경무사가 저녁을 같이 먹자며 집으로 초대했다. 늦으면 무슨 잔소리를 들을지 알 수 없었다.

광화문을 지날 무렵, 우렁찬 구령 소리와 함께 훈련대 제2대대 1중대 병사들이 행군 훈련을 하고 있었다. 앞에서 구령을 하는 이는 다름 아닌 구연수 중대장이었다. 부하들을 이끌고 남대문 쪽으로 행군하고 있었다. 구연수는 훈련대 안에서도 악명 높은 친일 부역자였다. 그의 뒤통수를 보는 것만으로도 속이 울렁거려 견딜 수 없었다. 살면서 그렇게 기생충 같은 인간은 처음이었다.

  18살 때 일본 도쿄로 유학을 떠난 구연수는 중학교를 졸업하고, 도쿄제국대학 야금학과를 졸업했다. 말 그대로 뼛속까지 일본인이 되어 조선으로 돌아왔다. 귀국 후에는 광산에서 관리를 하다가, 돌연 군인으로 변신해 훈련대 중대장으로 발탁되었다. 이명재는 구연수가 나라와 민족을 팔아먹을 놈이라고 단언했다. 게다가 구연수가 가장 아낀다는 부하들도 하나같이 꼴불견이었다. 일본을 등에 업고 날뛰는 그들을 조선 순검들 대부분이 벼르고 있었다.

  결국 이명재의 지시에 따라 순검들이 그들을 응징했다. 그 과정에서 1명이 사망했다. 이 사건 이후, 구연수는 바짝 독기가 올랐다. 밤낮을 가리지 않고 행군 훈련을 실시했다. 이는 명백한 항의이자 위협이었다. 저러다 뭔가 사고를 칠 것 같은 예감이 들었다. '사고 칠 테면 쳐봐라. 기다리던 바다.' 이명재는 미소를 지으며 북촌 쪽으로 발걸음을 재촉했다.

  안경수 군부대신의 북촌 자택 앞에는 순검들이 경비를 서고 있었다. 군부대신은 훈련대와 시위대 병력을 총괄하는 군부 최고 실세다. 동시에 한성부 경찰과 감옥을 관장하는 경무사도 겸직하고 있었다. 군과 순검들을 모두 거느리고 있으니 권력이 막강했다.

  자택 경비도 삼엄했다. 대문 앞에 서 있던 순검의 안내를 받아 사랑방으로 들어서자, 상다리가 휘어질 정도로 진수성찬이 차려져 있었다. 안경수 군부대신이 흐뭇한 표정으로 이명재를 맞이했다.

"자, 어서 들게나."

"대감, 정말 진수성찬입니다."

"오늘 조선에서 가장 맛있는 음식으로 차리라고 했네."

안경수는 입만 열면 사람 기분 좋게 만드는 천부적인 재능이 있었다. 부처님 같은 인자한 목소리에, 마치 자기 간이라도 빼줄 것 같은 화법. 그러나 이명재는 잘 알고 있었다. 그의 마음속에는 구렁이가 열 마리는 들어앉아 있을 터였다. 이명재는 조심스럽게 물었다.

"저같이 미천한 놈을 이렇게 극진하게 환대하시니 몸 둘 바를 모르겠습니다." 안경수의 눈치 보는 능력은 그 누구도 따를 수 없었다. 중전 민씨가 이명재를 대하는 눈길이나 말투가 남다르다는 것을 가장 먼저 간파했다. 고종을 조종하는 것이 중전 민씨라면, 중전을 움직이는 이가 바로 이명재라고 여겼다. 바보가 아닌 이상 인사 청탁의 통로가 어디인지는 불문가지였다.

"자네를 꼭 한번 모시고 싶었네. 혹시 내 출생의 비밀을 아는가? 난 서자 출신이네. 어릴 적부터 서러움을 겪으며 컸지."

그는 잠시 말을 멈추었다가, 부드럽게 이어갔다.

"자네도 어렵게 자라왔다고 들었네. 그 이야기를 듣고, 괜히 남 같지 않더군."

사람이 그렇게 다정할 수가 없었다. 이명재는 그가 접근해오는 것 자체가 불쾌했다. 가장 멀리하고 싶은 유형의 인간. 도움이 될 사람에게는 간이라도 내줄 듯 아첨했다. 그렇지 않으면 발아래 때처럼 무시했다. 이명재는 굳이 장단을 맞추기는 싫었다. 하지만 안경수는 아랑곳하지 않고 자기 말을 이어갔다.

"자네를 볼 때마다 꼭 젊은 시절의 나를 보는 것 같네. 자네도 중인 출신이지 않나? 고아로 자랐고, 일본 유학도 다녀왔고. 민영익 대감의 후광으로 시위대 제2대대장 자리까지 오르지 않았느냐 말일세. 자네와 내 인생의 궤적이 참으로 닮았네. 자, 한 잔 받게나."

그는 술잔을 시원하게 비우더니 안주를 입에 물고 조곤조곤 씹기 시작했다. 음식을 먹으며 자기 자랑에 열을 올렸다. 그의 입속에 있던 음식 파편이 밥상 여기저기로 튀었다. 아무리 진수성찬이지만, 더러워서 젓가락 갈 데가 없었다. 이명재는 혀를 찼다. 안경수 군부대신이 출세 가도를 달리게 된 결정적 계기는 일본 유학이었다. 일본말을 유창하게 구사한 덕분에 인생 역전이 일어났다는 건 익히 들어 알고 있었다.

"일본 유학은 어떻게 가시게 된 것입니까?"

안경수는 동그란 안경테를 손가락으로 밀어 올렸다. 다시 입에 거품을 물고 떠들기 시작했다.

"나 같은 서자는 조선에서 살아봤자 희망이 없지. 세상 돌아가는 걸 보니까, 출세하려면 개화파가 되어야겠더라고. 서른 살 되던 해, 큰 결심을 했지. 무작정 일본으로 건너갔어. 낮에는 돈 벌고, 밤에는 일본어도 배우고 방직 공부도 했지."

"방직이요? 얼마나 공부하셨습니까?"

안경수 군부대신은 손가락으로 대충 셈을 하더니 답했다.

"한 4년쯤?"

"귀국해서 방직 공장을 차리셨습니까?"

"처음엔 돈 좀 벌어보려 했지. 근데 자본금이 없더라고. 그래서 돈 많은 대감 집을 찾아갔더니, 그 대감이 전혀 다른 제안을 하더라고."

"무슨 제안이었습니까?"

"민영준 대감, 알지?"

민영준. 이름만 들어도 밥맛이 떨어졌다. 민씨 척족 중에서도 손꼽히는 부패한 관리. 조선 수구파의 거두였으며, 탐관오리의 대명사였다. 고종과 중전 민씨에게 뇌물을 바치는 기술은 조선 제일이었다.

"네, 얼마 전에 청나라에서 귀국했다고 들었습니다."

"앞으로 큰 자리를 맡을 사람이지. 아무튼, 그때 민영준 대감이 초대 주일 공사로 임명됐는데, 일본어를 한마디도 못 한다는 거야. 급히 통역을 구하던 차에 내가 딱 나타난 거지."

"그 통역관 자리가 인생을 바꿨군요."

안경수는 흐뭇한 표정으로 콧수염을 쓰다듬으며 말했다.

"민영준 대감님은 내 인생의 구세주였어. 나로서는 최고의 행운이었지. 만약 그 자리를 못 얻었다면, 난 아직도 가난 속에 허덕이고 있었을 거야. 그러니까 말이야, 꽃길 같은 인생을 걷고 싶으면 항상 승자에게 줄을 서야 해."

그는 자신의 '해바라기 인생관'을 주입하려고 했다. 이명재는 기가 막혔다. 그의 천박한 개똥철학을 듣는 건 시간 낭비였다. 하품이 나왔다. 식곤증까지 몰려와 눈꺼풀이 천근처럼 무거웠다. 결국 졸음을 이기지 못하고 고개를 푹 떨구었다.

안경수가 식탁을 내리쳤다. 억지로 눈을 크게 뜨고 듣는 척 했다. 하지만 지루한 얘기는 끝이 없었다. 쓰고 있던 안경이 흘러내렸는지 손가락으로 연신 안경테를 밀어 올렸다. 그때 밖에서 구세주가 나타났다.

"대감 마님, 경무청 순검이 급히 보고할 게 있다고 합니다!"

안경수는 하인의 말을 듣더니 벌떡 일어나 툇마루로 나갔다. 마당에 선 순검이 긴장한 듯 경례를 올렸다.

"이 초저녁에 무슨 일이냐?"

"훈련대 병사들이 저희 경무청 본청을 습격했습니다!"

"뭣이라고?"

안경수의 얼굴이 새까맣게 질렸다. 몸까지 떨고 있었다. 분노를 억누르지 못하는 것 같았다. 그는 조선훈련대와 시위대, 경무청을 모두 관장하는 군부대신 아닌가.

"내 허락도 없이 훈련대 병사들을 움직였다고? 이놈들이 제정신이야? 피해 상황은?"

"아직도 전투 중입니다. 갑작스러운 기습으로 우리 쪽 피해가 큰 상황입니다."

"이런 미친놈들. 몇 명이나 몰려왔나?"

"100명은 넘는 것 같습니다."

"경무청을 습격한 이유는?"

"아직 정확한 동기는 파악되지 않았습니다. 칼과 몽둥이를 휘두르며 본청 유리창을 마구 깨부수고 있습니다."

"그래, 알았다. 궁으로 들어갈 테니 이후 상황은 궁으로 보고하라."

"네, 명령 받들겠습니다."

순검은 경례를 하고 급히 자리를 떴다. 안경수는 허둥지둥 방으로 들어가 붓을 들었다. 문책에 대비해야 했다. 머리가 둔한 훈련대 대장 홍계훈에게 보낼 편지를 썼다. 경무청 습격에 가담한 훈련대 지휘관과 병사들을 엄중히 처벌하고 재발 방지책을 세우라고 지시했다. 안경수는 집을 나서면서 경비 순검에게 서찰을 전달하라고 지시하고 궁으로 향했다.

이명재는 쾌재를 불렀다. 안경수 뒤를 따르면서 자꾸 웃음이 나왔다. 마침내 훈련대가 덫에 걸려들고 말았기 때문이다. 광화문 안으로 들어서는 순간 시끄러운 싸움 소리가 들려왔다. 두 사람은 동시에 돌아섰다. 정동과 남대문 사이, 경무청 본청에서 일어난 폭동 소리가 광화문까지 들렸다. 이명재가 안경수에게 여쭸다.

"지금 가장 급한 건 폭도들을 체포하는 일입니다."

안경수가 고개를 끄덕였다.

"그래, 나도 그 생각을 하고 있었네. 어떻게 하면 되겠나?"

"습격한 인원이 100명이라 했습니다. 시위대 병사 200명을 데리고 경무청으로 출동하겠습니다."

"그렇게 해주게. 어서 가보게."

이명재는 부하들을 이끌고 경무청으로 출동했다. 머릿속이 복잡했다. 순검들을 시켜 훈련대 친일파 악질 병사들 손을 본 것은 사흘 전이었다. 평소 같았으면 즉각 보복에 나서야 했다. 그런데 한참 뜸을 들이다 뒤늦게 본색을 드러냈다. 무언가 이상하다는 느낌이 들었다. 시위대가 경무청에 도착하자, 훈련대 병사들은 기다렸다는 듯이 사방으로 흩어졌다. 단순한 습격 사건이 아니라, 계획된 작전 같았다.

경복궁 편전에서는 고종과 대신들이 긴급 대책회의를 열었다. 고종은 회의를 주재하며 뿌듯함을 느꼈다. 조선이 일본의 속국이 된 뒤로는 국사에서는 배제되었다. 참석하더라도 옥새만 찍는 허수아비였다. 하지만 친일 내각이 친러 내각으로 바뀌면서 국왕의 권위가 점차 살아났다.

고종은 걱정하는 목소리로 군부대신에게 지시를 내렸다.

"군부대신! 시위대가 폭동을 진압하지 못하면, 일본군 한성수비대에 지원을 요청하라."

안경수는 잠시 고개를 갸웃하더니 물었다.

"일본군에…… 지원을 요청하라고요?"

"그렇다."

편전으로 들어서던 이명재는 그 말을 듣고 귀를 의심했다. 고종의 지시는 너무도 엉뚱했다. 일본군에게 훈련대가 일으킨 폭동 진압을 요청한다고? 안경수가 뭐라고 대답할지가 또 다른 흥밋거리였다. 그는 절대 고종이 듣기 싫어할 말은 하지 않을 사람이었기 때문이다.

"너무 심려 마시옵소서. 훈련대 일본인 교관들과 상의해보겠습니다."

이명재가 들어서자, 안경수 군부대신이 고종에게 아뢰었다.

"주상 전하! 마침 폭동을 진압하러 간 이명재 대대장이 복귀했습니다."

이명재는 고종과 중전 민씨에게 폭동을 완전히 진압했다고 보고하고 구체적인 현장 상황을 아뢰었다.

"전하, 이상한 점이 있사옵니다. 도주하던 폭도들이 내일 또다시 오겠다고 협박하였습니다."

고종이 몸을 부르르 떨며 되물었다.

"무어라? 그자들이 내일 또 쳐들어오겠다고?"

"예. 며칠 전 훈련대 병사들을 구타한 순검들을 넘기라고 요구하고 있습니다. 만약 내일 저녁까지 그들을 넘기지 않으면, 총을 들고 와서 경무청을 완전 박살 내겠다고 했습니다."

고종은 잠시 생각하더니 명을 내렸다.

"군부대신은 훈련대 병사들을 잘 달래보도록 하라. 그리고 다친 순검들은 병원으로 옮겨 치료를 받게 하라."

옆에서 묵묵히 지켜보던 중전 민씨가 입을 열었다. 그녀는 차분하면서도 단호한 목소리로 지시 사항을 늘어놓았다.

"군부대신은 훈련대 간부 전원을 즉시 소집하십시오. 이젠 더 이상 참을 수 없습니다. 며칠 전 훈련대 병사들이 순검 한 명을 살해하고 교번소를 파괴한 일도 있었습니다. 이번에는 경무청 본청까지 습격했습니다. 도저히 용납할 수 없는 국기 문란 행위입니다. 법에 따라 책임자를 엄벌해야 합니다. 그리고 하나 더, 모든 대신을 불러 모아 내각 회의를 개최해야겠습니다. 조선훈련대는 말썽만 일으키는 집단입니다. 이번 폭동의 책임을 물어 훈련대를 해산하고, 병사들이 소지한 모든 총기와 창검을 회수해야겠습니다."

대신들은 중전 민씨의 단호한 대응에 놀라움을 감추지 못했다. 이번 사건을 빌미로 조선훈련대 해산까지 밀어붙이는 것은 초강수였다. 여기저기서 걱정스러운 목소리로 수군거리기 시작했다. 하지만 중전 민씨의 목소리는 더욱 커졌다.

"군부대신, 이번 사건을 일으킨 훈련대 우범선 제2대대장과 구연수 중대장을 즉각 체포하여 극형에 처하십시오. 또한 훈련대를 지휘하고 있는 군부대신과 훈련대 대장 역시 책임질 각오를 하십시오."

마침내 올 것이 오고야 말았다. 안경수 군부대신의 얼굴이 시뻘겋게 달아올랐다.

"중전마마! 홍계훈 훈련대 대장이 실질적인 최고 지휘자입니다. 그렇지 않아도 소인이 홍계훈 대장에 대한 징계 방안과 더불어 재발 방지책을 마련하고 있습니다. 통촉하여 주시옵소서."

이번에는 홍계훈 대장의 거친 숨소리가 편전에 울려 퍼졌다. 그러나 그의 증오의 눈길은 안경수가 아닌, 이명재를 향하고 있었다. 그의 눈빛에는 의심이 담겨 있었다. '이 모든 게 저놈 짓이군.' 홍계훈은 이번 일도 이명재가 꾸민 것이라고 의심했다.

안경수는 어명을 전달하겠다면서 미꾸라지처럼 자리를 빠져나왔다. 그는 편전 앞에 대기 중이던 병사들에게 지시했다.

"어명이니라. 긴급 내각 회의를 소집한다. 연락병들을 동원해 모든 대신들에게 즉각 입궐하라는 어명을 전하라."

경복궁의 밤은 점점 깊어갔다. 어둠을 가르며 대신들이 속속 궁으로 모여들었다. 조선훈련대 해산은 일본의 반발을 불러일으킬 수 있는 중대한 정치적 결정이었다. 친일파 대신들의 강력한 반대는 불 보듯 뻔했다.

이명재는 편전 앞을 거닐었다. 풀벌레들이 놀랐는지 울음 소리를 뚝 멈췄다. 궁궐이 조용해지자 유길준 대감이 낮에 했던 말이 떠올랐다. '중전 민씨 폐위.' 문득, 일본군의 동태를 살펴야겠다는 생각이 들었다. 조선훈련대를 지휘하는 건 일본군이었다. 책임을 져야 할 자도, 바로 그들이었다. 시괴도 받아내야 했다. 그는 뒤따르던 시위대 부하에게 지시했다.

"동작 빠른 병사 10명을 데리고 오너라. 모두 소총으로 무장하고 말을 타고 오게. 폭약도 싣고 오너라."

부하가 어둠 속으로 사라지자, 이명재는 손가락을 우두둑 꺾으며 싸울 준비를 했다. 그때, 갑자기 뒤에서 날벼락 같은 괴성이 울렸다.

"네 이놈!"

홍계훈 대장이 씩씩거리며 달려와, 이명재의 멱살을 잡았다. 이명재는 바로 반격했다. 홍계훈의 손목을 비틀어 땅바닥에 내동댕이쳤다. 퍽 소리가 나더니 홍계훈이 바닥에서 데굴데굴 굴렀다. 몸이 다치지 않도록 낙법을 쓰고 있었다. 제복에서 떨어진 금색 단추와 계급장이 땅바닥을 뒹굴었다. 회전을 멈춘 홍계훈이 벌떡 일어나더니, 칼을 뽑아 들었다.

"이명재, 네놈은 동학농민군 폭도들의 간자다! 이번 일도 네놈이 꾸민 줄 내가 모를 줄 아느냐? 척왜척양? 웃기는 소리! 너 때문에 내 인생이 끝장날 줄 알았다면 오산이다. 이번엔 절대 가만두지 않겠다!"

이명재는 차분하게 맞섰다.

"개 같은 놈! 한때는 중전마마의 구조견이더니 이제는 일본 놈들의 사냥개로 전락했구나. 아니, 너는 개만도 못한 짐승이다."

홍계훈은 힘이 장사처럼 강했지만 검술은 이명재의 상대가 되지 못했다. 이를 악물고 칼을 휘둘렀다. 이명재는 가볍게 피했다. 나이도 많고 계급도 높은 그를 죽일 수는 없었다. 그러나, 지금만큼은 정당방위를 핑계로 원한을 갚고 싶었.

이명재도 서서히 칼을 뽑았다. 기름기로 가득찬 홍계훈의 뱃살이 실룩거렸다. 이명재가 나지막한 목소리로 경고했다.

"홍계훈 이놈! 내 손에 죽는 걸 다행으로 여겨라."

이명재의 눈빛에 살기가 번뜩였다. 홍계훈을 겨눈 칼이 천천히 움직이기 시작했다. 그 순간, 안경수 군부대신이 소리를 지르며 달려왔다.

"멈추시오! 도대체 이게 무슨 짓들이오!"

편전 앞에서 경무청 간부들의 보고를 듣던 중, 두 사람이 어둠 속에서 싸우는 장면을 목격한 안경수가 황급히 달려왔다. 홍계훈은 안경수 앞에서는 고양이 앞의 쥐처럼 꼼짝도 하지 못했다. 덩치 큰 곰이 가냘픈 여우 손에 끌려가는 뒷모습을 보며 이명재는 코웃음을 터뜨릴 수밖에 없었다.

그때, 말을 탄 시위대 병사들이 도착했다. 무술이 뛰어난 최정예 부하들이었다. 모두 이명재의 지시를 기다리며 눈치를 살폈다. 이명재는 말에 올라 타더니 외쳤다.

"우리, 한바탕 흐드러지게 놀아보자!"

이명재가 앞장서 말을 달리자 부하들이 뒤를 따랐다. 궁 안에 말발굽 소리가 요란하게 울려 퍼졌다.

용산 일본군 한성수비대 진영은 쥐 죽은 듯이 고요했다. 정문 초소 보초병이 다가와 말을 막아 세웠다.

"누구시오?"

이명재는 왕실 시위대 제복을 손바닥으로 쳐 보이며 유창한 일본어로 답했다.

"보면 모르시오? 왕실 시위대 제2대대장이오."

"이 밤중에 무슨 일이오?"

"당직 지휘관을 만나러 왔소."

"잠깐 기다리시오."

보초병 하나가 당직실로 뛰어갔다. 이명재는 병사들을 모아 놓고 지시를 내렸다.

"잘 들어라. 분명 전원 입장을 허락하지 않을 테다. 혼자 들어갈 테니 밖에서 기다려라. 혹시 안에서 총성이 들리면 작전을 개시하라."

부하 한 명이 물었다.

"작전 내용이 뭔지 모르겠습니다."

이명재는 씨익 웃으며 설명했다.

"한바탕 흐드러지게 놀자고 하지 않았느냐. 초소를 뚫고 진입한 뒤, 폭약으로 영내 숙소를 완전 박살 내도록 하라."

잠시 후 보초병이 돌아왔다.

"제2대대장만 들어오시오. 다른 병사들은 여기 대기하시오."

숙직실로 안내받은 이명재는 자다 일어난 듯한 이시모리 대위를 만났다. 그는 하품을 하며 말했다.

"이 깊은 밤에 무슨 일입니까?"

이명재는 정중하지만 단호하게 말했다.

"지금 잠이 온단 말이오? 당신 지휘하는 훈련대 병사들이 경무청 본청을 습격했소. 당신은 그 책임자요. 나와 함께 가야겠소."

"무슨 말을 하는 건지 도통 모르겠소. 잠깐 기다려 보시오."

이시모리는 부관에게 조선훈련대 교관을 불러오라고 지시했다. 잠시 뒤, 눈을 비비며 교관이 들어왔다.

이명재가 말했다.

"당신이 훈련대 교관이오? 당신 부하들이 폭동을 일으켜 경무청을 파괴하고 수많은 순검을 다치게 했소."

교관은 능청스럽게 응수했다.

"그 얘기를 왜 나한테 한단 말이오?"

"당신이 훈련대 교관이니 당신이 책임을 져야 하오"

"오밤중에 어디 와서 무슨 헛소리를 지껄이는 것이오? 훈련대 병사들은 모두 일찍 잠들었소. 오늘 저녁 훈련대 영문을 나선 자는 단 한 명도 없었소. 그만 돌아가시오."

이명재의 분노가 폭발했다. 그는 교관의 멱살을 움켜쥐고, 목의 급소를 눌렀다.

"이 새끼가 어디서 거짓말이야?"

교관은 제대로 말도 못 하고 헐떡였다. 이시모리가 중재하는 척하며 이명재의 팔을 풀었다. 순간, 교관이 허리에서 칼을 뽑아 이명재를 내리쳤다. 이명재는 능숙하게 칼을 피한 뒤, 회심의 돌려차기로 그의 머리를 가격했다. 교관은 바닥에 고꾸라지더니 기절했다.

당황한 이시모리가 권총을 꺼내는 순간, 이명재는 몸을 날려 이단 옆차기로 그의 손목을 찼다. 권총이 바닥에 떨어졌다. 이명재의 주먹이 그의 명치를 강타했다. 이시모리는 고통스런 표정을 지으며 바닥에 쓰러졌다. 그때, 문이 벌컥 열리더니 부관이 권총을 겨눴다. 이명재는 단도를 꺼내 그의 팔목에 날렸다. 부관은 그 자리에서 푹 하고 쓰러졌다. 이명재는 이시모리 대위가 바닥에 떨어뜨린 권총을 주워들며 말했다.

"남의 나라에 와 있으면 겸손하게 굴어야지. 어디서 하늘 높은 줄 모르고 까불고 다녀? 이 권총은 내가 가져간다. 밖에 내 병사들이 기다리고 있다. 내가 나간 뒤 비상경보를 울리거나 병사들을 깨우면, 이곳은 초토화될 것이다. 날이 밝거든 이번 사태의 주모자를 데리고 경복궁으로 오라. 그때 권총을 돌려주지."

그는 가는 길에 분을 이기지 못하고 이시모리 대위의 배를 발로 걷어찼다. 문을 세게 닫자 쾅 하는 소리가 울렸다. 밖으로 나온 이명재는 부하들과 함께 말을 달려 경복궁으로 복귀했다.

내각 회의장은 아수라장이었다. 친일파와 친러파 대신들이 격렬히 삿대질을 하며 언쟁을 벌이고 있었다. 이명재는 조용히 중전 민씨 곁으로 다가가 귓속말로 보고했다. 그녀는 엷은 미소를 지었다. 시계는 새벽 2시를 가리키고 있었다. 고종은 회의를 주재하며 흘깃흘깃 중전 민씨의 눈치를 살폈다. 회의는 새벽 4시가 넘어서까지 이어졌다. 마침내, 중전 민씨가 입을 열었다.

"자, 이제 그만 합시다. 더 이상 갑론을박할 필요가 없습니다."

고종이 단호히 말을 맺었다.

"짐은 결론을 내렸소. 조선훈련대는 해산하도록 하겠습니다. 내각 회의는 이것으로 산회하오."

고종은 안경수 군부대신을 따로 불러 물었다.

"일본공사관은 몇 시에 문을 여는가?"

안경수가 고개를 숙이며 대답했다.

"주상 전하, 아침 9시면 출근하는 것으로 알고 있사옵니다."

"좋소. 그럼 날이 밝는 대로 일본공사관으로 가시오. 훈련대 해산 명령서를 전달하시오."

"명 받들겠사옵니다."

고종은 안절부절못하더니 말을 이었다.

"문제는, 미우라 공사가 순순히 동의하겠느냐는 거요. 그자 동의가 없으면 해산도, 무기 회수도 난망하다는 점이오. 미우라 공사가 훈련대 해산 명령을 이행하도록, 선처를 부탁한다는 짐의 간곡한 뜻을 꼭 전해주시오."

"예, 상감마마."

곁에서 듣고 있던 이명재는 마음이 무거웠다. 조선의 국왕이 자기 나라 군대를 해산하겠다는데 일본 공사의 선처를 부탁하다니. 군사 주권을 갖지 못한 나라는 식민지나 다름 없었다. 이명재는 빨리 자리를 뜨고 싶었다.

중전 민씨가 이명재를 향해 오라는 눈짓을 했다. 고종과 안경수도 궁금해서 귀를 쫑긋 세웠다. 중전은 천천히 지시 사항을 전달했다.

"무슨 불상사가 생길지 모른다. 일본공사관에 가는 군부대신을 수행하시오. 그리고 하나 더. 조선훈련대 병사들이 내일 저녁 다시 경무청을 습격한다고 하지 않았소?"

"예, 중전마마. 날짜가 바뀌었으니 오늘 밤입니다."

"이번엔 총을 들고 온다고 했지요?"

"훈련대 해산 소식을 들으면 병사들이 더 격앙될까 걱정이옵니다."

중전 민씨는 눈을 가늘게 뜨고 고개를 끄덕였다.

"그게 가장 큰 걱정이오. 격분한 병사들이 어떤 일을 저지를지 모릅니다. 이 대대장은 어떻게 생각하시오?"

"중전마마, 아무래도 경무청 본청에 시위대 병력을……"

중전 민씨가 말을 끊었다.

"바로 그 이야기를 하려던 참이오. 시위대 전 병력을 배치하긴 어렵고. 자네가 이끄는 제2대대 병력, 400명만 배치하면 되겠소?"

"명 받들겠습니다, 중전마마."

편전에서 나온 대신들은 하품을 하며 각자 자택으로 흩어졌다. 새벽 찬 공기가 코끝을 스쳤다. 동이 트고 있었다. 새들이 울며 아침 문안 인사를 올렸다.

여우사냥

희뿌연 새벽녘. 집으로 돌아온 이명재는 대문 앞을 서성거렸다. 뒷짐을 진 채 초조한 얼굴로 대문만 뚫어지게 바라보았다. 해월 선생을 만나러 간 황정일을 기다리고 있었다. 혹시나 최시형 선생의 은신처가 노출된 것은 아닐까, 걱정이 태산 같았다. 백악산 계곡에서 불어오는 가을바람이 제법 쌀쌀했다.

 아침 공기를 가르며 마침내 말발굽 소리가 찡 하고 울렸다. 대문 앞에서 말 우는 소리가 났다. 이명재는 황급히 대문을 열었다. 말에서 내리는 황정일의 얼굴에는 피곤이 가득했다.

 "고생 많았다. 미행은 없었느냐?"

 "없었습니다."

 "그래, 선생님께서 뭐라고 하시더냐?"

 황정일은 숨을 돌리며 말했다.

 "사인여천, 이이제이라고 말씀하셨습니다."

 이명재는 고삐를 잡고 마구간으로 향하는 황정일을 따라 걸었다.

 "다른 말씀은 없었느냐?"

 "지성으로 훈련하며 후일을 준비하라고 하셨습니다."

 "후일?"

 "예. 지금은 때가 아니라고 하셨습니다."

 "또, 다른 말씀은?"

 "없었습니다. 아, 혼잣말을 계속 중얼거리셨습니다. '중전을 폐비시킨다고? 일본 놈들이 또 경복궁으로 쳐들어간다고? 그동안 너무 많이 죽었다. 애꿎은 백성들이 더는 희생되어선 안 된다' 하시면서 많이 걱정하셨습니다."

 "혼잣말로?"

"예."

"건강은 어떠시더냐?"

"잘 지내고 계시니 걱정 말라고 하셨습니다."

"고생했다. 들어가서 쉬거라."

이명재는 홀로 정원을 거닐었다. 여기저기서 귀뚜라미 소리가 구슬프게 울려 퍼졌다. '사인여천事人如天'이라면 백성을 하늘처럼 섬기라는 뜻. 그렇다면 명분 없는 싸움에 휘말려 백성들이 희생돼서는 안 된다는 의미일까? 아직 때가 아니니 섣불리 움직이지 말라는 뜻이다.

그렇다면 '이이제이以夷制夷'는 무엇을 뜻하는 걸까? 일본을 이용해 중전 민씨를 폐위하라는 것일까? 아니면, 중전 민씨를 이용해 일본 세력을 견제하라는 말일까? 혹은 그 둘 다? 중전도 폐비하고, 일본도 몰아내라는 뜻일까? 할 수 있는 일이 아무것도 없는 자신이 한없이 초라하다는 생각이 들었다.

뜬눈으로 밤을 지샌 이명재는 간단히 세수만 하고 군부대신 자택으로 향했다. 안경수도 밤을 새운 듯 눈이 빨갛게 충혈되어 있었다.

오전 9시, 안경수와 함께 일본공사관에 도착했다. 출근하자마자 손님을 맞이한 미우라 공사가 당황한 기색을 보일 줄 알았다. 하지만, 이미 모든 상황을 보고받고 있었던 것 같았다. 방문 목적도 알고 있었다. 모르는 척 시치미를 뗐다. 그는 느끼한 미소를 지으며 악수를 청했다.

"군부대신께서 아침 일찍 무슨 일로 오셨습니까?"

안경수는 눈치를 보더니 천천히 본론을 꺼냈다.

"어젯밤 불미스러운 일이 있었습니다. 조선훈련대 병사들이 경무청 본청을 습격해 다수의 피해자가 발생했습니다."

미우라는 대수롭지 않은 듯 말했다.

"쯧쯧. 도대체 같은 조선인들끼리 왜 그렇게 치고 박고 싸우는지 모르겠습니다."

"공사님도 아시다시피 훈련대는 일본군의 지시를 받지 않습니까?"

그 말에 미우라의 눈썹이 번쩍 들렸다.

"무슨 말씀을 그렇게 하십니까? 나는 훈련대에 그런 명령을 내린 적 없습니다."

안경수는 그와 말싸움할 생각은 없었다.

"우리 내각에서 결정한 사항을 통보하러 왔습니다. 오늘 자정을 기해 조선훈련대를 해산하겠습니다."

미우라는 자리에서 벌떡 일어섰다.

"훈련대는 일본과 조선 내각이 합의해 창설한 신식 정규군입니다. 조선 내각이 그렇게 독단적으로 결정해도 되는 겁니까?"

"주상 전하께서 주재하신 내각회의에서 결정한 사항입니다. 순검들과 싸움질만 일삼는 훈련대는 더는 존재할 이유가 없다는 것이 조선 내각의 판단입니다."

미우라는 화를 꾹 누르며 말했다.

"훈련대는 조선의 군사적 근대화를 돕기 위해 만든 군대입니다. 그런 우리의 성의를 몰라보다니…… 실망스럽군요."

사교성이 남다른 안경수는 사근사근한 목소리로 말했다.

"공사님, 아무쪼록 조선 내각의 결정을 존중해 주시길 바랍니다."

미우라는 얼굴을 돌려 불쾌한 감정을 감추려 했다. 안경수는 내친김에 망설임 없이 털어 놓았다.

"훈련대 무장도 해제하기로 했습니다. 공사님께서 일본군에게 협조 지시를 내려주시면 큰 도움이 되겠습니다."

"무슨 협조를 말하는 겁니까?"

"일본군에게 협력하라는 지시를 부탁드리는 겁니다."

그 말에 미우라의 입술이 떨렸다.

"협조 지시? 내가 왜 그런 걸 해야 하죠?"

"주상 전하의 명입니다."

"우리 훈련대를 우리가 무장 해제하라고? 다음엔 내 목을 가져오라고 하시겠군요."

"무슨 그런 무엄한 말씀을……"

미우라 공사는 결국 참지 못하고 언성을 높였다. 조선은 일본의 속국이었다. 감히 속국의 일개 대신이 본국이 파견한 총독에게 무엄하다는 말을 하다니.

"이보시오! 아침부터 와서 무슨 헛소리를 늘어놓는 것이오. 감히 누구를 협박하자는 겁니까?"

말이라는 건, 뱉다 보면 스스로 도취되기 마련이다. 처음엔 머리가 명령을 내리지만, 어느 순간 감정이 앞서게 되고 입을 움직이려 한다. 평소 참선으로 마음을 다스리는 능력이 뛰어났던 미우라조차 분을 참지 못하고 몸을 부르르 떨었다.

붙임성 하나는 타의 추종을 불허하는 안경수조차 숨소리가 거칠어지기 시작했다. 두 사람이 감정을 누르고 있는 사이 미우라의 집무실은 깊은 정적에 휩싸였다.

이명재가 끼어들어 불난 집에 부채질을 했다.

"하나 더 있습니다. 이번 경무청 본청 습격 사건의 주범은 훈련대 제2대장 우범선과 중대장 구연수입니다. 두 사람을 체포해 정식으로 조사하겠습니다."

화를 가라앉히던 미우라의 안색이 시뻘겋게 달아올랐다. 훈련대 해산은 병사들의 경복궁 진격을 촉발하는 도화선이다. 두 사람이 구속되면 여우사냥 작전 계획에 커다란 차질이 생긴다. 훈련대 병사 동원과 복잡한 경복궁 내부 길 안내가 모두 우범선과 구연수의 손에 달려 있었기 때문이다.

미우라는 자리에서 벌떡 일어났다.

"여기가 어딘 줄 알고 감히……"

군인 출신답게 성격도 불같았다. 미우라는 왼손으로 이명재의 멱살을 움켜쥐더니 오른손 주먹으로 얼굴을 가격했다. 힘이 보통이 아니었다. 한 방에 이명재는 중심을 잃고 휘청거리다 가까스로 책상을 붙잡고 몸을 지탱했다. 그때 눈에 들어온 것이 있었다. 책상 위에 놓인 사진 한 장, 중전 민씨의 초상화를 찍은 사진이었다.

"이게 뭐지…… 왜 여기?"

더 놀란 건 미우라였다. 이명재가 사진을 보았다면 큰일이다. 그는 황급히 집무실 문을 열고 소리쳤다.

"이 자를 즉각 체포하라!"

그의 눈빛은 분노와 걱정으로 이글거렸다. 이명재를 향해 삿대질을 하며 고함쳤다.

"자네가 어젯밤 한성수비대 본부에 와서 난동을 부렸다지? 용산은 치외법권 지대야, 우리 일본의 영토라고! 감히 어디서 조선의 일개 시위대 간부가 행패를 부려? 국왕이 요즘 콧대가 높아졌나? 우리 대일본제국이 우습게 보이나? 전쟁이라도 하자는 건가?"

안경수도 좌불안석이었다. 돌아가는 상황이 설상가상이었다. 더 이상 얘기를 나눠봤자 서로 감정만 폭발할 뿐이었다. 일단 자리를 뜨는 것이 상책이었다.

"국왕 폐하의 어명은 모두 전달했습니다. 저희는 이만 물러가겠습니다."

안경수가 정중하게 고개를 숙이며 빠르게 자리를 정리했다. 그 순간, 소총을 든 일본공사관 경비병 10여 명이 우르르 집무실 안으로 들이닥쳤다. 이명재를 포위하고 소총을 겨눈 채 명령했다.

"손들어!"

이명재는 잠시 고민했다. 싸울 것인가, 아니면 제의에 응할 것인가? 훈련대 해산과 일본군 철수가 계획대로 진행되고 있는 상황이었다. 섣부른 충돌은 계획을 망칠 수도 있었다. 그는 서서히 두 손을 들었다. 미우라가 경비대장에게 눈짓했다. 경비대장은 권총으로 이명재의 등을 찌르며 밖으로 밀쳐냈다. 이명재가 연행되자 안경수는 더욱 난처해졌다. 미우라가 짜증나는 목소리로 외쳤다.

"당신도 연행되고 싶소?"

안경수는 부리나케 공사 집무실을 빠져나왔다. 미우라는 안경수 뒤통수를 향해 소리쳤다.

"우범선과 구연수를 체포하면, 우리 일본은 선전포고로 간주하겠다! 국왕에게 꼭 전하시오!"

안경수는 멈칫하더니 잠시 걸음을 멈췄다. 곤혹스러운 표정이었다. 미우라는 그의 뒷모습을 바라보며 자꾸 웃음이 나왔다. 안경수가 계속 하품을 해댔기 때문이다. 조선 국왕과 대신들이 회의를 하느라 밤새 한숨도 못잔 것이 분명했다. 모든 일이 계획대로 움직이고 있었.

"준비는 끝났다."

그는 창가에 서서 저 멀리 경복궁을 바라봤다. 경복궁이 적막감에 휩싸여 있었다. 조선 전체가 깊은 잠에 빠진 듯했다. 미우라는 흡족한 미소를 지었다. 자기가 놓은 덫에 자기가 걸려들었다. 훈련대 해산 소식에 병사들의 분노는 폭발 직전이었다. 반면 시위대 병력은 경무청 본청 경호 준비에 정신이 없었다. 미우라는 여우사냥 작전 책임자 전원을 소집했다.

오전 11시, 일본공사관 지하 회의실. 한성수비대 대장과 아다치 특파기자를 비롯한 작전 책임자들이 한 자리에 모였다. 미우라는 마지막 점검을 마치고 지시를 내렸다.

"오늘 밤 작전을 개시한다. 사냥은 반드시 내일 날이 밝기 전에 끝내야 한다. 작전이 끝나면 민비 초상화 사진을 소각해야 한다. 증거는 하나도 남기지 마라."

아다치가 물었다.

"시신은 어떻게 합니까?"

미우라는 아다치가 자랑했던 사냥 경험담이 떠올랐다.

"사냥감을 잡으면 간도 빼먹고 피도 마신다면서? 고기도 당연히 구워 먹어야지."

"옙! 장작불에 구워 불고기로 만들겠습니다."

"이명재 대대장은 지금 공사관 지하 감금실에 있다. 없애도 되겠지?"

아다치의 표정이 새파랗게 질렸다.

"공사님! 이명재는 풀어줘야 합니다."

"왜지? 그 친구가 헤집고 다니면 오늘 밤 거시에 방해기 될 텐데."

아다치는 답답하다는 투로 말했다.

"오늘 밤 경무청 본청을 지킬 시위대 병력을 이명재가 지휘합니다. 그를 풀어줘야 병력이 빠지고 경복궁이 비게 됩니다. 풀어준 뒤, 약속 장소에서 처리하는 것이 낫습니다."

"약속 장소?"

아다치는 자신 만만하게 말했다.

"민비 초상화를 그린 우메코 특파기자가 오늘 저녁 이명재와 저녁 약속이 있습니다. 병력을 배치하고 나면 약속 장소에 나올 겁니다."

"좋아. 거기서 처리하도록."

궁으로 복귀한 이명재는 부하 400명을 경무청 본청에 투입했다. 그리고 궁으로 돌아와 축하 만찬 행사 경호를 했다. 중전 민씨는 늦잠을 잤는지, 혈색이 좋았다. 아니, 감격에 겨운 듯 얼굴이 상기되어 있었다. 최측근인 민영준을 내무대신으로 임명하고 여는 축하 만찬이니 얼마나 좋을까. 시종 미소를 머금고 있었다.

민영준은 조선 역사상 최고의 악질 탐관오리였다. 수레 끄는 송아지를 황금으로 만들어 중전 민씨에게 뇌물을 바친 일화로 유명했다. 그동안 황금 송아지만 바쳤던 전임자들은 단칼에 잘려나갔다. 황금 무게가 절반에 불과했기 때문이다.

축하 만찬장 분위기는 감미로웠다. 궁중음악이 흐르고, 아름다운 정가 소리가 감동을 자아냈다. 고종과 민씨 척족들의 웃음소리가 커졌다. 특히 중전 민씨가 내는 소리가 가장 고음이었다. 훈련대 해산을 관철시킨 승리감이 분위기를 더욱 고조시켰다. 고종과 중전 민씨, 민씨 일가는 훈련대 해산을 자축하며 축배를 들었다.

그 모습을 지켜보던 이명재는 마치 똥물에 빠진 듯한 느낌이 들었다. 시위대 제1대대장 이학균에게 경호를 맡기고 그는 조용히 궁을 빠져나왔다. 우메코를 만나러 가는 길이었다. 광화문을 지나며 심호흡을 하니 기분이 조금 좋아졌다.

황정일과 함께 광통교를 건너 청계천 남쪽으로 넘어갔다. 고갯길에 이르자 남산이 가까워졌다. 약속 장소가 눈에 들어오자 이명재의 숨소리가 거칠어졌다. 그는 잠시 걸음을 멈추고 남산을 바라보았다. 어스름이 내려서인지 산과 나무가 서로 껴안고 있는 듯했다. 나무는 산에 뿌리를 넣고 있었다. 산은 흙을 벌려 나무를 받아들이고 있었다.

이명재는 눈을 씻고 다시 남산을 쳐다보았다. 나무 뿌리는 보이지 않았다. 그러나 남산과 나무는 서로 뒤엉켜 애무를 하고 있었다. 계곡을 따라 흐르는 물소리는 뜨거운 숨소리로 변해갔다. 우메코의 모습이 눈앞에 어른거렸다. 그는 견딜 수 없었다. 발걸음을 서둘렀다.

약속 장소는 전형적인 기와집이었다. 대문을 열고 마당으로 들어서자, 밥집 주인이 이명재를 알아보고 방 앞으로 안내했다. 방문 앞에는 이미 우메코의 신발이 가지런히 놓여 있었다. 이명재는 헛기침을 하고는 문을 열었다. 우메코가 반갑게 손을 흔들었다.

"왕궁 일 많이 바쁘죠?"

"아닙니다."

이명재는 무슨 말을 해야 할지 몰랐다.

"이틀 전엔 경황이 없어서 제대로 인사도 못했네요. 그동안 잘 지냈죠?"

잠시 침묵이 흘렀다. 우메코는 촉촉한 눈빛으로 그를 바라보았다.

이명재는 쑥스러워 고개를 돌렸다. 우메코가 분위기를 바꾸려는 듯 다시 입을 열었다.

"저녁 시킬까요?"

"제가 주문할게요. 술도 한잔해야죠?"

"괜찮습니다. 명재 씨는 저녁 먹고 또 가셔야죠?"

"아닙니다. 술 마셔도 괜찮습니다."

"그럼, 한잔하시죠."

이명재는 웃었다. 머리는 웃으라고 명령했다. 얼굴은 웃는 시늉을 했지만 표정은 오히려 찌푸려졌다. 눈에는 아예 그 명령이 전해지지 않았다. 자꾸 따끔거렸고, 이슬이 맺혔다. 가슴도 시키는 대로 하지 않았다. 저절로 벌렁거렸다.

그때 술이 들어왔다. 그는 벌컥벌컥 들이켰다. 잠을 자지 못해서인지 금세 취기가 돌았다. 인터뷰 때 일을 물어보고 싶었다. 조선의 궁중 법도를 어기고 왜 무례하게 발을 제쳤는지, 왜 중전 민씨의 얼굴을 보려 했는지 따지고 싶었다.

"그날은 경황이 없어서 못 물어봤습니다."

"아! 아다치가 한 짓 말씀하시는 거죠? 혹시 보셨어요? 제가 중전 마마 얼굴 본 거."

"우메코 씨 눈빛만 보면 압니다."

"맞아요. 봤어요."

"왜 보셨어요?"

"초상화를 그리고 싶었어요."

"초상화를 왜요?"

"인터뷰 기사에는 사진이나 초상화가 꼭 들어가야 하잖아요. 그리고 저는 그림 그리는 사람이에요. 화가의 꿈이랄까요? 조선 왕비의 초상화는 누구도 그린 적이 없다고 들었어요."

이명재는 화가 치밀었다. 우메코의 눈은 거짓말을 하고 있었다. 그는 고함을 질렀다.

"거짓말!"

우메코는 움찔했다. 이명재가 화를 내는 모습은 처음이었다. 어차피 진실을 털어놓으려던 참이었다.

"제가 그린 왕비 초상화를 사진기자가 찍었어요. 아다치가 그걸 수십 장 인화해 가져갔죠."

"아다치가 중전마마 사진을 왜 그렇게 많이 인화했죠?"

"저도 이상해서 물었어요. 기사용은 아니었거든요. 아다치가 경복궁에 진격할 때 가져갈 거라고 했어요. 저도 속았어요."

이명재는 마치 벼락을 맞은 듯 전신에 전율이 일었다. 몸의 털이 모두 곤두섰다. 폐위만 하려면 얼굴을 알 필요가 없었다. 암살이다. 분명했다.

"경복궁 진격, 언제 한다고 했습니까?"

"오늘 밤이요."

"네? 오늘?"

이명재는 벌떡 일어섰다.

"궁으로 가봐야겠습니다. 먼저 가볼게요."

우메코는 당황하며 그를 붙잡으려 했다.

"안 돼요. 나가지 마세요. 위험해요."

우메코는 이명재의 다리를 꽉 붙잡았다. 이명재는 그녀의 손을 뿌리치고 문을 활짝 열어젖혔다. 폐비까지는 눈감아 줄 수 있었다. 하지만 암살은 용납할 수 없었다. 결코.

사람은 완벽할 수 없다. 누구에게나 단점은 있다. 그 단점 때문에 죽어야 한다면, 세상 모든 이들이 죽어야 한다. 가슴 깊은 곳에서 중전 민씨에 대한 연민이 피어올랐다.

툇마루에 앉아 발을 내저었다. 발끝에 신발이 걸렸다. 그때 머리 위 지붕 쪽에서 시커먼 물체가 떨어지는 것 같았다. 이명재는 본능적으로 몸을 옆으로 돌렸다. 그러나 허벅지에 칼이 꽂히고 시뻘건 핏물이 뚝뚝 떨어졌다. 뒤따라 나오던 우메코가 비명을 질렀다.

또 다른 자객이 칼을 들고 덤볐다. 칼날이 촛불에 번뜩였다. 칼끝이 이명재의 심장을 향했다. 우메코는 몸을 던져 이명재의 가슴을 감싸 안았다. 얼떨결에 우메코의 상체를 껴안은 이명재 손에 피가 낭자했다. 우메코의 등에서 피가 솟구쳤다.

잠을 제대로 자지 못한 채 피로에 절어 있던 황정일은 마당 건너편 방에서 저녁을 먹고 꾸벅꾸벅 졸고 있었다. 날카로운 비명 소리를 듣고 급히 마당으로 뛰쳐나왔다. 이명재 앞에서 자객 한 명이 칼을 휘두르고 있었고, 나머지 세 명도 칼을 빼 들고 달려들고 있었다. 황정일은 허리춤에서 표창을 꺼내 날렸다. 두 명이 그대로 쓰러졌다. 남은 한 명이 돌아서 황정일을 노려보더니 그를 향해 돌진했다. 칼과 칼이 부딪치며 불꽃이 튀었다.

이명재는 우메코를 마룻바닥에 눕히고 재빠르게 낙법으로 몸을 굴리며 마당으로 나섰다. 자객은 곧바로 방향을 틀어 다시 그를 향해 칼을 휘둘렀다. 이명재는 몸을 돌려 칼을 피하고, 팔꿈치로 자객의 명치를 가격했다. 자객이 칼을 떨어뜨리자, 그는 그 칼을 거꾸로 쥔 채 뒤도 돌아보지 않고 등 뒤의 자객 가슴을 찔렀다.

그 앞에서는 황정일이 나머지 자객과 격투 중이었다. 이명재는 다시 마룻바닥으로 달려가, 쓰러진 우메코의 상체를 끌어안았다. 손가락을 그녀의 코 아래 대보니, 아직 숨이 붙어 있었다.

"정일아, 주인한테 헌옷 좀 얻어와라."

황정일이 가져온 옷을 길게 찢어 우메코의 상처 부위를 단단히 묶었다. 이명재는 그녀를 업은 채 전속력으로 달렸다. 목적지는 제중원, 미국인 의사 알렌이 있는 곳이었다.

1884년 갑신정변 때 칼에 찢겨 온몸이 걸레처럼 너덜너덜했던 민영익 대감을 알렌이 살려냈던 장면을 이명재는 똑똑히 기억하고 있었다. 지금 우메코를 살릴 수 있는 유일한 곳이었다.

그의 몸은 우메코가 흘린 피와 자신이 흘린 땀으로 뒤범벅이 되었다. 밥집에서 을지로 입구에 있는 *세중원*까지 *그*는 한 번도 멈추지 않고 달렸다. 제중원 현관에 도착하자마자 이명재는 그 자리에 쓰러졌다. 허벅지의 출혈이 계속된 탓이었다.

그가 정신을 차린 것은 자정을 훌쩍 넘긴 시각이었다. 눈을 뜨자 황정일이 곁을 지키고 있었다. 이명재는 주위를 둘러보더니 황정일에게 물었다.

"우메코는……?"

황정일의 안색이 어두워졌다.

"조금만 더 주무십시오."

이명재는 불길한 예감이 들었다.

"우메코, 살아는 있느냐?"

황정일은 대답을 하지 못했다. 이명재는 주변을 다시 둘러보며 다그쳤다.

"우메코는 왜 보이지 않는 것이냐?"

"대대장님…… 많이 다치셨습니다. 의사 선생님께서 아침까지 절대 안정을 취하셔야 한다고……"

이명재는 침대에서 벌떡 일어나 병실 문을 열고 나섰다. 병원 안은 자정을 넘긴 깊은 밤, 암흑천지였다. 그는 병실마다 문을 열어 우메코를 찾았다. 황정일이 조심스레 입을 열었다.

"대대장님…… 돌아가셨습니다."

그 말에 이명재는 주저앉고 말았다. 이미 예감했던 일이었다. 눈물이 뚝뚝 떨어졌다.

"내 눈으로 확인해야겠다. 정일아, 가자. 우메코가 어디 있느냐?"

황정일은 그를 부축해 시신이 안치된 방으로 안내했다. 하얀 홑이불을 걷자, 분홍 장미처럼 아름답던 우메코의 얼굴이 백장미처럼 창백하게 변해 있었다. 이명재는 우메코의 얼굴에 얼굴을 맞댔다. 아직도 미지근했다. 하지만 뜨거운 입술은 이미 싸늘하게 식어 있었다. 그는 목이 메어 아무 말도 할 수 없었다. 오직 우메코를 껴안은 채, 눈물만 뚝뚝 흘릴 뿐이었다.

한성신보 편집국은 분주했다. 특파기자들은 '여우사냥' 세부 계획에 따라 바삐 기사를 작성 중이었다. 1면 머리기사는 반反 민비 세력인 대원군과 해산 명령을 받은 조선훈련대 군인들이 정변을 일으켜 민비를 살해했다는 내용. 기자들이 기사를 마감하자, 아다치는 그들을 한자리에 모아 놓고 말했다.

"오늘 밤 11시, 용산 기타니木谷 상점 앞에서 집결합니다. 모두 일본도로 무장하십시오. 여우의 초상화 사진을 나눠드릴 테니 얼굴을 익힐 때까지 반복해서 보셔야 합니다."

아다치는 특파기자 40여 명과 일일이 악수를 했다. 그들이 퇴근하자 일본공사관으로 다시 향했다. 어느덧 날이 저물고 있었다.

미우라 공사는 집무실 한쪽 벽에 만들어 놓은 제단에 향불을 피워 놓고 절을 하고 있었다. 여우사냥의 성공을 기원하는 것일까. 아니면 중전 민씨의 극락왕생을 비는 것일까. 미우라는 뒤에 아다치가 서 있다는 것을 몰랐던 모양이다.

"많이 기다렸나?"

"아닙니다. 방금 도착했습니다."

아다치는 거사에 참여할 특파기자들의 성명록을 미우라에게 건넸다. 미우라는 명단을 확인하며 마지막 당부를 했다.

"오카모토 고문과는 절대 충돌하지 말게."

그게 무슨 의미인지 아다치는 알 수 없었지만, 굳이 묻지는 않았다. 중요하지 않다고 판단했기 때문이다.

밤 11시, 아다치는 용산 기타니 상점 앞에 도착했다. 현장에는 대원군을 호위하고 감시할 일본 순사 10명과 지원업무를 맡은 일본공사관 직원들도 이미 대기하고 있었다. 모두 기모노나 양복 차림이었다. 제복이나 군복은 입을 수 없었다.

아다치는 인원을 점검했다. 자신을 경호할 일본군 검객 2명, 한성신보 특파기자 44명, 사복으로 위장한 일본 순사 10명, 공사관 직원 2명, 모두 58명. 한 명이 보이지 않았다. 전 조선 왕실 군부 고문 오카모토였다. 그는 대원군과 각별한 친분이 있다. 그가 없이는 대원군을 아소정에서 데리고 나올 수 없었다.

기다릴 수밖에 없었다. 모두 안절부절 못하며 발을 동동 굴렸다. 30분이 지난 밤 11시 30분, 오카모토가 뒤늦게 모습을 드러냈다. 아다치는 화가 치밀어올랐다.

"아니, 이렇게 늦으면 어쩌자는 겁니까?"

"피치 못할 사정이 있었소. 미안하오."

하지만 아다치는 더 이상 시간을 낭비할 수 없었다. 막 출발하려는 순간, 오카모토가 그를 붙잡았다.

"잠깐 멈추시오. 물어볼 게 있소. 일본군과 남대문에서 합류하는 게 맞소?"

아다치는 짜증 섞인 말투로 대답했다.

"그렇습니다. 지금 와서 그걸 왜 묻는 겁니까?"

오카모토는 납득할 수 없다는 표정으로 문제를 제기했다.

"민비의 부하들이 전부 바보 멍청이들뿐일 것 같소? 대원군을 앞세우고 공덕리 아소정에서 남대문까지 오는 사이에 공격이라도 당하면 어쩔 거요?"

"우리 순사 10명과 특파기자들이 있잖습니까?"

"전투 능력이 없는 사람들이오. 그 정도 인원으로는 턱없이 부족하오. 남대문까지 무사히 도착한다는 보장이 없소."

그렇지 않아도 짜증이 난 아다치의 인내심이 바닥을 드러냈다.

"그래서 어떻게 하자는 얘기요."

"일본군 한성수비대 제1중대가 공덕리 아소정에서부터 우리를 호위해야 하오. 그래야 안전하오."

아다치가 목소리를 높였다.

"지금 무슨 말을 하는 겁니까?"

오카모토도 언성을 높였다.

"만약 거사 계획이 틀어지면 책임질 거요?"

그 순간, 아다치는 미우라가 한 말을 떠올렸다. 오카모토와 충돌하지 말라는 당부였다. 꾹 참고 설득하는 수밖에 없었다.

"오카모토, 지금 촌각이 급합니다. 한가하게 한성수비대 제1중대를 기다리고 있을 시간이 없단 말입니다."

하지만 오카모토는 주장을 굽힐 생각이 없었다. 논쟁이 1시간 가까이 이어졌다. 옆에 있던 특파기자들이 수군거리기 시작했다. 더 늦기 전에 빨리 출발하자는 목소리가 여기저기서 터져 나왔다. 아다치는 시계를 보았다. 이미 자정이 다 되어가고 있었다. 그는 결국 출발을 명령했다. 오카모토도 마지못해 따라나섰다.

멀리서 대원군의 별장인 공덕리 아소정이 보였다. 시곗바늘은 새벽 1시를 가리키고 있었다. 굳게 닫힌 대문 앞에는 조선 왕실이 파견한 순검 두 명이 꾸벅꾸벅 졸고 있었다. 모두 몸을 낮췄다. 아다치가 신호를 보내자, 몸놀림이 민첩한 특파기자 10명이 달려가 순검들을 단숨에 포박했다.

그사이에 일본 순사 한 명이 벽에 몸을 기대고 손을 깍지 껴 디딤대를 만들었다. 다른 순사 한 명이 뒤로 물러서 달려오더니, 손바닥과 어깨를 디디며 담장을 훌쩍 넘어 마당 안으로 뛰어내렸다. 쿵, 소리가 났다. 곧 대문이 활짝 열렸다. 기다리던 일본 순사 8명이 아소정 안으로 들이닥쳤다. 대문 양옆 행랑채에서 자고 있던 조선 순검 9명도 모두 깨워 포박했다.

순사들은 조선 순검 11명을 창고에 가두고 밖에서 자물쇠를 채웠다. 사복 차림의 일본 순사들은 포박한 이들의 제복과 모자를 벗겨 입고 조선 순검으로 위장했다. 모든 것은 계획대로, 순조롭게 진행되었다.

아다치와 오카모토는 대원군이 머물고 있는 사랑채 앞으로 향했다. 아다치는 오카모토에게 대원군을 데리고 나오라고 말했다. 오카모토는 헛기침을 하고는 문을 열었다. 그 안에는 대원군이 장남 이재면, 유길준과 함께 담소를 나누고 있었다. 대원군은 오카모토를 보자마자 대화를 멈췄다.

"어서 오게. 오늘이 거사일이라고 했던가?"

오카모토는 대원군에게 정중히 인사드렸다.

"예, 대원위 대감. 모시러 왔습니다."

"밤이 너무 깊어 안 오는 줄 알았네."

"송구합니다. 도착이 늦었습니다."

유길준이 목례를 하자 오카모토도 고개를 숙였다.

"유길준 대감도 와 계셨군요. 평안도 관찰사로 발령받으셔서 오늘은 못 오실 줄 알았습니다."

"어명을 어기고 왔습니다. 저는 오늘 거사에 목숨을 걸었습니다."

"탁월한 결단을 내리셨습니다. 그런데 대원위 대감의 맏손자분은 보이지 않네요."

대원군은 기침을 하기 시작했다. 올해로 일흔다섯. 초가을의 산들바람에도 몸이 민감하게 반응하는 노쇠한 늙은이었다. 기침이 가라앉자 천천히 입을 열었다.

"준용이는 잠시 피신해 있으라고 했네."

"아니, 왜요?"

"혹여 거사가 실패하면 목숨은 보전해야 하지 않겠나."

"손자 사랑이 각별하십니다."

"우리 준용이는 조선을 살릴 보배 아닌가."

오카모토는 대원군을 안심시키려는 듯, 자신감에 찬 어조로 말했다.

"걱정 마십시오. 1년 전에도 경복궁 점령에 성공하지 않았습니까?"

대원군은 다시 기침을 했다.

"밤이 깊어서 그런지 으슬으슬하구나."

"이제 일어나시죠. 외투를 가져다드릴까요?"

"아니다. 내가 직접 입겠네."

그러나 대원군은 몸을 일으킬 생각이 없어 보였다.

"대원위 대감, 출발하셔야지요."

"내가 이 나이에 무슨 부귀영화를 바라겠나? 그리 서두를 일도 없네."

"그럼 저는 밖에서 잠시 기다리겠습니다."

"그러게."

오카모토는 사랑방 문을 열고 응접실로 나왔다.

기다리고 있던 아다치는 눈을 동그랗게 뜨며 물었다.

"아니. 어째서 혼자 나오시는 겁니까?"

"의관을 갖추는 동안 잠시 나가 있으라고 하셨소."

아다치는 시계를 다시 바라봤다. 시간은 자꾸 흘러갔다. 하지만 대원군은 좀처럼 모습을 드러내지 않았다. 아소정 주변은 칠흑처럼 어두웠고, 밤은 깊어만 갔다. 아다치는 고갯짓으로 오카모토에게 다시 방으로 들어가 보라고 신호를 보냈다.

안에서는 대원군과 오카모토가 주고받는 목소리가 들렸다. 논쟁 중인 듯했다. 금방 나올 기미가 없었다. 초조해진 아다치는 술기운을 빌리고 싶었다. 지금까지 한 번도 사람을 죽여본 적이 없었다. 거사 시간이 가까워지니 입안이 바짝 말랐다. 한 치 앞을 내다볼 수 없었다. 예기치 못한 돌발 상황이 벌어질 수도 있다는 불안감이 엄습했다. 아다치는 특파기자들에게 술과 안주를 내오라고 지시했다. 특파기자들이 부엌에 들어가더니 소반에 막걸리와 안줏거리를 담아왔다.

"너희들도 요기를 좀 하도록. 적당한 음주는 여우사냥 성공의 묘약이니라."

아다치는 술잔을 들고 미야모토 소위에게 내밀었다.

그는 용산에서부터 아다치를 밀착 경호한 인물이다. 하지만 미야모토는 술잔을 거절했다. 손사래를 치는 눈빛은 차갑게 이글거렸다. 마치 살인 기계 같았다. 아다치는 순간 등골이 오싹해졌다. 아다치는 연거푸 술잔을 들이켰다. 술기운이 오르자 조금은 진정되는 듯했다. 하지만 대원군은 방을 나설 생각이 없는 것 같았다. 출발 예정 시각은 한참 지나버렸다. 마당에서 술을 마시던 특파기자들이 웅성거렸다.

아다치는 시간을 확인했다. 새벽 3시를 넘긴 시각이었다. 그는 자리에서 벌떡 일어나 외쳤다.

"곧 날이 밝을 것이오! 오카모토, 어서 나오시오!"

오카모토가 문을 열고 나오더니 고개를 절레절레 흔들었다.

"이 정도 인원으로 대원군을 모시고 나갈 수는 없습니다. 너무 위험합니다."

아다치의 분노가 폭발했다. 이제야 미우라 공사가 오카모토와 충돌하지 말라고 당부했던 이유가 이해됐다. 그는 속으로 오카모토를 죽이고 싶을 정도였다. 그러나 꾹 참았다.

"더 이상 시간을 지체할 수 없다. 방으로 들어가 대원위 대감을 끌고 나오라!"

말이 끝나기 무섭게, 술에 취한 특파기자들이 신발을 신은 채 사랑방으로 몰려갔다. 양쪽에서 대원군의 팔을 붙들어 달랑 들어 올렸다. 너무 가벼웠다. 대원군은 공중에 대롱대롱 매달린 듯했다. 대원군이 응접실로 끌려 나오자 유길준도 뒤따라 나왔다. 아다치는 유길준을 반갑게 맞으며 말했다.

"안녕하십니까. 방에 양복 입은 신사가 계시길래 누구신가 했습니다."

"아다치 사장님이셨군요. 신문사에만 계신 줄 알았는데 이런 데도 다 오셨습니까?"

"모르셨습니까? 오늘 거사를 제가 총지휘하고 있습니다."

"네? 저는 금시초문입니다."

"그동안 보안이 아주 철저했나 봅니다. 하하하."

그때, 대롱대롱 매달려 있던 대원군이 소리쳤다.

"이놈들아! 내가 내 발로 가겠다. 나를 내려 놓거라!"

아다치는 마룻바닥에 내려놓으라는 신호를 보냈다. 기자들이 대원군을 내려놓고 가마를 끌고 왔다. 하지만 대원군은 가마에 오르지 않고 망설였다. 다른 기자들이 다시 대원군을 들어 올려 억지로 가마에 태웠다.

대원군은 장남 이재면을 향해 집을 잘 지키고 있으라고 소리쳤다. 오카모토도 움직이지 않고 망설이고만 있었다. 아다치는 옆에 서 있던 미야모토 소위에게 조용히 귓속말을 건넸다.

"오카모토를 말에 태우시오. 만약 내리려 들면, 그 자리에서 목을 베시오."

미야모토 소위는 말없이 고개를 끄덕였다. 오카모토는 마지못해 말에 올랐다. 다행히도 내리려 하지는 않았다. 유길준도 말에 올라 대원군이 탄 가마 옆으로 다가가 호위했다. 앞장선 사람은 양복 차림의 이다치와 미야모토 소위였다.

"자, 출발!"

아다치의 구령이 떨어지자 조선 순검 복장을 한 일본 순사 10명이 그 뒤를 따랐다. 그 뒤로는 대원군이 탄 가마가 쫓았다. 이어 한성신보 특파기자 40명이 술기운에 휘청이며 뒤따렀다.

잠 없는 노인들이 길거리를 거닐다 대원군의 야간 행차를 지켜봤다. 수상한 기색은 전혀 없었다. 아다치는 초조해 다시 시계를 봤다. 예정보다 많이 지체됐다. 행렬이 공덕리를 벗어나자 유길준이 대원군에게 나지막한 목소리로 말했다.

"대원위 대감, 최대한 시간을 끌어야 합니다. 날이 밝은 후 경복궁에 도착해야 합니다. 그래야 백성과 외국 외교관들이 일본군의 점령을 두 눈으로 목격할 수 있습니다. 그럴수록 일본은 외교적으로 수세에 몰리고, 대감의 정치적 지분은 더욱 커질 것입니다."

고개를 끄덕이던 대원군은 몸을 바짝 붙이면서 유길준에게 물었다.

"어떻게 하면 시간을 더 끌 수 있겠느냐?"

"중간 중간 소변이 급하다고 하시며 행렬을 멈추게 하십시오."

곧 대원군의 큰 외침이 이어졌다.

"여봐라, 가마를 멈춰라! 소변이 급하구나."

대원군은 길을 가는 도중 열 차례나 가마를 세우며 시간을 지연시켰다.

새벽 4시쯤, 남대문이 내려다보이는 언덕에 도착하자 아다치는 손을 들었다. 모두 멈추라는 신호다. 이곳은 일본군 한성수비대 제1중대와 조선훈련대 제2대대와 합류하기로 한 지점이었다. 그러나 아무리 둘러봐도 인기척이 없었다. 정적만이 흐를 뿐이었다. 낭패감이 아다치를 덮쳤다. 추석 보름달이 기울기는 했다지만 한성 도성을 훤히 비출 정도는 됐다. 무슨 일이 일어난 것일까. 작전 계획상으로는 이미 광화문을 통과했어야 했다. 아다치는 초조해졌다.

"일본군과 조선훈련대 병사들이 도대체 어디 있는 것이냐!"

아다치는 특파기자 두 명을 급히 불렀다.

"말을 타고 병사들을 찾아보거라. 최대한 서둘러라!"

모두에게 자리에 앉아 대기하라는 명령이 떨어졌다. 긴 여정에 지친 이들은 털썩 주저앉았다. 대원군과 유길준의 얼굴엔 알 수 없는 미소가 번졌다. 기다림이 길어지자 특파기자들은 피곤을 이기지 못하고 하품을 쏟았다. 그중 한 명이 술기운에 농담을 시작했다.

"사장님, 왕비와 궁녀를 구분하는 방법 아십니까?"

"내가 나눠준 초상화가 있지 않느냐. 벌써 잊었나?"

"얼굴을 보지 않아도 구별할 수 있습니다."

"어떻게?"

"궁 안에선 왕비만 자식을 낳았고, 궁녀들은 전부 처녀 아닙니까?"

"그래서?"

"처녀는 젖꼭지가 분홍색이고, 아이 낳은 여인은 짙은 갈색이랍니다. 젖고름을 살짝 들춰 색만 보면 왕비인지 아닌지 단번에 압니다."

기자들 사이에서 키득키득 웃는 소리가 퍼졌다. 아다치도 웃음을 터뜨렸다.

"야 이놈아, 너 하버드 유학까지 다녀와서 배워온 게 그딴 거냐?"

바로 그때 말발굽 소리가 들리며 수색을 나갔던 특파기자 둘이 돌아왔다.

"찾았느냐?"

"예. 서대문 밖 한성부 청사 앞에서 대기 중입니다."

"뭐야? 약속 장소는 여기인데 왜 거기 있단 말이냐?"

"우리가 너무 늦게 출발했으니 샛길로 올 거라고 생각했답니다. 공덕리에서 광화문 가는 지름길이 서대문이라 합니다."

아다치는 분통이 터져 고래고래 소리를 질렀다.

"그럼 미리 연락병을 보냈어야지! 돌대가리 같은 놈들 같으니라고!"

곧바로 출발 명령이 떨어졌다. 이들은 남대문 바깥 길을 따라 서대문 밖 한성부 청사로 향했다. 도착하니 길 왼편에 우범선 대대장이 이끄는 훈련대 제2대대 병력이 정렬해 있었다. 그러나 일본군 제1중대는 보이지 않았다. 아다치가 우범선 제2대대장에게 소리쳤다.

"일본군 한성수비대 제1중대는 어디 있나?"

"대원위 대감을 마중 나간다며 남대문 쪽으로 갔습니다."

"뭐라고? 우리가 방금 거기서 왔는데, 일본군은 그림자도 못 봤다!"

"남대문 안쪽 길로 갔답니다. 사장님 일행은 바깥 길로 오셨잖습니까?"

"이런 머저리 같은 놈들 같으니!"

분노에 찬 아다치는 말을 탄 기자 둘을 다시 내보냈다.

"당장 가서 데려와!"

대원군을 앞세운 일행은 또다시 자리에 주저앉았다. 동쪽 하늘이 서서히 밝아오고 있었다. 별빛이 하나둘 사라지고 있었다. 아다치는 더욱 초조해졌다. 미우라 공사가 자신에게 현장 지휘권을 일임했지만, 일본군은 원칙상 군대 직속 상관의 명령만 받는다. 민간인인 아다치의 지휘를 순순히 따를 리 만무했다. 그나마 미우라 공사가 군인 출신이라 이 정도 부탁을 들어준 것이다.

그때, 멀리서 일본군 제1중대 병사들의 군홧발 소리가 점점 가까워졌다.

이명재는 우메코를 보내주기로 했다. 하얀색 이불을 끝까지 당겨 그녀의 머리를 덮어 주었다. 눈물을 참지 못한 채 병실 문을 나섰다. 우메코가 죽기 직전 남긴 말이 떠올랐다. 일본인들이 경복궁으로 쳐들어간다고 했었다. 더는 슬픔에만 빠져 있을 수 없었다. 병원 밖으로 나오자, 황정일이 제중원 입구에서 시위대 병사 네 명과 대화를 나누고 있었다. 이명재가 절뚝이며 다가가자 병사들이 경례를 올렸다. 자객이 또 습격할 수도 있어 황정일이 긴급히 호출한 병력이다.

이명재가 다가서자 황정일이 보고했다.

"훈련대 놈들이 경무청 본청엔 쳐들어오지 않았답니다."

이명재는 고개를 끄덕이며 중얼거렸다.

"우리가 속았다. 성동격서 전술이다."

"그게 무슨 말씀이십니까?"

"경무청은 미끼였다. 진짜 목표는 경복궁 점령이다. 기만술책에 당한 거다. 어서 따라오너라."

이명재는 경복궁을 향해 전속력으로 뛰기 시작했다. 황정일과 병사들은 상황도 모른 채 그를 따라 달렸다. 광화문 주변에는 이미 일본군이 진을 치고 있었다. 특히 광화문 앞 한성수비대 대대본부 초소 인근엔 병력 규모가 어마어마했다. 이명재는 골목 담벼락 뒤에 몸을 숨기고 조심스레 고개를 내밀었다. 한성수비대 병력 대부분이 출동한 듯했다. 광화문을 통과해 궁 안으로 진입하는 건 불가능했다.

이명재는 동십자각을 지나 경복궁 동쪽 개천을 따라 북쪽으로 향했다. 그러나 건춘문도 이미 일본군이 봉쇄하고 있었다. 사태는 예상보다 훨씬 심각했다. 뒤따르던 병사들에게 낮은 목소리로 지시했다.

"일본이 경복궁을 봉쇄했다. 상감마마와 중전마마의 안위가 위태롭다. 대신들 집으로 가서 목격한 상황을 긴급히 보고하라."

그는 병사 4명에게 각각의 임무를 분담해 보냈다. 그리고 황정일을 바라보며 말했다.

"정일아, 우리는 북쪽 궐문으로 가보자."

"신무문도 봉쇄하지 않았을까요?"

"우리 시위대 본부가 있는 관문각과 가장 가까운 문이다. 일본군이 아직 도착하지 않았을 수도 있어."

이명재는 어둠을 뚫고 쏜살같이 달렸다. 그러나 춘생문조차 이미 일본군이 지키고 있었다. 신무문에 도착했을 때, 마지막 기대마저 무너졌다. 동쪽 궐문보다 세 배는 많은 병력이 포진해 있었다. 일본군은 물론 해산 명령을 받은 조선훈련대 병사들까지 지키고 있었다.

무엇보다 놀라운 건 이두황 훈련대 제1대대장이 현장을 지휘하고 있다는 사실이었다. 신무문은 고종 침소인 건청궁과 가장 가까운 궐문이었다. 만약 고종이나 중전이 탈출한다면, 이 문을 통해야 했다. 경비가 삼엄할 수밖에 없었다. 하지만 이두황마저 일본에 협조하고 있다는 사실은 충격이었다.

이명재는 일본이 중전 민씨를 폐비시키려 한다고 판단했다. 이 거사가 성공하면 중전은 권좌에서 내려오게 된다. 굳이 막아야 할 일은 아니었다. 그러나 일본이 그녀의 초상화까지 준비했다. 단순한 폐위가 아니라 생명의 위협까지 염두에 둬야 했다. 어떤 이유로도 암살은 용납할 수 없었다. 또한 이들의 거사가 성공하면 일본은 조선에 대한 지배력을 더욱 강화할 수 있다. 이를 막을 방법은 국제여론밖에 없었다. 시위대 대장 다이와 부대장 사바틴에게 일본의 음모를 알리는 것이 급선무였다. 그들은 외교 채널을 통해 베이징 주재 본국 특파기자들과 연결된 인물들이었다.

"정일아, 담을 넘거라. 관문각으로 가서 다이 대장님께 보고드려라."

"그분이 이 시간에 관문각에 계실까요?"

"특별한 일이 없으면 3층 숙소에서 주무시고 계신다."

"하지만 그분이 움직여 줄까요? 다이 대장님은 이권 따내는 것에만 관심 있고, 사바틴 부대장님도 건물만 보러 다니지 않습니까. 부동산에만 관심 있지 병사들 훈련에 대헤서는 아는 게 하나도 없습니다. 두

분 다 앞에 나설 위인들이 못됩니다."

"너한테 일본군과 싸우라고 부탁하라는 게 아니다."

황정일은 그간 쌓인 불만을 쏟아냈다.

"우리 시위대는 생긴 지 2달을 넘긴 갓난 애기입니다. 그래도 대장님과 부대장님이 너무한 것 아닙니까? 서양식 제복 입는 법, 행군만 가르쳤지, 사격훈련은 한 번도 받은 적 없습니다."

"설명할 시간 없다. 일본이 중전마마를 암살할 가능성이 높다고 꼭 전해라. 미국 남북전쟁을 겪은 분이니 알아서 대처하실 거다. 미국 공사 알렌과 베이징 특파기자들에게도 일본의 만행을 전해야 한다. 내가 간곡히 부탁드린다고 꼭 말해라."

"네, 알겠습니다. 대대장님은 어디로 가실 작정입니까?"

이명재는 중전 민씨 암살을 막아야 했다. 중전 민씨를 탈출시킬 방법은 지하 비밀동굴밖에 없었다.

"지금 우리 힘으로는 일본에 맞설 수 없다. 주상 전하와 중전마마를 대피시킬 수 있는 방법은 지하동굴뿐이다. 나는 집에 가서 지하동굴을 파야겠다."

"저도 보고 마치고 곡괭이 들고 곧 따라가겠습니다."

황정일은 어둠 속을 쏜살같이 달렸다. 탄력을 이용해 경복궁 담을 걷듯이 밟고 오르더니 단숨에 궁 안으로 뛰어내렸다. 이명재는 그의 침투를 확인한 뒤 집으로 달려갔다. 지하동굴 입구에 도착하자마자 횃불을 들고 동굴 안으로 들어섰다. 동굴은 이미 중전 민씨 침소 아래까지 연결돼 있었다. 마무리만 남은 상태였다. 바닥엔 목수들이 짜놓은 나무계단이 한가롭게 누워 있었다.

이명재는 곡괭이를 들고 마지막 공사를 시작했다. 머리 위 흙을 몇 번만 더 파면 건청궁 옥호루 밑 창고 바닥과 연결된다. 그는 곡괭이를 힘껏 내리쳤다. 흙이 떨어져 내렸고, 이마에선 땀이, 칼에 찔린 허벅지에서는 피가 떨어졌다.

지상에서는 일본 폭도들이 건청궁을 향해 진격하고 있었다. 이명재는 지하에서 건청궁을 향해 돌진하고 있었다. 일본보다 먼저 건청궁에 도착해야 한다는 생각밖에 없었다. 중전 민씨를 일본군에 내줄 수는 없었다. 이명재의 몸에는 더욱 힘이 들어갔다. 곡괭이 날 끝에서는 불꽃이 튀었다. 동굴 바닥에는 피가 흥건히 고였다.

아다치는 마음이 급했다. 사냥은 밤에 끝내야 한다. 쥐도 새도 모르게 단번에 잡아야 한다. 서대문 한성부 청사 앞에서 광화문까지는 약 30분 거리. 조금만 늦어도 날이 밝는다. 그는 대열을 정비했다.

"시간을 너무 지체했다. 여기서부터는 뛰어 간다. 전원, 구보!"

아다치의 명령이 떨어지자, 선두가 힘차게 달리기 시작했다. 특파 기자들과 조선 순검 복장으로 위장한 일본 순사 50여 명이 앞장섰다. 경희궁 앞 오르막길에 군홧발 소리가 요란하게 울렸다.

대원군이 탄 가마도 뒤뚱거리며 속도를 올렸다. 유길준과 일본공사관 직원들도 물결처럼 휩쓸려갔다. 일본군 한성수비대 100명도 발걸음을 재촉했다. 그 뒤를 조선훈련대 제2대대가 따랐고, 맨 뒤에는 제1대대가 허둥지둥 쫓아왔다. 행렬이 뱀처럼 광화문 쪽으로 방향을 틀었다.

어둠과 여명이 교차했다. 모두 생사의 경계선을 내달리는 듯했다. 밤잠 없는 노인들이 신작로에 나와 어슬렁거리다 이 광경을 놀란 얼굴로 지켜봤다. 그러던 중, 행렬 맨 뒤 훈련대 제1대대 병사들 사이에서 수군거림이 들려왔다. 분위기가 심상치 않았다. 훈련대 해산을 앞둔 마지막 야간 행군 훈련이라고 했다. 의외로 훈련대 해산에 분노하는 병사들은 많지 않았다. 해산되더라도 친일파를 제외하고는 모두 시위대에 편입된다는 얘기를 들었기 때문이다. 이명재가 포섭해 훈련대에 심어놓은 병사들이 문제를 제기하며 투털거리기 시작했다.

"야간 행군 훈련이라면서? 근데 왜 일본군들이 있지? 대원위 대감은 또 왜 오신 거야? 뭔가 이상해. 괜히 휩쓸렸다가는 나중에 역도로 몰릴 수도 있어. 잘못하면 온 집안이 몰살당할 수도 있겠는데?"

그 말이 떨어지기 무섭게 한 병사가 대오를 이탈했다. 곧이어 몇 명이 엉겁결에 도주하기 시작했고, 나머지 병사들도 놀란 닭처럼 사방으로 흩어졌다. 아다치와 미야모토 소위는 재빨리 후미로 달려갔지만, 이미 제1대대 병사들은 모두 도주한 뒤였다. 제2대대 병력도 머뭇머뭇하며 진군을 망설였다. 미야모토는 일본군 병력을 맨 후미로 이동시켰다. 앞뒤가 막힌 훈련대 병사들은 도주를 포기할 수밖에 없었다. 추가 이탈자는 없었다.

아다치는 식은땀을 흘렸다. 너무 많은 일이 동시다발로 벌어지고 있었다. 저 멀리 광화문이 희미하게 모습을 드러냈다. 시계는 새벽 5시를 가리키고 있었다. 광화문 앞 일본군 초소에 도착하자, 아다치는 정지 명령을 내렸다. 초소에서 대기하던 일본군과 훈련대 병사들이 추가로 합류했다. 대원군을 앞세운 행렬은 대규모 부대로 불어났다.

광화문이 눈앞에 다가오자 행군 속도가 빨라졌다. 일본군은 미리 준비한 사다리와 도끼를 일본 순사들에게 건넸다. 아다치는 나지막한 목소리로 지시했다.

"모두 몸을 숙여라. 광화문이 열릴 때까지 기다린다. 절대 소리 내지 마라."

아소정 담장을 넘었던 일본 순사 10명이 사다리와 도끼를 들고 광화문 양쪽 담벼락으로 달려갔다. 그들은 조선 순검 복장을 하고 있었다. 멀리서 보면 마치 조선 병력이 경복궁으로 진격하는 것처럼 보였다. 이들은 사다리를 걸고 담을 넘었다.

"누구냐! 물러가라!"

광화문을 지키던 왕실 시위대 야간 근무병들이 도깨비 같은 눈을 뜨고 고함쳤다. 아다치를 비롯한 일행은 긴장한 모습으로 일제히 광화문을 쳐다봤다. 이때 갑자기 맨 뒤쪽에서 벼락 치는 듯한 소리가 들렸다. 홍계훈 조선훈련대 대장과 부하들이었다. 홍계훈은 몸을 숙이고 있던 훈련대 병사들을 보더니 호통을 쳤다. 목소리가 새벽하늘을 쩌렁쩌렁 울렸다.

"무슨 일이냐! 훈련대는 이미 해산했다! 너희가 왜 제복을 입고 새벽에 궁 앞에 있느냐?"

평상복 차림에 제복도 갖추지 못한 그는 잠결에 뛰쳐나온 듯했다. 이명재 부하의 전갈을 받고 황급히 출동한 모습이었다. 하지만 목소리는 우렁찼다. 그의 얼굴을 알아본 병사들이 움찔했다. 고참 병사가 기어들어가는 목소리로 대답했다.

"이두황 대대장님께서 마지막 야간 행군 훈련을 한다고 하셔서……."

홍계훈이 길길이 날뛰었다.

"내 허락도 없이 훈련? 이두황은 어디에 있느냐?"

"경복궁 북문 쪽에서 지휘하고 계십니다."

홍계훈은 몸을 숙인 일본군과 일본 민간인 무리를 보고 소스라치게 놀라 칼을 뽑았다.

"이놈들, 감히 여기가 어디라고 야심한 시각에 궁궐 근처에서 얼씬거리고 있느냐! 썩 물러가지 못할까!"

'탕탕!' 갑자기 찢어질 듯한 총성이 울렸다. 한성수비대 소속 일본군 장교가 권총으로 홍계훈을 그 자리에서 사살했다. 그를 호위하던 훈련대 병사들이 놀라 뒷걸음질 치더니 달아났다. 일본군들은 소총을 꺼내 일제히 조준 사격을 시작했다. 시위대 병사들도 대응사격에 나섰다. 광화문 앞은 순식간에 전쟁터로 변했다. 콩 볶는 듯한 총성이 새벽하늘을 갈랐다. 총탄이 빗발처럼 날아들자 광화문을 지키던 시위대는 뿔뿔이 흩어졌다. 그 틈을 타 일본 순사들이 담을 넘어 광화문을 열었다.

술이 덜 깬 특파기자들이 힘차게 함성을 지르며 경복궁 경내로 진입했다. 북쪽 궐문인 신무문 쪽에서도 총성이 들렸다. 일본군과 이두황 제1대대장이 궁 안으로 진격을 시작했다는 신호였다. 고종과 중전 민씨가 거처하는 건청궁을 포위하기 위해서였다.

아다치는 작전 계획에 따라 광화문을 다시 봉쇄했다. 광화문을 지킬 일본군 병사 30명을 한 자리에 모아 놓고 엄중히 명령했다.

"쥐새끼 한 마리도 들이지 마라. 밖에서 안으로, 안에서 밖으로도 못 나간다. 특히 왕비가 탈출하지 못하게 철저히 감시하라!"

그는 곧 우범선 제2대대장을 불러 경복궁 내부 안내를 지시했다. 경복궁은 건물이 많고 길이 미로처럼 얽혀 있어, 잘못 들어가면 빠져나오지 못하는 경우도 많았다. 우범선은 왼쪽 문으로 이들을 안내하며 개천을 따라 북쪽으로 달렸다. 시위대의 저항은 없었다. 근정전에 도착하자 대원군은 가마에서 내렸다. 유길준도 대원군을 따라 근정전 안으로 들어섰다. 아무런 저항 없이 근정전을 접수했다. 일본군 병력 수백 명이 대원군을 보호하기 위해 근정전을 둘러쌌다.

이제 여우를 사냥하는 일이 남았다. 아다치는 일본도를 번쩍 들어 올리고 특파기자들에게 출격 명령을 내렸다. 아다치의 명령에 특파기자들이 우렁차게 화답했다. 이번에는 구연수 중대장이 앞장섰다. 특파기자들은 근정전을 돌아 건청궁으로 가는 지름길을 내달렸다. 건청궁 정문에 도착하자 북쪽 궐문에서 진입한 일본군과 훈련대 병사들이 이미 건청궁을 포위하고 있었다. 일본군과 조선훈련대의 임무는 끝났다. 건청궁 안으로는 들어가지 않기로 했다. 이제 특파기자들이 여우사냥을 시작해야 할 때가 됐다.

구연수 중대장이 아다치에게 물었다.

"건청궁 내부 지리를 잘 모르시는데 괜찮겠습니까? 원하시면 제가 안내하겠습니다."

원래 건청궁 안으로 들어갈 수 있는 자는 민간인 복장의 일본 특파기자들뿐이었다. 아다치는 잠시 고민하더니 고개를 끄덕였다. 중전 민씨의 침소까지 곧장 진격하기 위해서는 그의 도움이 절실했다. 구연수 중대장이 대문을 열고 앞장섰다. 아다치는 미야모토 소위의 호위를 받으며 특파기자들을 이끌고 건청궁 안으로 진입했다.

대문을 통과하자마자 구연수는 걸음을 멈췄다. 누군가 두 팔을 벌린 채 길을 막고 있었다.

"웬 놈들이냐? 어서 물러나거라!"

시위대 고위직 간부의 제복을 입고 있었다. 시위대 병사들은 모두 도주했고, 그만 홀로 건청궁을 지키고 있었다. 특파기자들이 그를 붙잡아 팔을 뒤로 꺾고 포승줄로 결박했다. 이어 얼굴과 배를 마구 걷어차기 시작했다. 입에서 검붉은 피를 쏟았다. 아다치가 추궁했다.

"왕비는 어디 있느냐?"

그는 신음하며 대답했다.

"나는…… 모른다."

"이 새끼가 죽으려고 환장했나?"

옆에 있던 특파기자들이 다시 그를 짓밟았다. 그는 비명을 질렀다. 고꾸라진 그의 얼굴에 핏물과 눈물이 뒤섞여 흘렀다.

"이놈들, 나를 죽인다 해도…… 절대 말할 수 없다!"

아다치는 그의 멱살을 잡고 물었다.

"네 이름이 무엇이냐?"

"나는 시위대 연대장, 현흥택이다."

아다치는 그를 끌고 장안당 앞마당으로 향했다. 그때 고종이 허겁지겁 장안당에서 나오는 모습이 보였다. 중전 처소인 곤녕합으로 향하려는 듯했다. 동작 빠른 특파기자들이 신발을 신은 채 장안당 대청마루로 올라섰다. 고종은 건드리지도 않았는데 놀라 쓰러졌다. 잠시 뒤, 정신을 차린 고종은 마룻바닥에 멍하니 앉아 하늘을 바라보았다. 그는 두 손을 모아 살려 달라고 애원했다. 환관들이 그를 둘러싸고 보호막을 만들었다.

안으로 먼저 들어간 특파기자들은 흰옷을 입고 잠자던 궁녀들을 하나 둘 끌고 나왔다. 궁녀들은 놀라 부들부들 떨고 있었다. 왕세자와 왕세자비도 끌려 나와 무릎을 꿇었다. 특파기자들이 고종 앞에서 왕세자를 마구 때렸다. 그때 일본공사관 직원 오기와라가 고종 앞으로 다급하게 뛰어갔다. 뒤로 돌더니 두 손을 번쩍 들고 특파기자들에게 소리쳤다.

"이곳은 국왕의 침소인 장안당이오. 국왕과 왕세자는 다치게 하면 아니 되오."

고종은 그의 팔을 부여잡고 살려달라고 읍소했다. 특파기자들의 목표는 고종이 아니었다. 아다치는 구연수 중대장에게 소리쳤다.

"왕비의 처소로 안내하라!"

구연수가 장안당 복도를 지나 곤녕합으로 내달렸다. 아다치와 특파기자들이 우르르 그 뒤를 따랐다. 방마다 문을 걷어차고 깨부수며 들이닥쳤다. 이불 속에서 떨고 있던 궁녀들이 비명을 질렀다. 특파기자들은 이불을 걷어 얼굴을 확인했다. 왕비의 얼굴이 아니라고 판단하면 창밖으로 내던졌다. 반면, 중전 민씨와 닮았다고 여겨지면 망설임 없이 일본도를 휘둘렀다.

아다치는 뭔가 이상한 낌새를 느꼈다. 동물 같은 감각이 발동했다. 그는 곤녕합 뒷문으로 나가 주위를 둘러봤다. 그때 고종 침소인 장안당 쪽으로 몰려가는 무리가 보였다. 아다치는 알 수 없는 흥분을 느꼈다.

"멈춰라!"

그는 뒤쫓았다. 남자 한 명이 멈춰서더니 돌아섰다. 궁내부 대신 이경직이었다. 네 명의 궁녀가 그의 뒤에 몸을 숨기고 있었다. 이경직은 두 팔을 벌린 채 소리쳤다.

"이놈들, 여기가 어디라고 감히 들어오느냐! 당장 물러서지 못할까!"

그러나 미야모토가 권총을 뽑아들더니 곧바로 방아쇠를 당겼다. 이경직은 가슴을 움켜쥐고 쓰러졌다. 곧 특파기자들이 달려들어 그의 팔을 베었다. 이경직은 피를 토하며 쓰러졌다. 뒤에 있던 궁녀 네 명이 비명을 지르며 뜰로 도망쳤다. 모두 흰옷 차림이었다. 아다치도 마루에서 뛰어내려 그들을 추격했다.

그때, 궁녀들 사이에서 한 여인이 순간 뒤를 돌아봤다. 아다치는 그 순간 온몸이 얼어붙었다. 가녀린 몸매에 기품 있는 얼굴, 흰옷을 입은 우아한 여인. 그녀의 눈빛을 보고 말았다. 너무 슬퍼 보였다. 자신의 삶을 되돌아보는 것 같았다.

아다치가 조선에서 가장 즐겼던 것이 사냥이었다. 낌새를 느끼고 도주하던 사냥감은 꼭 가던 길을 멈추고 뒤를 돌아봤다. 노닐던 곳을 되돌아보는 것일 수도, 죽기 전 삶을 반추하는 것일 수도 있겠다. 아다치는 그 순간을 놓치지 않고 소총을 발사했다.

아다치는 사냥터에 온 듯한 느낌이 들었다. 다른 점이 있다면 사냥감이 자신을 알아보는 것 같았다. 왕비 인터뷰 할 때가 떠올랐다. 그는 왕비의 얼굴을 보지 못했다. 그러니 왕비는 쳐진 발 너머로 그를 봤다. 바로 그 눈빛, 자신을 알아보는 것 같은 저 눈빛. 반추하는 여인이 왕비라는 것을 아다치는 직감했다.

미야모토를 쳐다보았다. 두 사람의 눈빛이 마주쳤다. 아다치는 고개를 끄덕였다. 미야모토 소위가 곧장 내달렸다. 궁녀 세 명이 그녀를 둘러싼 채 벌벌 떨고 있었다. 하지만, 미야모토는 궁녀들을 밀쳐내고 그 여인을 붙잡았다.

　미야모토는 칼끝을 그녀의 턱에 겨누고 억지로 얼굴을 들게 했다. 아다치는 자세히 들여다보았다. 그리고 고개를 끄덕였다. 죽이라는 뜻이었다.

　미야모토는 일말의 망설임도 없었다. 중전 민씨의 이마를 향해 칼을 두 차례 내리쳤다. 그녀는 그대로 고꾸라졌다. 미야모토는 진정한 살인 기계였다. 왕비의 몸을 여러 차례 찔렀다. 검붉은 피가 땅바닥에 흥건히 스며들었다.

　미우라 공사의 비서 도오 가쓰아키가 아다치에게 물었다.

　"시신은 어떻게 할까요?"

　"왕비가 맞는지 최종 확인해야 하오. 방 안으로, 아니 저기 루방 밑 창고로 옮기시오."

　도오와 특파기자 둘이 시신을 옥호루 밑 창고로 옮겼다. 조선 왕비가 살해됐다는 소문이 돌자 특파기자들이 하나둘 몰려들었다. 그들은 대부분 아다치와 고향이 같은 구마모토 국권당 출신이었다. 하지만, 도오는 자유당 소속이었다. 그는 자유당도 공을 세웠다는 증표가 필요했다. 명품 일본도 히젠토가 춤을 췄다. 시신을 난자하기 시작했다.

　모여든 특파기자들이 박장대소하며 여우를 잡았다고 소리쳤다. 가냘픈 몸매에 총기 있는 얼굴. 조선 팔도를 들었다 놓았다 했던 조선의 서태후. 하지만 피가 흥건한 중전 민씨의 시신은 처참하기 그지없었다. 상의는 흰 속적삼, 하의는 흰 속옷뿐. 무릎 아래 맨다리가 드러나 있었다.

 아다치는 궁녀들을 끌고 와 얼굴을 보여주며 왕비가 맞느냐고 물었다. 궁녀들은 말없이 눈물만 흘렸다. 마침 한 특파기자가 왕세자 이척을 데리고 왔다. 이척은 중전 민씨의 시신을 보더니 무릎을 꿇고 울부짖었다.

 "어마마마! 어마마마! 어마마마!"

 왕세자의 통곡은 한성을 뒤흔들었다. 목이 쉬도록 한참을 울었다. 이척은 실성한 듯 혼잣말을 중얼거렸다.

 "어마마마 없이 어찌 살아가겠나이까. 저를 버리시고 어찌 그리 황망히 가신단 말입니까. 소자와 천년만년 함께하자 하시지 않으셨습니까. 어찌 그 약속 저버리시고 먼저 가십니까. 이제 소자는 누구를 믿고 살아가란 말입니까. 어마마마, 제발, 제발 일어나십시오. 먼 길 떠나시더라도 소자와 함께 조반은 드시고 가셔야 하지 않겠습니까……."

 옆에서 흐느끼던 왕세자비도 작별 인사를 했다.

 "평안히 가시옵소서. 좋은 곳으로, 좋은 길로 가시옵소서. 바람이 불면 제가 곁에 있는 줄 아십시오. 구름이 흘러가면 중전마마께서 저희를 걱정하시는 줄 알겠나이다. 궁에 꽃이 피면 중전마마께서 웃고 계신 줄 알겠나이다. 부디 평안히, 편안히 가시옵소서……."

 아다치는 승리의 미소를 감추지 않았다. 중전 민씨의 죽음이 확인되는 순간이었다. 의녀가 무명천으로 중전의 얼굴을 덮었다. 아다치는 철수를 명령하고 건청궁을 빠져나왔다. 근정전 앞에서 잠시 멈춰 섰다. 미우라 공사가 대원군과 고종을 불러 대화를 나누고 있었다.

고종은 중전 민씨의 죽음에는 별 관심이 없어 보였다. 그는 제4차 김홍집 내각 개편안에 옥새를 찍고 있었다. 민씨 일가와 친러파는 모두 해임됐다. 김홍집 총리 아래 유길준을 내부대신으로 발탁했다. 유길준이 사실상 조선의 권력을 쥐게 되었다. 김홍집은 허수아비 총리에 불과했다.

아다치와 한성신보 특파기자들은 무용담을 나누며 씩씩하게 광화문을 빠져나갔다. 그들의 일본도에는 검붉은 피딱지가 고드름처럼 말라붙어 있었다. 광화문 앞에서는 베베르 공사를 비롯한 주한 외교 사절이 일본군과 입궐 문제를 두고 언쟁을 벌이고 있었다. 외교 사절은 고종을 알현하겠다 했지만, 일본군은 치안 불안을 이유로 입궐을 불허했다.

황정일은 임무를 마치고 지하동굴 안으로 달려 들어갔다. 그는 아다치에게 수많은 정보를 넘겼지만, 지하동굴의 존재만은 끝내 발설하지 않았다. 그것만은 양심이 허락하지 않았다.

동굴 끝에 도착하자 횃불만이 어둠을 비추고 있었다. 피비린내가 진동했다. 이명재는 바닥에 피를 흘리며 쓰러져 있었다. 황정일은 옷을 찢어 상처를 묶었다. 그리고 그의 몸을 흔들어 깨웠다. 피가 멎자 이명재는 서서히 의식을 되찾았다. 그는 황정일의 부축을 받으며 일어나더니 다시 곡괭이를 들었다.

출입구를 내기 위해 보를 얼기설기 세워둔 상태였다. 흙은 많이 흘러내리지 않았다. 한참 곡괭이질을 하자, 머리 위로 희미한 빛이 들어왔다. 마침내 옥호루 밑 창고 바닥이 뚫렸다. 머리 하나 겨우 들어갈 만한 구멍이 열렸다.

그 구멍을 통해 핏물이 먼저 떨어졌다. 이명재는 불길한 예감이 들었다. 걱정스러운 표정으로 고개를 내밀었다. 피비린내가 코를 찔렀다. 바로 앞에 중전 민씨의 시신이 놓여 있었다. 바닥에 고인 피가 동굴 안으로 뚝뚝 떨어졌다. 눈물이 핑 돌았다.

'어찌 일국의 왕비를 이토록 잔인하게 죽일 수 있단 말인가……'

분노가 치밀었다. 위쪽에서 사람들의 말소리가 어렴풋하게 들려왔다. 뛰쳐나가 모두 쳐죽이고 싶었다. 하지만 피를 너무 많이 흘려 몸이 따라주지 않았다.

창고 밖에서는 조선훈련대 간부들이 출입을 통제하고 있었다. 이들은 증거를 없애기 위해 중전의 시신을 불태우라는 아다치의 명령을 어떻게 이행할지를 놓고 갑론을박 중이었다. 이명재는 등골이 서늘해졌다.

마냥 슬퍼하고 있을 수만은 없었다. 그는 조심스레 손을 뻗어 중전 민씨의 시신을 끌어당겼다. 그렇게 중전의 머리가 지하동굴 안으로 들어왔다. 살리기 위해 팠던 지하 통로가, 이제 시신을 옮기는 통로가 되리라고는 꿈에도 몰랐다.

"정일아, 나는 중전마마 모시고 나가겠다. 너는 입구를 다시 막아라."

이명재는 소형 달구지에 중전 민씨의 시신을 싣고 터벅터벅 걸음을 옮겼다. 흘러내리는 눈물이 동굴 바닥에 똑똑 떨어졌다. 구슬픈 소리가 동굴 끝까지 울려 퍼졌다.

에필로그

마차 한 대가 몰래 북촌을 빠져나가고 있었다. 밤새 난리가 났지만, 거리는 적막했다. 사람의 그림자도 보이지 않았다. 둥글둥글한 얼굴의 마부는 주위를 경계하며 채찍을 휘둘렀다. 마차가 지나간 자리로 서늘한 가을바람이 파고들었다. 일본군 초소도 한산했다. 까마귀 두 마리가 마차 위를 빙빙 돌더니 울부짖는 소리를 냈다.

마차 안에 누워 있던 이명재가 겨우 몸을 일으키더니 창문을 열었다. 손을 휘저어 까마귀들을 쫓았다. 까마귀들이 열린 창문 틈으로 안을 훔쳐봤다. 짚더미 아래 관처럼 생긴 나무 상자 두 개가 놓여 있었다. 검문도, 제지도 없었다.

도성 동남쪽 광희문을 빠져나오자 이명재는 마차를 멈추고 고통스러운 표정으로 밖으로 나왔다. 그는 경복궁 쪽을 바라보며 눈물을 흘렸다. '왜 조선은 스스로의 힘으로 일어나지 못하는가. 왜 끝없이 추락만 거듭하는가.' 칼에 찔린 허벅지 상처 위에 눈물이 엉겼다.

너무 부끄러웠다. 백성들에게 부끄러웠고 세계 각국에 부끄러웠다. 후손들 볼 면목이 없었다. 유길준 대감과 부끄럽지 않은 삶을 살기로 그렇게 다짐했건만, 현실은 너무나 참혹했다.

궁에서는 중전 민씨가 사라졌다고 난리가 났다. 백성들 사이에는 온갖 소문이 나돌았다. 훈련대 친일파 간부가 국모의 시신을 불태웠다는 이야기부터, 중전이 몰래 탈출했다는 얘기까지 있었다.

이명재는 금강산으로 방향을 잡았다. 포천 이동 국망봉 근처 주막에서 막걸리를 마시다 마차를 살폈다. 엉성하게 짠 나무판자 관에 벌레가 들끓고 있었다. 굶주린 쥐들까지 몰려들었다. 무명천으로 감쌌지만 무용지물이었다. 관 사이로 썩은 물이 흘러내리고 있었다.

그는 국망봉 기슭 양지바른 곳에 구덩이 두 개를 파고, 중전 민씨와 우메코를 함께 묻었다. 황정일은 부모님을 찾아보겠다며 한성으로 돌아가겠다고 했다. 이명재는 마차를 불태운 뒤 지리산으로 방향을 틀었다. 복수의 칼날을 갈며.

그는 김개남 장군을 떠올렸다. 제1차 동학농민운동 당시 끝까지 한성 진격을 주장했던 김개남. 그때 진격해 개벽의 세상을 열었어야 했다. 그를 따르던 동지들은 지리산에 모여 살고 있었다. 지리산에 도착하자 동학농민군들이 환호했다. 천군만마를 얻은 듯 기세가 솟았다. 중전 민씨 암살에 분노한 백성들이 의병이 되겠다며 하나둘 지리산으로 모여들었다. 깊은 산속 일만이천 군 본부에서는 사격과 검술 훈련하는 소리가 쩌렁쩌렁 울려 퍼졌다. 조선 천지를 뒤흔드는 함성이었다.

시위대 대장 다이와 부대장 사바틴은 일본의 야만성에 치를 떨었다. 히젠토를 찬 채 술에 취해 건청궁에 난입한 일본 정치깡패들의 만행을 두 눈으로 목격했다. 그들은 베베르 러시아 공사와 알렌 미국 대리공사에게 이 끔찍한 사건을 폭로했다. 두 외교관은 즉시 베이징 주재 자국 특파기자들에게 을미사변의 진실을 알렸다. 미국과 러시아의 신문은 조선 국모가 암살됐다는 충격적인 사실을 대서특필했다. '대원군이 권력을 되찾기 위해 왕비를 시해했다'는 한성신보 기사와는 완전히 다른 내용이었다. 국제여론이 들끓자 일본 내각은 궁지에 몰렸다.

이토 히로부미 총리대신은 일본 정부는 이 사선에 관여히지 않았다며 발 빼기에 급급했다. 결국 그는 미우라 공사를 비롯해 암살에 가담한 자들을 전원 본국으로 소환했다. 아다치는 일본공사관이 마련한 군함을 타고 도주했다. 일본에서 재판을 받고 수감되었으나 국제여론이 가라앉자 석방되었다. 출옥 이후 아다치는 일본의 영웅으로 떠올랐다. 정치인으로 성공하기 위해서는 감옥을 다녀오는 것이 필수 조건이었다. 아다치는 14차례 연속으로 일본 중의원을 역임했고, 체무대신과 내무대신 자리까지 올랐다. 평생을 꽃길만 걸었다.

고종은 또 옥새를 빼앗겼다. 허수아비 국왕으로 전락한 그는 다시 술로 세월을 보냈다. 어느 날 황정일이 뵙기를 청했다. 중전 민씨가 묻힌 위치와 비밀 지하동굴의 입구를 알렸다. 하지만 고종은 국모 장례식에는 관심이 없었다. 그는 지하동굴을 통해 경복궁을 빠져나가 러시아 공사관으로 도주했다. 이른바 '아관파천'이다. 베베르 공사와 리젠더 고문관의 권고에 따른 것이었다.

러시아 공사관에 들어간 고종은 이권을 넘기기 시작했다. 광산 개발권은 베베르에게, 철도 부설권은 리젠더에게 돌아갔다. 리젠더는 이를 미국과 프랑스에 되팔아 큰 수익을 남기고 파리로 돌아갔다. 1897년, 고종은 황제 즉위식을 거행하고 권력 강화를 시도했다. 하지만, 이미 대한제국은 스스로 설 힘을 잃었다. 결국 일본이 휘두른 히젠토에 나라를 빼앗기고 말 운명이었다.

백성들 사이에는 고종을 동정하는 여론도 있었다. 그러나 국모를 암살한 일본과 김홍집 친일내각에 대한 분노는 하늘을 찔렀다. 결국,

김홍집은 광화문 앞에서 성난 민중에게 맞아 비참한 최후를 맞았다. 백성들은 그를 '조선의 대신'이 아닌 '왜국의 대신'이라며 손가락질 했다.

김홍집 내각이 무너지고, 친러 내각이 들어섰다. 조선은 러시아의 보호국으로 전락했고, 유길준은 일본으로 망명했다. 그는 일본 육군 사관학교 출신 조선인 장교들과 고종 폐위를 위한 쿠데타를 시도했으나, 이마저도 실패했다. 훗날, 일제의 한일합방 야욕을 지켜보며 뒤늦게 이명재의 말이 옳다는 사실을 깨달았다. 나라를 잃고 일제가 남작 작위를 줬으나 그는 끝내 거부했다.

일본은 이웃나라 국모를 암살하는 범죄를 저질렀다. 그러나 영원히 사과하지 않기로 했다. 조선은 언젠가 일본과 하나가 되어야 할 나라이니까.

추천사

기자 출신이 쓴 예리한 시대소설

임진택 | 마당극 연출가, 창작판소리 명창, 이애주문화재단 이사장

 권영석은 나에게는 대학 후배이면서 몇 안 되는 판소리 제자 중 한 명이다. 정식 판소리 제자가 아니라 말하자면 건들거리며 노는, 일종의 한량閑良 제자에 속한다. 이들을 역량과 성향으로 분류해보면 수제자首弟子와 술 제자로 나뉘는데, 권영석은 당연히 술 제자에 속한다. 술 제자의 특징으로는 첫째 판소리 수련을 대체로 건성으로 대한다는 점, 둘째 시간이 없어서 강습에는 빠지더라도 뒤풀이에는 꼭 나온다는 점, 셋째 술을 마시면 1차로 끝나지 않고 반드시 2차 이상 간다는 점을 꼽을 수 있다.
 그는 서울대 인문대 연극반 출신이다. 기실 권영석이 나의 창작판소리 제자가 된 것도 그 같은 학연 또는 동아리 인연 덕분인 셈이다.

그가 연극반원일 때 서울대 연극반은 온통 '마당극' 판이었다. 말하자면 권영석은 70년대 마당극의 창시자인 선배 임진택이 뿌려놓은 마당극운동의 무성茂盛한 세례를 받은 80년대 후배 세대였다. 뜻밖인 것은 사람들이 마당극을 한때의 시대적 유행으로 치부하고 있는 작금의 세태에서, 권영석은 마당극의 본질과 가치를 매우 높이 평가하고 있는 변함없는 지지자라는 사실이었다. 그는 마당극을 한국 민중연극의 귀감으로 여전히 가슴 속에 품고 있었으며, 한국연극사뿐만 아니라 세계연극사에서도 마당극이 정당한 평가를 받아야 한다고 생각하고 있는 귀한 후배였다.

우리는 이 부분에서 먼저 의기투합했고, 요즘 한창 뜨고 있는 'K-Culture' 관점으로 볼 때 '마당극이야말로 K-Theatre'라는 명제에 완전히 합의했다. 그는 자기가 연합뉴스 사장이 되면 회사 공식 문화사업으로 최우수마당극 전국순회와 세계순회를 기획하겠다고 호언했다. 그러나, 권력의 영향을 크게 받는 공영언론 사장 되기가 그리 만만한 일은 아니었다. 오히려 한직閑職으로 밀려서 지내다 한동안 잠적해야만 했다. 그러던 그가 그 바쁜 '집짓기' 노동수련 와중에 이런 재미있는 소설을 써냈으니, 나는 그가 어쩌면 『큰 새는 바람을 거슬러 난다』라는 빼어난 장편소설을 만년晩年에 써낸 고려대 언론학부 김민환 명예교수처럼, 뒤늦게 소질이 발견된 '글짓기'의 천재일지도 모른다는 생각이 들었다.

내가 권영석의 소설 『작전명 여우사냥』 초고를 읽으면서 먼저 떠올린 생각은 이 작품이 다루고 있는 내용은 분명 1895년 을미년의 중전 민씨 암살 사건이지만, 담고 있는 주제의식을 보면 그것은 단지 옛날 이야기가 아니라, 지금 현재의 우리나라 국내외 정세를 은유 또는 연상시키고자 하는 목적이 깔려 있다는 점이었다. 그것은 130년 전 조선반도의 국제정세와 지금의 한반도 국제정세가 근본적으로 변함이 없다는 사실에 근거하거니와, 국내정세로 보면 몇백 년 전 이씨조선 왕조 연산군 때나 광해군 또는 선조나 인조 때와 별반 다름없는, 어처구니없는 봉건 패륜적 세도정치가 판을 치고 있는 사실 때문이다. 단도직입적으로 말하면, 작품에 등장하는 간교한 중전 민씨의 행태는 자꾸 김건희를 연상시켰고, 우유부단하면서도 무모한 고종의 태도는 폭압 무도한 윤석열을 연상시켰기 때문이다.

그동안 '여우사냥'이라는 제목으로 중전 민씨를 다룬 소설이나 영화가 없지 않았을 테지만 그 작품들이 대부분 '역사소설'의 범주에 머무른 데 비해, 권영석의 이 작품 『작전명 여우사냥』은 그 범주를 '시대소설'로 넓혀놓았다는 점에 주목할 필요가 있다. 그래서 이 작품은 '때를 잘 만나면' 대박이 날 수 있는 가능성이 있나. 윤석얼과 김건회 부부의 합작 내란 쿠데타가 일단 진압된 이 시점에서, 『작전명 여우사냥』은 많은 독자로부터 다양한 관심과 해석을 유발할 수 있는 때맞춘 이야깃감이 될 것이 분명하다.

내가 또 하나 떠올린 생각은 언론인이 소설을 쓴다는 것이 희소한 일이기는 하지만 다른 소설과는 비교되는 독특한 성과가 가능하다는 예감이다. 앞서 예로 든 김민환 교수도 언론학자 출신이며, 우리 시대 탁월한 소설가 중 한 명인 김훈 작가도 기자 출신이다. 이들 언론 출신 소설가의 특징은 소재의 포착과 진실의 발견에 있어 기자만이 갖는 예리하고도 집요한 실행력과 판단력을 담보로 한다는 것이다. 언론인으로 반평생을 보낸 권영석에게도 그러한 기자 감각이 몸에 배어있는 것이 분명하다. 우선 중전 민씨 암살 사건에 연관하여 그 폭력 주동세력에《한성신보》라는 일본 언론매체를 중요하게 등장시킴으로써 권영석은 이 작품에 승부를 건다. 제국주의 언론의 정체가 무엇인지를 그는 작품에서 이렇게 말한다.

"식민지 개척을 위한 특수부대는 선교사들이었지만, 산업혁명 이후엔 특파기자들이 특수부대 역할을 수행했어. 특파기자들은 언론을 통해 원주민의 영혼과 의식을 개조하고 식민지 경제침탈의 첨병 업무를 수행하고 있지. 점령군이 오기도 전에 식민지 침탈 전쟁은 이미 끝나 있는 거야."

그리고 또 하나의 중요한 설정, 이 작품의 시간적 배경을 10월 1일부터 8일까지 7박 8일간의 한정된 시간으로 압축시켜놓은 설정은 매일매일 사건 사고를 취재하며 반평생을 긴장되게 생활한 기자 출신 권영석의 본능적 발상이다. 이 압축된 시간은 독자로 하여금 잠시도 긴장을 놓을 수 없게 만드는 힘을 발휘한다.

권영석의 소설『작전명 여우사냥』에는 사실과 허구가 혼재되어 있고, 실명實名과 허명虛名이 아울러 등장한다. 고종이나 중전 민씨,

진령군, 유길준이나 홍계훈, 해월 최시형과 전봉준, 일본인 특파기자 아다치 등은 역사 속의 실제 인물들이다. 하지만, 주인공으로 설정된 이명재나 그림 그리는 첫사랑 우메코 등은 허구의 인물들이다. 중전 민씨 암살이나 《한성신보》 일본 특파기자들의 범죄, 김홍집 내각의 붕괴, 아관파천은 역사적 사실이다. 그러나 지하 비밀동굴 굴착이나 게이오의숙 동창생이라는 설정, 중전 민씨 얼굴을 확인하기 위한 시도, 주인공의 연인 우메코의 등장 등은 모두가 허구이다.

역사소설 혹은 시대소설은 역사적 사실과 있음직한 허구가 교합함으로써 생겨나는 상상의 세계이며 해석의 공간이다. 나는 역사소설 또는 시대소설의 완성도는 독자들이 소설을 읽고 어디까지가 사실이고 어디서부터 허구인지 알 수 없게끔 얼마나 정교하게 교직交織하는가에 달려 있다고 생각한다. 권영석의 소설은 이 문제에 있어 상당한 정도로 교직에 성공하고 있으며, 그만큼 작가로서의 가능성과 전망이 열려있음을 보여 주고 있다고 생각한다.

나는 권영석이 '한옥 짓는 목수'로 인생 2모작을 시작하는 줄 알았다가 뜻밖에 '글을 짓는 작가'로 나타남에 경악驚愕과 경의敬意를 표했다. 그런데 권영석이 앞으로 우리 문화계와 언론을 위해서도 한 번 더 큰일을 해주면 좋을 것 같다. 권영석 같은 사람이 있어야 우리 사회나 언론계가 좀 건강하고 여유로운 풍류風流가 흘러넘치지 않겠는가?

작전명 여우사냥

초판 1쇄 인쇄	2025년 8월 13일
초판 1쇄 발행	2025년 8월 20일
지은이	권영석
펴낸이	정해종
펴낸곳	(주)파람북
출판등록	2018년 4월 30일 제2018-000126호
주소	경기도 파주시 회동길 480 아트팩토리엔제이에프 B동 222호
전자우편	info@parambook.co.kr
인스타그램	@param.book
페이스북	www.facebook.com/parambook/
대표전화	031-935-4049
편집	현종희
디자인	이승욱
ISBN	979-11-7274-061-0 03810

- 책값은 뒤표지에 있습니다.
- 이 책은 저작물 저작권법에 따라 보호받는 저작물이므로 무단 전재와 복제를 금하며, 이 책 내용의 전부 또는 일부를 이용하시려면 반드시 저작권자와 (주)파람북의 서면 동의를 받아야 합니다.